"黄口姐"门前柳条河

杨大忠 著

北方文艺出版社

图书在版编目(CIP)数据

"黄四姐"门前那条河 / 杨大忠著. —— 哈尔滨：北方文艺出版社, 2022.3
 ISBN 978-7-5317-4970-7

Ⅰ.①黄… Ⅱ.①杨… Ⅲ.①散文集–中国–当代 Ⅳ.①I267

中国版本图书馆 CIP 数据核字(2021)第 022626 号

"黄四姐"门前那条河
HUANGSIJIE MENQIAN NATIAO HE

作 者 / 杨大忠

责任编辑 / 李正刚　　　　　　　装帧设计 / 书香力扬

出版发行 / 北方文艺出版社　　　网 址 / www.bfwy.com
邮 编 / 150008　　　　　　　　　经 销 / 新华书店
地 址 / 哈尔滨市南岗区宣庆小区 1 号楼
发行电话 / (0451) 86825533

印 刷 / 成都兴怡包装装潢有限公司　开 本 / 787mm×1092mm　1/16
字 数 / 400 千　　　　　　　　　印 张 / 20.5
版 次 / 2022 年 3 月第 1 版　　　　印 次 / 2022 年 3 月第 1 次印刷

书 号 / ISBN 978-7-5317-4970-7　　定 价 / 88.00 元

自序

感恩那条河

当今时代,喜欢读书写作的人,在乡间极为稀少,读书写作却是我的爱好。我写文章,是一种自我娱乐,是为活得踏实,活得安静,是为让时光不至于难挨和无聊。我一直用心灵播撒文字,绘成一幅幅动人心魄的图画。细细思量,应当感恩那条河。

人的一生短暂而又漫长,一个人应该高高兴兴来到人间,勤劳发家致富,快快乐乐幸福生活,平平静静回归自然。《"黄四姐"门前那条河》就反映了这种普通、隽永而又深刻的哲理。

湖北省建始县三里乡有一首蜚声世界的经典民歌——《黄四姐》。"黄四姐"门前有条东龙河,那是一条情感丰富、气势恢宏、风景独特、流域神秘的河,是一条流入清江、汇入长江、注入东海、融入太平洋的波澜壮阔的河。千百年来,它用丰美的乳汁滋润着万亩平坝稻田和蜚声世界的民歌《黄四姐》,一步步将人类的道德文明推进到一个又一个新的高度,光华万丈,璀璨夺目。

东龙河长约五十公里,两岸一马平川,人口密集,良田万亩,是一片充满神奇魅力的土地。20世纪80年代,我来到集镇工作,开始饮用清澈甜美的东龙河水,触摸肥沃广阔的厚土,吮吸广袤河坪的野性灵动,领略"黄四姐"的精灵内核,用饱含深情的笔写下这部非虚构散文集《"黄四姐"门前那条河》。

全书分为七个板块,块块精彩,块块鲜活。

《抗战时期的红色"六高"》《经典民歌〈黄四姐〉》《荣先祥的藏头

诗》《唢呐爷的顺口溜》《蛇乡趣闻》《乡村沼气》《白鹭乐园》，这些文章展现了一道道文化灿烂的独特风景，韵味深长；那《酗酒悲歌》和《鞭炮血泪》中所反映的心魔万象，除了东龙河流域这块魔幻土地，世界上再也找不出这种奇崛风景；《"黄四姐"门前那条河》震撼人心，荡气回肠……

东龙河情深意长，《父亲永远活着》《仁智马老师》《台胞寻根，梦圆建始》《苦难娃考进北大》《系着背着尽是爱》《新加坡侨商资助176名穷孩上学堂》等催人泪下的父子情、师生情、骨肉同胞情、人间真情的故事，感天地，泣鬼神。

东龙河是一条美食河，在春天散发清香的香椿芽，味道鲜美、营养丰富的黄鳝火锅，鲜滑爽口、独具风味的河水坪皮蛋，香而不腻、余香满口的蒸年肉，还有如三里香米、芋荷梗等特色美食，更是令人垂涎欲滴，吃过之后念念不忘。

东龙河畔的人物，既聪明智慧，又淳朴厚道。偏僻的大沙河上出现了一个国家级的道德楷模——万其珍祖孙三代，百年如一日地坚守清贫寂寞，全心服务乡邻、无私奉献的道德光辉，如同一座灿烂的灯塔，照耀着中国人民在建成小康社会的征程上奋力前进；又像一条道德神鞭，对那些"向钱看"的功利、浮躁的人给予了无情鞭打，令他们自惭形秽，让"好人必有好报，乐观奉献可贵，感恩报答社会"的理念深入人心。还有《走进航天研究院的陈普东》《潇洒委员何振丽》《"神医"程正宏》《建始名师杨海霞》等文章，主人公们身上的智慧光芒，所体现的时代精神，是东龙河的骄傲。还有如王二宝、七拐子、汤支书、龚九豹之类的人物，也让人百味杂陈，感慨万千。

东龙河的风景独特，源于其奇崛恢宏的地理环境。鹰嘴岩下的三阴河是愚公造化的产物，元代的槐坦人居然用钻子在岩石上凿开了一条打断沟水渠，今天的崔应朝以一己之力将擦擦坡钻透一条暗河。石牌湖的摇橹荡桨，小溪口的钓鱼垂钓，"东龙河畔风光美，醉得游人不思归。又到马坡享绿韵，瞬间年轻二十岁"。置身马坡茶海的绿浪波涛之中，整个身心都被滚滚绿韵和冉冉升腾的精华灵气所浸润，像是被浓浓的硒元素熏染成仙……这里是人间乐园，胜过瑶池仙境。

2010年春天，青海玉树发生地震。4月20日，央视播出"凝聚每份爱，点燃颗颗心"的募捐晚会。我热血沸腾地写了一篇《募捐晚会鼓舞人心》，表达东龙河儿女为玉树人民祈福，为民族团结自豪，为国人大爱喝彩，为节目精彩鼓掌的思想，居然被《人民日报》刊登了。我百感交集，一个长期生活在东龙河畔的普通百姓，能在凝聚全国人民心声的报纸上发出声音，这是何等激动人心的事情。《"三峡精神"——民族之魂》《向"最孝警察"致敬》等文章，也相继出现在《恩施日报》《湖北日报》《家庭》《蓝盾》等主流媒体或畅销报刊上，令读者拍手叫好，令高贵精神长存。

我将这些用心血写成的文章选编成这部《"黄四姐"门前那条河》，旨在倡导一种感恩母亲河、弘扬真善美的精神。在实现中国梦的沸腾时代，我们每个人都需要大力弘扬这种感恩的精神。试想，全天下的人都树立一种感恩思想，对党感恩，对祖国感恩，对社会感恩，对同事感恩，对父母感恩，对配偶感恩，对儿女感恩，对亲邻感恩，对朋友感恩，对时代感恩，对美好生活感恩，对城镇家乡感恩，对日月星辰感恩，对土地山川感恩……一言以蔽之，对世界上的一切事物都感恩，奉献善意爱心，人与人、人与万物和睦相处，我们这个社会必定会无限美好，万分和谐。

写到此处，我的耳边又响起了那首优美动听的《黄四姐》。

感恩那条河！

2020 年 3 月 28 日于红岩镇开发区

目 录
CONTENTS

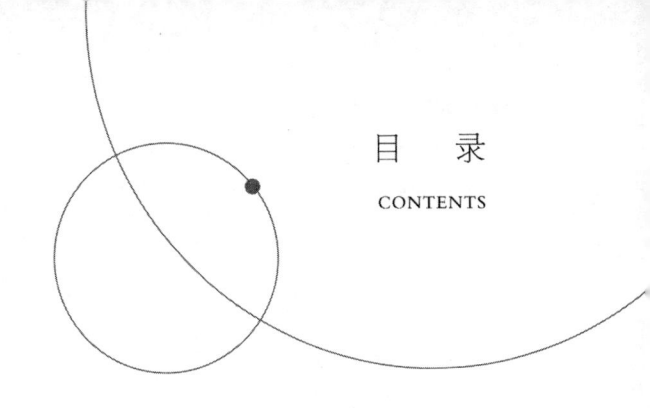

情感篇

募捐晚会鼓舞人心	002
父亲永远活着	003
这个世界灿烂而辉煌	013
瞻仰毛主席纪念堂	014
第一篇小说发表前后	015
快乐写稿	019
手机屏中写诗文	022
致《湖北作家》	025
儿子教我学电脑	027
两代人的求学梦	028
洪魔肆虐中坦	032
台胞寻根，梦圆建始	036
死亡约会变成爱的聚首	038
系着背着尽是爱	044
苦难娃考进北大	047
父子上海游世博	053
不该凋谢的雪莲	057

一个女人的苦难与幸福	063
爱心献给军烈属	069
新加坡侨商资助 176 名穷孩上学堂	072
大沙河上的百年义渡	075
难忘当年帮大忙	080

文化风景篇

经典民歌《黄四姐》	084
唢呐爷的顺口溜	090
乡村闹元宵	093
歌舞河水坪	095
荣先祥的藏头诗	099
抗战时期的红色"六高"	103
蛇乡趣闻	108
乡村沼气	110
白鹭乐园	112
QQ 群里贴美联	114

峥嵘地理篇

"黄四姐"门前那条河	118
马坡豆香茶	122
美哉，石牌湖	125

美丽珠海	127
鹰嘴岩下三阴河	130
游世界之窗	133
东龙河上三座桥	136
天津笔会	140
雄奇的石门栈道	153
旅游见闻打油诗	155
羊肠水泥路	161

先锋人物篇

仁智马老师	178
痴情只为稻花香	180
刘承友剪报	182
姐夫游台写诗篇	185
正气院长杨高义	187
潇洒委员何振丽	191
走进航天研究院的陈普东	195
刘孟飞架铁路桥	198
"神医"程正宏	201
风云校长向绪逮	204
建始名师杨海霞	208
"偏方"引出的受孕故事	212
日机轰炸下的幸存孤女	214

万象人物篇

斗殴即将发生　　　　　　222
父子相残之后　　　　　　226
酗酒悲歌　　　　　　　　229
鞭炮血泪　　　　　　　　233
教　训　　　　　　　　　236
七拐五傻子　　　　　　　238
"魔鬼"肖珊珊　　　　　　240
弟媳妇还钱　　　　　　　242
袁厨师绝活　　　　　　　244
郭氏姐弟　　　　　　　　246
村主任招商　　　　　　　249
庄二禾收猪　　　　　　　251
"扫帚星"当家　　　　　　253
胖瘦街坊　　　　　　　　255
水　货　　　　　　　　　257
王大发领证　　　　　　　259
爱心大奖赛　　　　　　　261

特色美食篇

炒红广椒　　　　　　　　264
烧青广椒　　　　　　　　266
洋芋的魅力　　　　　　　268

芋荷梗	270
椿　芽	272
黄鳝火锅	273
河水坪皮蛋	274
板栗烧土鸡	275
蒸年肉	276
三里香米	278
鸡蛋包子	279
年　景	281

独家观点篇

心有委屈别在乎	284
"义勇"报道铸楚魂	286
温泉报道醉读者	287
"三峡精神"——民族之魂	288
美文美图神农溪	290
以"美"取胜的《穿越》	292
让孩子每天睡够八小时	294
值得收藏的日全食解读	295
图美文美施州美	296
俯瞰美景势磅礴	297
向"最孝警察"致敬	298
美丽《清江》	299

爱心凝聚帅巴人　　　　　　　　　301
文明帅巴人　　　　　　　　　　　303

后记：微笑看世界　　　　　　　305
附录：主要作品　　　　　　　　310

情 感 篇

募捐晚会鼓舞人心

4月20日,央视播出的《情系玉树,大爱无疆》晚会感天动地,鼓舞人心。

玉树地震给灾区人民带来了巨大伤害,而这场晚会让我们看到了13亿中国人民齐心抗灾的巨大力量。从胡锦涛总书记"新校园,会有的!新家园,会有的!"的庄严承诺,到汶川人率先救灾的感恩行动;从香港阿福的救人献身,到10岁少年才元旦珠的志愿救灾;从江巴女孩只求"平安生活"的人生感悟,到女医生张淑英给灾区女婴哺乳;从捐款人"地震无情,同胞有爱"的慷慨陈词,到"凝聚每份爱,点燃颗颗心"的动人旋律……如此伟大杰出的国家领袖和万众一心的全国各族人民,让人禁不住热血沸腾,豪情满怀:

力拔山兮气盖世,千难万险脚下踩。
天灾人祸何所惧,泰山压顶也搬开!

长达三个多小时的特别节目,我一刻也没有离开电视机。在泪水满盈中,我从心底为玉树人民祈福,为民族团结自豪,为国人精神喝彩,为节目精彩鼓掌。

(原载《人民日报》2010年4月27日)

父亲永远活着

每年九月初五，是父亲的忌日，大哥、大姐、二哥、四弟及小妹等十余人，从五湖四海来到杨家湾绿树掩映的父亲坟头，燃烧纸钱祭拜，燃放的鞭炮要响半天。阵阵鞭炮声表达了儿女们最强烈的怀念心声：父亲永远活着！

2003年秋天，80岁的父亲说走就走了，一座坚实的大山一瞬间倒塌了。父亲身负重荷、浸泡苦海八十年，却造就了后世家族的繁荣昌盛，实在是感天动地啊！

祸从天降

1923年10月26日，父亲出生在建始县三里乡二龙湾村向家嘴一个贫苦农民家里。9岁时父母双亡，成了孤儿的父亲在高坪镇麻布溪村外婆的介绍下，给木耳山村一陈姓地主家放牛干长工。1940年，17岁的父亲来到何坡村杨家湾同母亲结婚，当了倒插门女婿。

世代居住在杨家湾的曾祖父杨德敬是一位重教人物，他率先在何家坡村办起学堂，请二孙女婿毛应凤当老师，以"斗米四斤"的报酬招收了十七八个学生。凉水埠石桥湾村的高才生黄俊圉就曾在曾祖父的私学里启蒙就读，这为他后来考取北京大学奠定了坚实基础。爷爷杨祥举原名何声举，也是到曾祖父家入赘的上门女婿，是个勤劳肯干、勤俭持家，连洋芋红苕皮也要吃进肚子的憨厚农民。爷爷因从自家带了三亩地，又勤扒苦挣过上了温饱日子，招致了一些人嫉妒，土改时爷爷被划分成地主，全部财物也被分走了。由于父亲从小给地主放过牛，又同爷爷分家早，便被划成了贫农。

父亲和四个儿子（左二为作者）

60岁以前，父亲生活极苦。少时只读过一年半私塾；中年丧妻，供六个儿女读书。父亲经受了无以复加的艰苦磨难，在一次又一次的沉重打击下顽强生活着。

刚强的父亲有着一身铮铮铁骨，极少落泪。父亲舍命供我们兄弟姐妹几人读书，总是对我们说："你们晚上看书，只管点煤油灯（那年月没电灯）看，天天看到半夜也行，我卖萝卜卖草鞋也要多打煤油供你们点灯看书。看书是好事啊，书能化愚啊！只要你们有本事，读到大学我供到大学。我小时候想读书没人供啊！"

1941年出生的大哥，20世纪50年代考到建始三中读书。看到大哥脑子聪明、学习优秀，父亲心中乐滋滋的。他风雪天穿着偏耳草鞋，背着七十公斤木柴，走八公里山路，到三里坝按一斤五厘的价格，卖了给大哥交伙食费。父亲几乎每个星期都要卖一次柴。

1958年，因为常聚在一起谈论《水浒传》梁山好汉行侠仗义、打抱不平的故事，正读初三的大哥和班上十多位同学，被学校一位热衷于"阶级斗争"的书记借题发挥，定性为"反革命小集团"成员，学校派人将大哥遣送回家，父亲抱着大哥号啕大哭："15岁的娃娃，你干什么反革命啊？"

大哥读初中时已显露出众才华，画画和写作已在学校小有名气，写的诗歌被男女同学传抄，他在三中古树堡教室墙壁上画的凤凰栩栩如生，一直保存了十多年。

看到大哥下地搭田埂、锄草等活比一般人掌握得更好，同老把式比也不逊色，父亲心中一阵酸楚：书能化愚呀！当时像大哥这样读过初中的青年如凤毛麟角，除了所谓的"反革命小集团"成员外，大哥的同班同学后来几乎都当上了国家干部。可惜的是，大哥的满腹才华被折磨殆尽，最大限度的发挥也就是为乡亲们写写红白喜事的对联。

父亲一夜间由给地主放牛的长工变成了"反革命分子"的父亲，被撤掉了合作社会计职务，取消了中共预备党员的资格，被安排去割松油。虽然善良的心被切割得血淋淋的，阵阵绞痛，但父亲心中的信念没有被摧毁。

1960年，大牌小学从五年级中选出四名尖子学生，随同六年级毕业生参加升学考试，录取了两人，其中一人是二哥。父亲心中的希望又燃了起来。父亲一边挖草根剥树皮维持生活，一边打草鞋（当时一双草鞋卖五分钱）、剥构树皮卖钱供二哥读初中。父亲常常要在夜里打完五双草鞋，睡觉时公鸡都叫了。

初中毕业时，成绩优异的二哥被建始一中录取。谁知，县高中收到一封检举信，说"反革命分子"的弟弟不能读高中。建始一中无奈将二哥挡在了大门外。父亲紧紧地搂着二哥放声大哭，足足哭了个把钟头仍然伤心不已。父亲噙着泪水劝二哥："别恨你哥，这是命中注定。不能读高中就努力自学。"

泪水未干，母亲积劳成疾患上了肺结核病。父亲卖猪羊、拆楼板，筹钱送母亲到县城医院治病，但终未能留住母亲，1964年腊月十五那天母亲病逝。心力交瘁的父亲找邻居何老汉借棺材安葬母亲，何老汉见父亲一贫如洗，担心他无力偿还不肯答应。大哥便找何老汉求情："大爷，您做个好事将棺材借母亲安睡吧。今后认我就是。"何老汉这才借了棺材。安葬母亲后，面对着人财两空的凄凉惨境，父亲失声痛哭。那时小妹只有1岁多，四弟8岁，我才11岁。

磨难重重

中年丧妻，父亲已遭致命一击。更为可怕的是，灾难接踵而来。1965年春天，二哥患骨髓炎右腿疼痛，膝盖下的骨肉间长疱化脓长达半年。父亲先是千方百计借钱，背着二哥进医院求治，后来请医生来家给二哥开刀，刮出毒液脓汁，又遵照医嘱，天天用药捻子从二哥身上的疮洞拔毒，护理了六个多月，二哥才渐渐康复。

这年10月，二哥腿病刚好，四弟又患眼病，三天时间便眼睑紧闭看不见东西了。父亲急得团团乱转，找到生产队的出纳想借十元钱。出纳员说："你这两年已经欠下队里口粮款二百八十多元,再借钱,猴年马月才能还得清楚?"

父亲扑通一声跪在比自己小十多岁的出纳面前,泪如雨下地说:"我实在没有办法,连续转了两天,找过四五家人没有借到一分钱。你行行好,积个大恩大德,借十块钱救救我小儿子眼睛,不然他就会瞎了!"出纳员被父亲感动,破例借了十块钱。父亲背着四弟走了八公里路到三里坝住院治疗,每天早上给四弟买两个馒头,等医生给四弟打针吃药后,便跑回家吃几个红苕,再返回医院护理四弟。每当提起这段苦难日子,父亲总会心情沉重地对我说:"不下狠心治病,你二哥就会成为瘸子终身残疾,你四弟会双目失明成为瞎子。"

尤其令我们难过的是,此后四十年里,许多好心人要给父亲介绍后妻,但父亲怕娶了后妻待娃儿不好,坚持不娶后妻。父亲既当爹又当妈,为我们做饭洗衣,挖树根和葛根当饭。在这种困境下,父亲仍然努力供我们兄妹读书,他的六个儿女有四个初中毕业,一个高中毕业,仅有大姐只读了小学。

大哥娶妻分家、大姐出嫁后,在生产队挣了三年工分的二哥穿着露出腿肚子的破裤子当起了耕读小学教师。来检查听课的领导付以伦和校长向柏春感到难堪,便给二哥照顾了一块蓝卡其布,缝了一条裤子。

1967年,二哥竭力想改变这种家庭困境,出差到了野三河修电站,父亲便把全部心思集中到了我和四弟、小妹身上。父亲担心减工分,常常是起五更喂猪做饭,上坡干活,还利用阴雨天去三十里外挖酒葫芦树根和葛根当饭。

当时有许多好心人要给父亲做媒,要将守寡的二姨介绍给父亲。二姨同样命苦,住在三公里外的大坦里,和大姐住一个生产队。在父亲的请求下,大姐常邀二姨来给我们全家人补衣服,来一次要补两天。从小学到读完初中,我没有穿过一件新衣服,浑身上下的补丁如宝塔般重重叠叠。有一件母亲遗留的蓝布便衣(从右腋下斜钉布扣子的那种),上面有二百七十四个补丁,二哥穿了两年,说男人穿女人的衣服丑得很就不穿了。为了防寒,我只好不怕丑地穿着它上学,经常受到同学们"杨大忠穿女人衣服"的嘲笑。这些补丁都是二姨和大姐补的。

当时父亲征求过二姨的意见。二姨说结婚也好,但要父亲到她家定居。

父亲就说："算了，到你家住，我的三个孩子怎么办？他们还在上学读书，还小，弄不到饭吃啊！"父亲和二姨的婚事便没成。但二姨仍然常来给我们补衣服。后来又有多位好心人给父亲做媒，给我们介绍后娘，父亲一直没有同意。

那年月，家中太过贫困。无钱理发，父亲便给我们剃光头；没棉衣穿，父亲就将母亲留下的蓝布袄子给我穿。我说丑得很，穿到学校里同学们要笑话，父亲心情沉重地说："只要穿着身上暖和，管它丑不丑。这实在是没有办法。等有钱了保证给你们缝新棉衣。"隆冬严寒，冰天雪地，父亲就要我们给脚上裹棕片穿进草鞋里上学。冷风肆虐，全身直打寒战，我们的脚后跟长满冻疮，裂开的皲口里能放进一支铅笔杆，一走路鲜血直流。父亲看着心疼，谋到几块狗皮自己舍不得用，让我和四弟上学时绑在草鞋后跟上，抵挡冷风。

那时候，初中下放到大队里办学，由贫下中农管理学校。我在大队读完两年初中。那时我没钱买笔，每天早上找大哥借水笔，夜里还给大哥，写工分记账。天天如此，时间一长，我很是尴尬和不安。有时大哥清早出门，我借不上笔，便只好等同学们做完作业后，借同学的笔做作业。

我在班上最穷，但学习成绩一直拔尖。从小学三年级当班长，一直当到初中毕业，被班主任马伯初老师称为"老班长"。华中师范大学毕业的侯义美老师，在大牌教了我们两年初中语文，他曾对许多人说："我教了好几百名学生，仅遇到两个天赋极好的，一个就是杨大忠。他写的作文，许多当老师的也写不出来。"班上办墙报专刊，侯老师每次都指定我和毛昌豪写稿誊稿。

可是，我这个"老班长"仍然没有逃脱厄运。毕业时，侯老师找到大队管学领导，请求网开一面推荐我读高中，但管学领导不采纳。班上十九名学生，有十六名被推荐上了高中。当通知书发到村里，一位贫下中农实话实说："杨老汉想供儿子读高中，四个儿子个个都能读，政府又不准许他们读；我家儿子不想读，政府又硬要发通知书让读高中。这世上的事也真玄乎……"

父亲听了这话，两天没有出工，伤心得号啕大哭……

在沉重的压力下，父亲仍然昂扬着头颅，继续供四弟和小妹读书。成绩优秀的四弟初中毕业后，大队领导不推荐他读高中，要他干生产队长，后来四弟参军体检合格，又被大队领导以"无人干生产队长"为由，挡在了军营门外……

苦尽甘来

父亲的晚年生活遇上了改革开放的美好时代，他感到六十年的含辛茹苦特有价值。

20世纪80年代，父亲看到拨乱反正、科教兴国，又看到自己有十四个子孙先后成为国家干部，在各条战线上为共和国大厦添砖加瓦，便心潮澎湃，心里甜滋滋的，苍老的脸上青春焕发。

1983年，被"反革命"帽子重压了二十六年的大哥，遇上了第一件天大喜事：大儿子杨柳光荣参军入伍。杨柳建立军功二十余次，被送往哈尔滨军校学习，后任解放军某部团长；小儿子杨普，长期在外闯荡打工，因才干突出，居然成了浙江省宁波市某银行的正式干部，当上了副行长。

大姐虽然只读过小学，但她四个儿女都读完了大学，分别在武汉、北京、宁波和建始县城工作。长子毛红权参军后奋发图强，读军校提干部当上了后勤处长，现在湖北省政协工作。2002年冬天，大姐到宁波参加小女儿的婚礼，花一千多元乘坐飞机，成为三里乡第一个乘坐飞机的农家妇女。

二哥在野三河修电站，不久便当上了民工食堂会计，兢兢业业地干了十多年，因其出色的业务素质和工作业绩，被调到红岩镇水管站工作，转为国家正式干部并加入了中国共产党。他的儿子儿媳、女儿女婿均在县直单位工作。

二哥还养育了一个十分能干的优秀儿子冯中华，他在县电力公司工作，被提拔为副经理，管理着全县农村电网改造的大事。2015年，我退休后回到老家何家坡村，面对着变压器坐落在三公里外的大垭口，电力弱得连电饭煲也煮不熟饭的困境，便向冯中华申请安装一台变压器。冯中华雷厉风行地写好报告向上级申请并很快得到批准，组织施工队火速栽杆架线，在红沙坡山嘴安装了一台变压器，彻底解决了用电难题，为父老乡亲做了一件功德无量的大善事。

拔出穷根过上了富裕生活的二哥，像父亲一样关心亲人，两次抓住良机解决了大哥、四弟的住房搬迁问题。大哥搬迁到石牌湖畔过上了小康生活；

四弟在红岩寺镇买下一幢瓦房，办起了酒坊、榨油厂，年收入十多万元，两个孩子大学毕业后在刘伯温的故乡——浙江省青田县办工厂，产品红红火火销往五大洲。

只读过两年初中的我，幸运地赶上了十一届三中全会召开后的黄金岁月，在大牌小学干了五年民办教师后便被转为国家公办教师。记得1979年，三里乡教育站组织民办教师转正考试时，我在作文试题《教育的春天》里这样写道："英明领袖华主席、邓副主席站在天安门城楼上，挥动着扭转乾坤的大手，为我们——千百万教育工作者送来了百花盛开的春天……"这深深打动了阅卷老师吴潜，他当场朗诵起来，博得了十多位阅卷教师的大力称赞。

我随后被调往三里小学教书，因在《长江文艺》发表短篇小说《四十八天短工》，于1993年调到乡政府成为一名宣传干部，陆续在《人民日报》《民族文学》《湖北日报》《短篇小说》《传奇故事》《芳草》《家庭》《章回小说》《中国人口报》《古今故事报》《楚天都市报》等国内五十多家报刊发表中短篇小说、纪实文学、散文两百余篇，新闻稿件两千余篇，并出版了两部小说集。大儿子杨笋当兵转业后外出打工，2016年回乡创业，在何家坡村办养猪场，赶上2019年、2020年的好猪价，两年出栏肥猪五百余头，家庭进入百万资产行列，带动十多户乡邻脱贫致富，迈步奔小康。毕业于恩施财校的小儿子春赛在中山办起了电子厂，招收五十名工人开机器，成了拥有千万产业的企业家。2019年家乡修水泥路，春赛拿出一万元钱帮助平整路基，受到乡亲们的称赞。

自小妹出嫁后，父亲便同我们过日子，一口锅吃饭。他老人家依然辛勤劳作，犁田打耙赛过年轻人。父亲爱牛如命，天天煮玉米糊喂牛。父亲酷爱喝酒，吃饭喝，吃洋芋喝，不吃饭也喝几口，但从未醉过。家中若有客，无论是谁，父亲都要敬上一杯酒。外地生意人进门，父亲也要我妻做饭招待，且说出门人不容易呢。有人把叫花子指到我家，父亲留他吃饭还送他苞谷，没想到那叫花子居然把苞谷卖到酒坊。拴门口坡上的羊丢了，父亲好恼，三组的何绍远翌日就将羊送了回来，父亲又乐：好心人自有天照应。夜里一觉醒来，睡不着觉，父亲便看书，看《三国演义》《说岳全传》《杨家将》《薛仁贵征东》，看得高兴，又喝上几口酒。

10月26日是父亲生日。每年这天前，妻子便催我杀猪，招待给父亲祝寿的儿孙们。儿孙们送美酒，送高级营养品和水果，送毛衣电热毯皮鞋，还送钱。父亲便责备说："你们有这番心意，这天来看看，我就知足了。少送些东西，送这么多糕饼糖食豆奶粉我吃不完。"

年过古稀，父亲饱经磨难的身体开始衰弱。1997年10月，74岁的父亲患了白内障，看不清东西了。我和二哥筹款将父亲送到恩施州医院住院二十多天，做手术给父亲换上晶体，使父亲重见光明。医生和病友们羡慕地说，杨老汉真有福气，迈过古稀的人了，还有这么有孝心的后人花这么多钱换晶体！

1999年二月初一，父亲不慎从楼上摔下来，右手臂和后腰脊梁骨砸在硬物上，青乌紫黑一大片，心腹遭到剧烈震荡，呕吐不已，不一会儿便陷入昏迷失去知觉。吃饭要喂，翻身、大小便要人搀扶。一时间乡间风言四起："杨老汉这次怕是不行了，老人摔跟头不是好事，十有八九是阎王爷发出的死亡通知书。""杨老汉属猪，虎年命弱，是老虎吃猪在劫难逃。"

更为可笑的是，邻组的何老幺夜里偷了棵大杉树做成龙杆，巴望死人，他听说父亲摔伤后乐得直蹦说："杨老汉死定了。没想到我这新龙杆开张大吉，抬的第一人就是贵人杨老汉。杨老汉儿子个个有钱，不封个大红包、扯来三丈红绸缎挂在龙杆上，就休想借龙杆。"

我们兄弟姐妹不管这些，硬是扭成一股钢索铁绳，请好医生精心治疗，买许多贵重药品劝父亲吃，请乡间名医给父亲打针、熬药，轮流为父亲拔火罐子、扯草药敷患处……

父亲的伤病，牵动了儿孙们的心。大姐的大女儿毛鸿雁在县城教书，立即买了大袋优质脐橙送来；二哥的儿子、女婿买

从左到右：四弟、大姐、二哥、小妹、作者

了营养品送来；远在东北乌苏里江畔的大哥儿子杨柳，邮来一百五十元钱说是给爷爷买补品；在武汉大学打工的小妹秋月，专程请假护理父亲。

让我感到快乐的是，我不仅有一位伟大的父亲，有五位出息的兄弟姐妹，还有一位善良贤惠的妻子。我在外工作十八年来，妻子如同亲生女儿般对待父亲，无论吃什么好东西，首先想到的是给父亲吃；每天晚上把水烧热了就喊父亲洗脚洗澡。1987年，学校奖励我一床毛毯，妻子要我给父亲用，还要我给父亲买两个保温袋冬夜暖脚。1994年冬天，我和妻子上街买衣服，细心的妻子挑选了咖啡色、黑色两件厚呢子大衣给父亲穿。妻子能代替我尽孝心赡养父亲，客观上让我能够专心工作，写出大量的文学作品，我应该深深地感谢妻子。

父亲卧病在床，妻子每天给父亲做他最爱的豆腐、鸡蛋、合渣，端到床前让父亲吃。妻子还每天给父亲洗脸洗脚，给父亲剪脚指甲，给父亲熬药。在父亲卧床不起的三十多天里，妻子每天喂四头猪，还要护理父亲和招待来看望父亲的客人，从清晨忙到半夜，时日漫长从无怨言。我们就是用这种火热真情，将75岁高龄的父亲从死神手中抢夺回来，使父亲康复后又延续了四年半的生命。

2003年秋天，父亲一病不起，终于春蚕丝尽、蜡烛泪干了。带着对人世间的无限眷恋和对子孙们的无尽牵挂，父亲告别了人世。

父亲的善良美德深深影响着他的后世子孙，使子孙们的灵魂都受到熏陶和净化，学会了宽容，用微笑面对现实，善良诚实地生活，与世人团结友爱。

父亲走了，但他永远活着。

附：《恩施晚报》编辑邹启昌感言

这位父亲令人肃然起敬

这篇文章的作者在来稿时自荐说，这篇稿件生动感人，建议刊登。编者在读完这篇稿件之后，和作者杨大忠先生有了共同的感觉，这篇文章的确感人，可以打动读者的心，特别是农村读者和从农村进城的读者在读完此文后，我认为可以产生强烈的共鸣。

其实，杨老汉不过是千千万万农村父亲中的一个普通代表，他的人生历程和千千万万想要改变人生命运的农村人一样，勤劳、坚韧是他们的共同点，他们能够忍受超乎寻常的苦难，能够坚韧不拔地做好自己想要做的事情，他们中的一部分人实现了改变自己和后代命运的理想。

通读文章，我为杨老汉那超常的吃苦精神所感动。我深知在那自然条件恶劣、生产力落后的境况下，生存和发展有多么艰难。一件衣服有几个补丁，对过去的农村人家来说，绝不是什么新闻，但一件衣服上有上百个补丁，那肯定是新闻了。在我们这样一个后发达地区，特别是过去，农村人家吃野菜粗粮，人们司空见惯，但常年吃树皮、草根，实不多见，杨老汉吃苦精神由此可见。所幸的是，杨老汉凭着这种精神，把一家人带上了小康之路，真的是苦尽甘来。

杨老汉那种希望"以书化愚"的求知精神也深深感动着我。杨老汉的哭大多也是基于送儿读书不能的绝望。一个铁骨铮铮的汉子，号啕大哭、抱头痛哭，不为生存，不为富贵，皆因为儿女求学，让人敬佩。杨老汉最后的苦尽甘来，也应了"知识改变命运"这句话。

我认为，杨老汉的精神财富也并非杨老汉一人所拥有，许许多多老一辈人都传下了这些宝贵的财富。我们应该珍视这些精神财富，并将之发扬光大，传之子孙。

（1996年6月4日《恩施日报》刊出散文《父亲》。2007年12月12日《恩施晚报》特稿专版刊出《父亲永远活着》。2008年第3期《湖北人口》转载本文）

情感篇

这个世界灿烂而辉煌

1月8日，一个艳阳高照的吉祥日子。我上完三节课，步行十八里路，怀揣着中国作家协会鲁迅文学院发来的《通知》，走进教育站区公所区委副书记洪明成的房间。《通知》上说："经我院研究决定，录取你单位杨大忠同志进入我院创作讲习班脱产学习4个月，请予妥善安排。"

"小杨，请坐。"伏案工作的区委副书记洪明成立刻停住手里的活儿，递过烟后沏了一杯热气腾腾的茶放在我面前。

这位目光如炬的实干家单刀直入地问起我的教学情况，我如实回答后，说："洪书记，鲁院通知我进京培训，机会千载难逢，我想求得您的支持，同教育站领导协商，为我提供方便、批假。"

洪书记要过《通知》看了说："这是好事！"他立刻引我走进区长办公室，把《通知》递给正在接电话的黄庭先区长。

黄区长放下话筒说："到北京培训？这是好事！鄂西还没有形成像湘西那样在全国产生巨大影响的作家群……你可以先到教育站请假。"

洪书记接着说："我们需要的是各方面的人才。既然小杨在教学上不落后于人，就应该鼓励他去。"

我十分惊讶。如此熟悉鄂西文坛、如此关心厚爱人才的基层领导不是太多。望着眼前的区长、书记，我能说什么呢？我只觉得这个世界充满了希望和神奇，灿烂而辉煌。

（原载《鄂西报》1992年2月8日）

瞻仰毛主席纪念堂

4月的首都大街,杨树绽芽,梧桐吐绿。坐落在人民英雄纪念碑南面的毛主席纪念堂,在两排苍松翠柏的簇拥下更显得雄伟壮观。

人潮在北大厅里一分为二。从两侧步入瞻仰厅,人们立时被庄严肃穆的气氛笼罩,静得无一丝声息,只能将期待的目光急切切地投向大厅。此时,我屏住呼吸。毛主席静静地安卧在水晶棺里,身上覆盖着鲜红的党旗。君子兰围绕着水晶棺。

我为现代科学技术而惊讶不已:逝世了十六年的毛泽东主席仍然红光满面,饱满的天庭,丰满的腮鬓,挺直的鼻子,一张轮廓分明的大嘴……

这就是世界巨人毛泽东吗?是的。就是这位韶山冲里的"石三伢子",这位在嘉兴南湖建党,领导秋收起义,大战黄洋界,攻破娄山关,遵义扛大梁,百团击日寇,步枪打老蒋,援朝败美帝的三军统帅,一次次绝地反击,一次次扭转乾坤……

我想要多瞻仰一会儿,细细领略这位世界巨人的绝世风采——但是,不能,背后的长龙层层逼来,推着你必须快速前移。我缓缓移到水晶棺前,面对着汉白玉墙壁上"伟大领袖毛泽东主席永垂不朽"的镏金大字,献上一束鲜花,以此来表达一个鄂西土家人对一代伟人毛泽东主席的无比崇敬热爱之情。

(原载《鄂西报》1992年5月30日)

第一篇小说发表前后

笔者35万余字的小说集《魔土》，将于年内正式出版，著名作家、原《今古传奇》主编李传锋老师写了序言《魔土的魅力》。想起二十年前第一篇小说《四十八天短工》的发表经过，那些画面至今历历在目，永远难忘。

1987年5月，在湖北民族学院（后更名为湖北民族大学）教授王正贵先生的鼎力推荐下，恩施州文联通知我参加为时三周的巴东三峡笔会。参会的有来自八个县市的二十六位作者，建始还有陈步松、杨之顺先生同去，红遍中国文坛的武汉市著名作家池莉也将到会传经送宝。

那时，我在三里坝小学教书，每天教完课，批改完学生作业后，都要在深夜练笔创作，写两个小时的小说，夜夜坚持，雷打不动。写了四五年小说，我不停地寄往文学期刊，又一次次地被退稿。1986年春天，我给因写《抢劫即将发生》而获得全国文学大奖的大作家楚良寄了一篇小说《神奇的小店》，请他帮忙推荐。楚良老师看后写了两页纸的亲笔回信："《神奇的小店》达到了发表水平，但眼下不宜推荐，不是我不肯帮忙，而是目前不宜……不过，你能发表小说……"正是后一句话坚定了我继续写作的信心。我的第二十八篇小说《四十八天短工》，写村主任贺东山巧施"压迫"手段，改造懒汉贺青娃，令其勤劳致富的感人故事，塑造了村干部贺东山全心为民的鲜活形象。我将这篇小说先后寄给《青春》《萌芽》《青年作家》和《江南》等文学期刊，均被编辑亲笔写信退稿。但是，我一直对《四十八天短工》抱有信心。

记得是1987年5月8日，我揣上《四十八天短工》参加三峡文学笔会。第一次来到巴东服务大楼顶端，俯瞰着滔滔长江，我封闭的心胸豁然敞亮，飞溅的浪花波涛汹涌，雄浑的汽笛响彻长空，我顿感山里的乡村十分渺小，山外的世界特别光鲜……

5月13日上午，灿烂的阳光投进窗子。那时，我特别幸运，遇上恩施州文联主席叶梅来到房间看望作者。第一次面对漂亮、才华横溢的叶梅老师，我鼓足勇气拿出《四十八天短工》请教。叶梅老师看了看标题，翻阅两页后便带走了文稿……

三天后的下午，我登上五楼眺望长江的雄伟风光，看见叶梅主席和几位作者正依偎栏杆交流创作情况，便走过去悄悄地问叶梅主席她对《短工》的看法。叶主席说觉得不错，正送李部长（李传锋时任恩施州委宣传部副部长）看。叶主席当时问我："你怎么用了'四十八天短工'做题目？"

我回答说："农村人认为'八'是吉利数字，'要得发不离八'。四十八天短工表现青娃被改造的时间过程。怎么，题目也有讲究？"

叶主席肯定地说："是的，读者是很聪明的，会仔细地联想题目中的每一个字词。因此，题目务必要达到精准的效果。"哦，叶主席的话使我顿开茅塞，终身受益，此后的文章标题，我都按照叶主席的教诲仔细推敲琢磨，尽量达到精准效果。

按笔会议程，先由参会作者每人送一两篇稿子交州文联老师看，文联老师选优推荐给李部长看，然后集中开会评稿，最后将稿件推荐给省级以上文学期刊选用发表。在开会评稿前的六七天里，作者们心中特别紧张，都期待着李部长、叶主席能在会上对自己的稿子发表肯定意见，哪怕只是一两句褒扬的话也好——千载难逢的州文联笔会应该有点收获啊。

5月23日的评稿会上，李部长对《短工》表示了肯定。他说各位作者要学习毛主席《在延安座谈会上的讲话》，用笔热情讴歌火热沸腾的现实生活，塑造新时代各条战线的正面人物形象，写出阳刚之气。比如建始作者杨大忠的小说《四十八天短工》，主人公贺东山就是一个充满阳刚之气的典型艺术形象……那一刻，我激动万分，快乐无比。

二十天的笔会一眨眼就结束了，"写阳刚之气"的教诲却被深深镌刻在我的心底。年底，州文联正式创刊《清江》，刊发了《四十八天短工》。王月圣老师严肃地告诉我："《四十八天短工》虽然思想性艺术性达到了一定水准，但语言文字十分粗糙，是田平老师（后任州文联副主席、州作协主席）一字一句细细推敲修改并重新抄写了一遍后才排版印刷的。"我好感动，我只能对田平老师道一声衷心的感谢！

1988年元月，在县文联组织的笔会上，李传锋部长又将《四十八天短工》推荐给《长江文艺》，编辑吴大洪老师满腔热情地将其刊载于1988年9期《长江文艺》。手捧散发着油墨芳香的《长江文艺》，我激动得彻夜难眠，泪水盈眶。

1988年10期《清江》刊载了署名一丁的评论文章，全文如下：

"打短工"的启示

建始作者杨大忠同志的作品《四十八天短工》（原载《清江》1987年第一期第二版），已被《长江文艺》转载，这是一件幸事，是《清江》创刊以来，第一次被公开刊物转载作品。

《短工》一文被转载，主要是因为作者对现实生活的思索，抓住了当前农村改革中涌现的具有戏剧性的故事，进行了精细描写。小说情节非常简单，描写亦无奇特之处，显得有些"正儿八经"，但省刊编辑独具慧眼，百里挑一，这使我们得到了某些启示。其一，小说讲究真实；其二，小说情节并不是非离奇不可；其三，章法、语句应自然朴素，读来亲切流畅，等等。

《短工》源于生活，其故事情节令人信服。贺东山为了改造青娃这个农村中的典型人物，让"二流子"受"雇主"压迫，拼命劳作，受尽磨难。在青娃因受人挑唆即将造反的时候，情节急转直下，内幕大白。人物性格鲜明，结构紧凑，安排合理。当然，不能说《短工》就是一篇完美无瑕的作品，我们不妨对该作进行一些思索，以期提高自身的写作水平。

这篇评论肯定了《四十八天短工》的思想艺术特色，也让我明白了一个深刻的道理，即小说应"源于生活，自然朴素，讲究真实"。《四十八天短工》后来被鲁迅文学院编入"文学创作讲习班"学员教材《文学新人创作》1991年6期。正是这篇小说促使笔者在1992年幸运地走进鲁迅文学院"文学创作讲习班"学习半年。

《短工》发表并得到好评，印证了楚良老师"能发表小说"的预言，但最应该感谢的是尊敬的王正贵老师，尊敬的李传锋和叶梅老师，尊敬的州文联王月圣、田平老师和县文联的陈步松等文学老师！我谢谢他们，永远深深地感谢他们！

沿着《短工》的路子，我写了《卖烟》（载于《长江文艺》1991年7期）、《魔土》（载于《民族文学》1992年12期）、《组长》（载于《短篇小说》1997年5期）、《初夜》（载于《传奇故事》1999年第4期）、《治乱月亮镇》（载于《古今故事报》2007年11月19日）等一批中短篇小说，特别是《治乱月亮镇》在畅销报纸《古今故事报》上发表后，被湖南很有影响力的"好故事"网站转载，很受读者喜爱，点击率很高。

与此同时，笔者还在天津的《蓝盾》、武汉的《湖北日报》《前卫》《警笛》《民族大家庭》《湖北文化》《湖北人口》等报刊发表了四十余篇纪实文学作品。特别是天津的《蓝盾》，近五年来刊载了我的《微笑杀人》《花丛异味》《问题来自盐罐》《豺狼化身猎手》等八篇纪实文学作品。2005年1期《前卫》发表的纪实文学《三峡女深圳再生，死亡约会变成爱的聚首》，于2007年8月获得湖北省第十一届社科期刊专题优秀文章二等奖。2006年发表于《湖北日报》的散文《仁智马老师》获当年《湖北日报》与省教育厅联合征文优秀奖。

（原载《建始新闻周刊》2008年第46期）

情感篇

快乐写稿

前不久,看到《恩施晚报》刊登了继续聘我为 2007 年度特约记者的消息,我心中十分高兴。我与《恩施晚报》情缘深厚,十分乐意为《恩施晚报》写稿。

自创刊以来,我一直是《晚报》的忠实读者和作者,深切感到《晚报》编辑发稿从来不是讲关系,而是一直以质量选编稿件。除与少数编辑有短暂接触,大部分编辑我至今没有见过,但他们始终以质量取稿,已编发我八百余篇新闻或文学稿件。特别是我的中篇小说《走过冬天》,于晚报连载后,在社会上产生了强烈反响,有许多农村读者将二十八期连载小说《走过冬天》装订到一起,复印成册,阅读珍藏。还有读者特别喜欢我的文章,晚报一到就急切寻找我的文章阅读,如果没有,就会感到十分惆怅失落。

《晚报》的每位编辑几乎都编发过我的稿件。有许多稿件产生了强烈的社会影响,往往令我始料不及。记得有篇反映农民疾苦的特稿《他们缘何变成了恶霸贪官》,见报后刮起了一股阅读热潮,居然有一百五十余人进城复印收藏。

去年在"特稿·纵深"版见报的《农村超市好红火》,是我下乡细致采访后写的,写

1999 年 4 期《传奇故事》目录,载作者中篇小说《初夜》

"万村千乡市场工程"给农民带来的方便实惠。许多人觉得真实有趣,是意料中的事,但我根本没有想到,这篇特稿居然能受到县商贸局领导的肯定,还被剪贴收藏作为资料保存。去年在《晚报》上发表的《手机屏中写诗文》等十五篇稿子也被《湖北日报》和《农村新报》采用,产生了良好反响。

《晚报》的厚爱激发了我的写稿热情,2月上旬,数码相机被人在乡政府宣传办公室内偷走后,我深感不便,忍痛花三千元钱重新买了部佳能相机。勤奋写稿也获得丰收,我去年在《晚报》发稿近百篇,《恩施日报》用稿近四十篇,《人民日报》3月2日六版采用了我的小稿《农村学校可开设环保课》,《湖北日报》和《农村新报》采用了我十三篇稿件,省民委杂志《民族大家庭》一期采用了我的《经典民歌〈黄四姐〉》。这些成绩浸透了编辑们的心血汗水,我无以报答,只好借贵报一角,深表谢意,永远深深地感谢各位编辑!

2012年5月11日《湖北日报·乡里乡亲》版面

特别有意义的是,《三里有支民歌队》在《晚报》发表后,给了主人公——三里坝下街的工商个体户、"民族歌舞队"队长刘传平和十多位演员们极大的鼓舞。他们弘扬民族民间文化、排练歌舞的热情空前高涨,排练的节目更加丰富多彩,精湛的演技更加娴熟。3月8日,在他们为福利院孤寡老人义务演出晚会节目后,县民政局局长王家兴和乡长田其武惊叹地说:"真没想到,三里坝的农民没有受过专业训练,居然能演出如此高质量的文艺节目!了不起啊!"刘传平和演员们直言不讳地说:"是杨大忠同志的文章给了我们信心和力量,恩施州全社会都知道建始县三里坝有支会唱歌跳舞的民歌队,给我们增添了压力和动力,唯有继续练好节目,多为人民义务演出。"听到这些肺腑之言,我无比激动,我的文章能给读者提供一些有益的东西,能让读者喜爱,我感到高兴快乐。

  我不会打牌搓麻将，唯以写稿为乐，写人间社会的真善美，写亲朋乡邻的感动事，写领导干部的才能和实干，写百姓群众的先进和典型，写人世沧桑的爱与恨，写大千世界的苦与乐。

（原载《恩施晚报》2007 年 5 月 11 日）

手机屏中写诗文

我与三里乡才子荣先祥先生有着深情厚谊,两人常聚在一起说诗作文,切磋写作技巧,畅谈世界风云,充满情趣和快乐。后来,先祥到南国打工,在广州市一家企业报纸当编辑。遥隔三千里,思念对方时便用电话交流,买了移动手机,又开始在手机屏上写诗传文,留下了许多精彩和难忘的故事。

端午节,先祥发出短信诗:

端月照远山,
午夜醉衷肠。
快意携祝福,
千言奏吉祥。

我看后便回诗一首:

吃粽二三个,
饮酒"划龙船"。
遥谈天下事,
君醉芙蓉乡。

接下来有二十多天没写短信。一日,突然手机声响,打开手机,是先祥短信:

亲爱的上帝,请你保佑那些不打电话给我,不发短信给我,没有想念我,不管我是否开心、快乐和健康的朋友们!保佑他们的手机都掉到厕所里。

我心中一动，答复：

谢谢祝福，谢谢荣君料事如神！我的手机的确掉进卫生间的浴缸中了，不过手机外壳是防水的。从水中捞出手机，立即发此短信，祝君双倍开心，十倍快乐，身体像骏马一样健康！

荣先祥（左）与作者

中秋节看到先祥短信：

找一湖碧水，钓几尾闲鱼，回忆人生得失，心游凡尘外；喝一壶老酒，交一群朋友，笑看人间得失，虽说人在江湖身不由己，记着别累着自己！

我短信回他：

吃一块月饼，赏一轮明月，遥望南国星空，君游天堂中；吟一首情诗，作一篇美文，写出人世沧桑，纵然是华夏腾飞功成名就，仍然要更上楼梯。

国庆节，先祥发来短信：

夜阑声声人渐静，
我坐小屋望夜空。
酒意蒙眬心驰神，
最忆往日相思情。
怨乎天，怨乎地，
千里阻隔难相聚。
借助短信驾思绪，

"黄四姐"门前那条河

> 国庆梦里共呼吸。

我回他诗云：

> 酒意蒙眬度国庆，
> 神州处处挂红灯。
> 劝君再饮三杯酒，
> 移动屏中写诗文。

我们用手机中的小小彩屏，随时随地书写美文诗篇，加深了友情，美哉乐哉！

（原载《恩施晚报》2005年10月27日）

致《湖北作家》

第一次收到《湖北作家》时，我感到无比高兴，爱不释手，打开阅读，很快被《湖北作家》精美的装帧、丰富的信息和优美的文章而深深打动。先是急匆匆翻阅大饱眼福，然后聚精会神地仔细阅读，一字不漏地读封面文字，读目录，读领导讲话，读文坛信息，读农民作家培训文章，读新作快读、文坛备忘，等等。读了一篇，又读第二篇，晚上睡觉前又继续阅读。衷心感谢省作家协会为全省会员编辑出这本情感交流的"信息文库"宝书。

我是个处于基层孤军作战的作者，手捧《湖北作家》如同孤儿走进了家庭的怀抱，感到温暖如春。读文生情，文中的许多内容令人感动、羡慕。比如封二介绍的仙桃作家刘秋生出版《江汉儿女》时，市委书记周霁亲自批示、解决了五万元经费问题，这种高度重视文学的领导令人敬佩。还有"农民作家培训"专辑文章，篇篇真诚、质朴，写出了农民作家们各自的收获、感悟；"会员茶座""作家速写"和"新作快读"，文章篇篇精彩、字字珠玑，展示了多位明星作家的亮丽风采；还有"文坛备忘"和"作家书简"，尽是喜人消息和作家们的真情叙述，令我这个长期生活在鄂西大山深处的乡镇作者茅塞顿开，受益匪浅，有一种回到娘家的美好感觉。

共和国迎来六十华诞，盛世年代喜事多多，连我这个大山中的乡土作家也遇到了几桩好事：一是出版了三十五万字小说集《魔土》，反响很好。居然有数十位从来不看书的女士，从丈夫手中拿来，关闭电视后一页不漏地全书读完；借、"偷"《魔土》的读者也很多，称其"精彩好看""很有意思"。二是在州作协主席田平的鼎力推荐下，在省作协主席团的大力关照下，我被吸收加入了省作协。当我接到省作协邮寄来的《喜报》时，立即给田平主席打电话，田平回答说："你早就应该加入省作协。"这句话令我感动不已。三是今年 5 月下旬，我应邀参加了天津《蓝盾》杂志社召开的全国作者笔会（近五年来，我在《蓝盾》发表了《微笑杀人》《花丛异味》《豺狼化身猎手》等八篇纪实文学作品），认识了杂志社的编辑老师和三十五位作者朋友，领略了华北大地的风情。

　　写出上面这些文字，有三个意思：一是向关心和培养我的省作协、州作协领导表示最衷心的感谢；二是将我的一些基本情况向省作协做简单汇报；三是希望与全省的作家们"亲密"接触，交上朋友。

（原载《湖北作家》2009 年秋季号）

儿子教我学电脑

"五一"长假,在中山打工的儿子春赛给我捎回一台电脑,圆了我的电脑写作梦。

随着高科技的飞速发展,我这位在全国各地报刊发表过五十多万字小说、纪实文学和新闻作品的老爸,不得不老老实实拜儿子为师。说起学电脑,单是《计算机文化基础》那三本大部头教科书就叫我望而生畏。为了快些应用于工作,我对《汉字磁盘操作系统及汉字输入法》等章节细细咀嚼,将《五笔字型字根助记词》反复背诵。可是,实际操作起来谈何容易,五笔非常复杂,那分布在二十五个区位上的一百三十个字根居然包容了全部汉字,拆字方法虽有规律但十分繁杂,一时间叫我难以驾驭。

到底是儿子,春赛不嫌我笨。他严格要求我循序渐进:先看书本,背诵口诀;练习指法,文章测试,然后正式五笔打字……对敲击键盘、练习上网、发送电子邮件等诸多技术难关,春赛都耐心地一一点化,反复强调要将书本知识和实践紧密结合。他让我用笔在纸上对一篇文章进行拆字根标码,反复练习,说熟能生巧……

我遵照执行,十天下来有了进步,打字由开始的一分钟只打几个字上升到了十个以上;我打好并发送的电子新闻稿件,已被《恩施日报》《恩施晚报》的编辑老师采用多篇。感谢编辑老师!感谢儿子春赛!

(原载《恩施日报》2002 年 6 月 24 日)

"黄四姐"门前那条河

两代人的求学梦

3月5日,杨柳从北国边陲乌苏里江南岸的饶河县乘车赶往哈尔滨搭乘飞机,五小时后抵达武汉,再换航班飞往恩施,沿途跋涉万余里,于7日回到建始,将17岁的儿子杨严送进一中读十年级。也许人们会问,发达的重工业基地、享誉世界的东北平原,有百余所设备优良的高中学校,干吗要花掉大量路费和学费、千里迢迢把孩子送回大山深处的建始一中念书?的确,下这个决心是艰难的,是杨柳花了两周时间反复思考的结果,其间的酸甜苦辣只有他自己清楚。诚如《红楼梦》中说的"满纸荒唐言,一把辛酸泪。都云作者痴,谁解其中味?"

苦涩童年

1964年,杨柳出生在建始县何坡村二组一个叫杨家湾的村庄,那里是一个偏僻落后的荒凉村寨,绵延五公里长的大坡斜挂在三里乡东部与红岩、高坪镇交界的山梁地带。一条坑洼不平的通村公路与外界相连,但极少有车辆往来。出生在这样的穷乡僻壤,注定了杨柳的童年是缺少幸福与欢乐的苦涩童年。

更为严重的是,1958年,在建始三中读书的杨柳父亲,常和班上十多位同学聚在一起谈论《水浒传》中梁山好汉行侠仗义、打抱不平的故事,被学校一位领导借题发挥,将这些同学定性为"反革命小集团",杨柳父亲被迫终止了学业。

"反革命分子"像紧箍咒一样将杨柳父亲管制得老老实实,不敢乱说乱动。出生在这种家庭的杨柳,自然没有顺心童年,常常饥寒交迫……杨柳被

"读书无用论"思想强烈腐蚀,上学时也不肯用功,读完五年小学,又在大队读了两年初中,便毕业回家,跟爸妈种地。杨柳用柔弱的肩膀挑稀粪浇玉米苗,到十六里外的三里坝背化肥,驾水牛掌犁头耕地,和同伴们下水田比赛插秧……

军营磨炼

1983年,改革开放的阳光雨露降临华夏大地,拨乱反正、任人唯贤的英明国策将杨柳送进了神圣军营。

走进军营,一切都很新鲜。营地就在乌苏里江南岸,站在岸边能看到北岸苏联的军队站岗。穿草绿色的军装,进行严格的军事训练,承担保家卫国的重担,这一切令杨柳感到特别快乐。白天扛着长枪雄赳赳气昂昂进行军事训练,夜里穿着军大衣屹立在零下二三十度的冰天雪地站岗放哨,杨柳不仅不感到艰辛困苦,反而感到特别光荣幸福,因而倍加珍惜。在烈日和冰雪里训练,杨柳坚持做到一丝不苟,常常以超出战友们数倍的劳动强度和汗水强力训练,经常受到部队首长的表扬;冒着零下三十多度低温站岗放哨,他不敢有丝毫懈怠和马虎,始终高度警觉地注视着夜幕里的风吹草动;杨柳对工作兢兢业业任劳任怨,对上级的命令坚决执行,对战友亲切友好热心真诚……这些都得到了首长的全面肯定。

1987年,杨柳被提升为汽车排副排长,带领的车队又成为部队的模范标兵。1989年升为汽车排排长,1992年升为修理所所长,1994年被部队送到哈尔滨军校学习两年,拿到大学文凭,后来又到大连陆军军事学院进修学习,1998年被提升为运输股股长,2001年升为装备处处长,2004年升为副团长。

在二十五年的军旅生涯中,杨柳先后受到部队十二次表彰嘉奖,立过一次二等功、三次三等功。为了表达立志为部队奋斗一生的决心,1994年杨柳同当地饶河县一位姑娘结了婚。战友们都不愿长期留在气候寒冷的北方生活,五百多名家乡战友陆续退伍复员,有十多位被提为干部的家乡战友也全部转业回乡,如今唯有杨柳一人留在北国边陲的乌苏里江南岸军营。

对党和部队无限忠诚,每项工作都能做到领导满意,仅仅念过两年初中的杨柳所付出的汗水是一般人无法想象的。军事训练、站岗放哨、驾驶军车、管理战士，这些只要勤劳务实都比较好办，举一反三、多多操练就能干成优秀模范。但由于文化基础差，杨柳阅读文件撰写文章十分吃力。特别是当了汽车排排长、修理所所长后，常要给战士开会讲话，他写讲稿十分费力，脑子想好一句话写到纸上错别字多，变成了词不达意，有时花一个通宵写成一篇一两千字的讲话稿，里面竟有错别字四五十个。杨柳深刻认识到，只有刻苦钻研才能扭转这种被动的局面。于是，他制订了一项长达十年的攻关计划。

杨柳将叶剑英元帅的《攻关》诗"攻城不怕坚，攻书莫畏难。科学有险阻，苦战能过关"工工整整地写在笔记本扉页上，当作座右铭激励鞭策自己。夜里看完《新闻联播》《焦点访谈》后，他会坐下来一边查字典，一边写当天日记，写读书笔记，直到深夜才上床睡觉，常年坚持雷打不动，一本崭新的《新华字典》被他翻得书皮皱巴，内页发黄。杨柳用这种蚂蚁啃骨头的办法阅读了大量的书籍，写下了近百万字的读书笔记、日记和心得体会。功夫不负有心人，杨柳终于能科学地处理日常工作，会写通顺的文章讲稿，能得心应手地履行好岗位职责。走到这一步，不容易啊！

爱子读书

杨柳只有杨严一个孩子。由于吃尽了文化低的苦头，他决心创造条件让孩子从小受到良好教育。于是，杨柳一边勤奋工作，一边节衣缩食存钱，将6岁的儿子送进当地最好的小学上学。

东北的交通十分发达，抗日战争时期就建成了纵横交错的铁路和公路网络，共和国成立以来的工业基地定位又奠定了这里雄厚的基础，改革开放的政策更是给经济插上了腾飞的翅膀。学校的校舍富丽堂皇，校内一律安装有暖气设备，配备了现代化教学设备，办公室、会议室、教室地板上都铺着红地毯，学生进教室要先脱掉鞋子穿上拖鞋到座位上课。室内温暖如春，室外却是天寒地冻。北方经济普遍达到小康水平，孩子无论读书好坏都能过上优越的生活，所以家长并没有强烈要求学生勤奋学习的愿望，一切都顺其自然。学校管理水平、教学成绩也都顺其自然。

杨严从小学上到高一,成绩单上都是中等偏上的成绩。但通过考查,杨柳发现儿子的实际能力并不乐观,提笔爱写错别字,讲起书本知识有时是张冠李戴,可见学习时有囫囵吞枣的毛病。此情此景,引发了杨柳思索。这里的教育水平与家乡有一定差距。于是,杨柳决心将孩子送回建始读高中,没想到这念头遭到了家人的强烈反对。杨柳不管这些,想起红军历经千辛万苦的生死考验,才能建起共和国大厦的"长征"精神,外因虽然不是决定因素,却是改变人生命运的关键法宝……

杨柳坚定地"独断专行",指导儿子做好跨越三大障碍的思想准备:一是语言障碍,儿子一直说普通话,但毕竟长期生活在千里冰封的北方土地,这里与建始的方言有相当差距,需要半年以上时间磨合;二是儿子一直生活在父母亲人的羽翼下,依赖家人,突然远离父母于万里外的陌生学校独立生活,需要适应的过程;三是儿子成绩在北方是中等偏上,但与建始一中学生比较,明显落后,差距很大。

走进一中校园,老师教书育人的精神令杨柳吃惊:这里管理学生非常严格,上课时教室里气氛庄重,老师们聚精会神地教学,一丝不苟地讲课;晚上班主任老师陪着学生在寝室里睡觉。这样的关爱和负责,在全国的高中校园里都极为少见。

回到部队,儿子打来电话说老师管理太严,学习上抓得特紧,他没有玩的时间了。妻子和岳母听到这话心疼得哭了,杨柳却从心底里感到高兴:建始一中勤奋学习的浓厚风气,一大批高素质教师的严格要求,三年的加压奋进,会让儿子进步。杨柳不敢奢望儿子能考取什么重点大学,但儿子能在肥沃的知识土壤中健康成长,已令他感到欣慰。亲爱的杨严,愿你明白父亲一片苦心,在建始一中这座辉煌神圣的学府里快马加鞭,勇往直前。

(原载《建始新闻周刊》2007 年第 12 期)

作者附记:杨严没有辜负父亲的苦心培养,大学毕业后又读军校,在部队里当排长,干出很多成绩。不幸的是,2014 年,就在被宣布提拔为连长的前两天,杨严在车祸中遇难。

洪魔肆虐中坦

洪魔发狂

1999年7月7日，是建始县三里乡中坦管理区人民永远刻骨铭心的日子。这天凌晨3时，洪魔逞强施威，将又急又猛的187.6毫米雨量，瓢泼桶倒般地在5小时内倾向中坦。中坦村九组91岁的老寿星李明才胆战心惊地说："这场大暴雨，百年未遇，千年未曾听说过哟。"可怜三里屋脊中坦烟叶主产区，一瞬间变成了泽国汪洋。

中坦坪是一块富饶美丽的宝地，南坡和北坡遥相对应，从茅田逶迤南下百余里，直奔槐子坦。两坡间是一条宽千余米、长七千米的平坝，自东向西梯级分布着绿荫、中坦、白果、煤炭沟四个村落。接二连三的炸雷、暴雨、滚洪，一连串骇人听闻的自然灾害，令人难以置信。平坦的白果村四组忽地隆起一座方圆四亩的小山，巨大的爆炸力将刘奇云三户居住了280年的房屋宅地推倒又盖上十米厚土；白果村一组、二组和煤炭沟四组、五组的数百米老岩崩溃爆裂，十几股水柱冲天而起。在刘修国、谢兴成等30多家农户的房地、农田里堆满了大小不等、成千上万的石头，长10米、高5米、宽8米的巨石就有12块，桌子大、小车大的石块无法计数，州地矿局的专家指着一块石头惊讶地说："足有50吨。"专家仔细分析了这些异常现象，说不只是洪涝成灾，还发生了3.5级地震。

71岁的匡秀安借着闪电光看到屋内洪水滔天，就拿起斧头砍断窗棍将两个孙子塞出去，不到10分钟，轰隆一声，石头便将房屋压成了齑粉。黄发珍种烟叶养猪，积攒五年辛苦建起的三间新房，刚刚粉刷铺好地板，一瞬间被滑山埋得不露痕迹，黄妻用头对准柿子树撞击，哭喊着死了干净。吴开桃四口穿着短裤破门而出，回首看见房屋被洪水卷进了小溪口水库。正睡觉的齐直金被炸雷惊醒，借闪电发现一股大风从被撕开的墙壁大缝中灌进来，吓得喊醒全家人火速逃命。一股水桶粗的翻水从袁时政的堂屋里冲天喷起……惊心动魄的场面数不胜数。

洪水给中坦四村人民造成了巨大损失：71户房屋变成了沙坝石山，35户房屋必须搬迁，179头猪牛羊被压死或失踪，1400亩苞谷田、1100亩烟叶田变成沙坝，5000米河堤被毁，28里公路毁坏，坚硬的路面有的断裂垮塌，有的被冲出一米深的壕沟，直接经济损失达55万元。不幸中的万幸是，无人伤亡。

干群救灾

灾情牵动万人心。7日早晨，一场抗灾抢险行动立刻展开，全体乡干部兵分六路赴现场抢险救灾。刚于6日到县城治病的乡民政主任龙艳被暴雨震惊，不进医院却乘车绕道（河水坪陈家屯公路水淹一米）红岩、高坪、大牌返回三里，迅速组织乡干部捐棉被32床、床单13条、衣服25套，借出乡政府3月份干部工资一万元帮助灾民搭棚临时居住，乡长谭志松出面找粮店借粮2000公斤安排灾民生活。县委书记胡茂成、人大常委会主任胡用林、人武部政委李泽玉、宣传部部长李超等陆续来到中坦查看灾情，个个心情像压着大山一样沉重。

危难之际见真情。泥石流冲进中坦八组吴太贵家门，吴太贵吓得目瞪口呆不知所措，九组基干民兵李哲阶带十余人奋不顾身冲进屋，搬出穿衣柜等财物，并搭起临时帐篷；中坦村会计张周银一连七天没回家，帮袁宗政除泥沙，组织群众架桥恢复公路；教育站张修建将被洪水冲走房屋的民办教师李德胜的妻子安排到学校做饭，把牲口带到学校喂养，政府每月付其30元工资让他们临时住着。五上中坦的乡党委书记杨年敦，一一安慰终日以泪洗面的灾民："请相信党和政府，保证你们有屋住，有衣穿，有饭吃。"乡民政主任龙艳拖着病体，从绿荫、中坦、白果到煤炭沟踩泥泞蹚洪水，步行50余公里，家家户户查记录，现场办公给灾民买炊具。她给片瓦无存的齐直金开150斤救济粮票，没有椅子就坐在破背篓上书写。龙艳在中坦四村待了10天进行核灾安置，被灾民称为"活菩萨"。

面对众多灾民，乡党委政府果断于7月11日举行赈灾捐赠活动，发动全乡人民"献一份爱心救助灾民"。两天赈灾募捐集资1.47万元，衣被600余件，加上县民政局下拨的8000元钱，乡里共筹集2.3万元救灾款。虽然是杯水车薪，但总能应付一阵子了。

工作组安民

7月13日，三里乡领导干部杨年敦、谭志松、孙国平、廖远明、万方荣、黄思令和龙艳等12人组成4个工作组，开着贴有"把爱心献给灾民"横幅和装满衣物的车队分别进入中坦四村，和乡、村干部联合安置灾民。

工作组制定了三条得力措施安置灾民。白天进农户查灾摸准底细，一户不漏，夜里讨论，按照公平、公正、合理原则，反复比较，确定五种救助类型，同时落实相关措施。

连续三天紧张而又周密细致的工作后，中坦村于7月16日召开灾民大会，当众宣布了五种类型灾民名单，然后一一落实由区、村干部承担督导责任的建房责任人。由于工作组研究的灾户类别准确，公平合理，虽然发到户头上的钱不多，但所有灾民没有一句怨言，都抹着眼泪万分感激地说："共产党比爹娘还亲哟，要不是党和政府救助，我们讨米无路哟！"

7月18日，安置工作顺利进行，衣被钱粮按计划（粮按月，钱按建设工程进展）分期发放。灾民情绪稳定，一颗颗破碎绝望的心重新振作起来，一场重建家园、改天换地的战斗打响。退伍军人、煤炭沟村支部书记杨年轩，于7月10日将号哭了三天三夜的黄发珍带进自己的三分好地里，指着被自己砍倒的一大片粗壮的苞谷秆说："你就在这儿起屋。"7月22日，黄发珍挖基建房。自这天起，村干部轮流带工，号召村民在自家吃饭，或支援一根木料，或帮三五天工，帮黄发珍盖房。

目前，中坦管理区的区、村干部正带领广大村民展开轰轰烈烈的抗灾自救行动，修复公路，修筑桥梁，清除河沙，疏通田沟，垒建河堤，帮助灾民建房屋。虽然完全恢复中坦四村的灾前原貌，至少也得十年，但勤劳勇敢的三里中坦人民正在克服一个又一个困难，昂首阔步走向美好明天。

（原载《恩施日报》1999年8月7日）

"黄四姐"门前那条河

台胞寻根，梦圆建始

六十年，整整一个甲子。一个台湾老兵未圆的寻根梦，经其在东森电视台工作的儿子崔显亚通过网络传播，在众多同胞的帮助下，终于梦圆建始。

2009年6月21日，42岁的台湾东森电视台记者崔显亚从台湾起飞，辗转澳门、武汉到达恩施机场。他一下飞机，就被从未见面的同父异母的哥哥崔显林、姐姐崔显玉紧紧抱住。崔显亚喜极而泣："大哥、大姐，二十年前我就计划着回来找你们，今天圆了梦！"

哥哥、姐姐也动情地说："弟弟，我们想你呀！1973年，我们从父亲的来信中得知他在台湾为我们留下了一个弟弟，没想到，我们能在有生之年见到你。"三姐弟的手紧紧握在一起，久久不肯松开。

崔显亚没有想到，他的寻根之旅，仅用十二天时间就顺利实现了。

崔显亚的父亲崔谦辉，1924年生于三里乡村坊村五组，土家族，与结发妻子育有长女崔显玉，儿子崔显林。崔谦辉后来参军，1949年随国民党军队去了台湾，在台湾娶了后妻生下儿子崔显亚。20世纪70年代，崔谦辉写过信回来，但未能与亲人团聚。1974年，崔谦辉不幸病逝。时年7岁的崔显亚，后来从母亲口中得知，父亲是湖北省建始县三里乡村坊村人，在故乡结过婚，育有子女，父亲一直想回到大陆看望亲人祭祀祖先，但愿望终未实现。那一刻，崔显亚幼小的心灵里，就萌生了到大陆寻根认兄姐实现父亲遗愿的梦想。

崔显亚大学毕业后，在台湾东森电视台任记者。随着海峡两岸关系好转，实现"三通"，崔显亚到大陆寻根、认祖归宗、完成父亲回故乡遗愿的心情日益迫切。2009年6月9日，坐在电脑前敲击键盘的崔显亚心中一动，在网页里输入"建始新闻网"进行搜索，很快出现了建始网页及电子信箱。

崔显亚怀着试一试的心情，给建始网邮箱发出了"帮我寻找故乡亲人"的电子邮件。这封信当即被转帖到建始网站的"清江论坛"和"留言板"，引起了三里乡小学老师崔应珍的跟帖回应。崔应珍家住村坊村，她在帖子中写道：通过查证崔氏族谱，已找到崔显亚的哥哥在建始县三里乡村坊村五组，名叫崔显林，65岁；其姐崔显玉嫁到该乡杨柳村，现已68岁；崔谦辉的前妻已于1994年病逝。后面附上了崔应珍的电话。

崔显亚与崔应珍多次通话后，仔细端详了大姐崔显玉、哥哥崔显林视频中的模样，决定当月20日从台湾出发到大陆寻根。于是，出现了文章开头的动人一幕。

6月21日下午，在哥姐陪同下踏上村坊村这块陌生的故土，崔显亚心潮澎湃，百感交集：三里乡河水坪村坊村是一个美丽的鱼米之乡，万亩香稻蕴绿吐翠，宽敞的柏油路纵横交错，铁路横空连接沪蓉——难怪父亲对美丽的故乡魂牵梦萦。站在曾祖父、爷爷和大妈（父亲前妻）的墓前，崔显亚双手合十，恭敬地三鞠躬，然后双膝跪地，轻轻地抚摸着墓碑上爷爷崔登禄和父亲崔谦辉的名字。他拿起相机，不停地拍摄着墓碑上父亲的名字。

在墓碑不远处的那棵大香樟树下，崔显亚听当地老人回忆父亲当年的故事，他走上前去，轻轻抚摸着那棵见证历史的古树。在香樟树下的古井边，望着清澈的泉水，他俯下身捧起泉水，感受家乡泉水的清凉。

回到大哥家里，崔显亚拿出父亲的照片，小心翼翼地放在神龛下，轻声说："爸爸，我带您回家了。这就是您离开了整整六十年的家，他们就是您想了整整六十年的儿女。这个父亲节的礼物，您还满意吧？"

下午5时，亲人们围坐在一起，尽情地享受着丰盛的晚餐。席间，大哥、大姐、侄子、孙子们一一给崔显亚敬酒。这顿迟到了近二十年的团圆饭，显得那么温馨和幸福。

"海上生明月，天涯共此时。"6月24日晚上，崔显亚轻轻地抚摸着亲人赠送的画册上的题字，久久不能入眠。6月25日，崔显亚告别哥哥、姐姐时，说他会在合适时候，与妻子一道带着父亲的骨灰回家乡安葬，然后踏上了返回台湾的旅途。

（原载《湖北人口》2009年8期）

死亡约会变成爱的聚首

美丽的长江三峡神农溪畔,一个土家女身患绝症。生命之火即将熄灭之际,她毅然赶赴深圳,为自己的眼角膜争取六个小时的存活期,好给他人带来光明。火车上,土家女的心脏病又突然发作,列车长和医生请她在长沙下车住院治疗,她却死死抱住火车上的茶几……土家女按时来到深圳,她的爱感动了深圳人,深圳人的爱感动了死神,死神中途退去。结果,死亡约会变成爱的聚首,土家女没能如愿捐出眼角膜,却带回一颗被深圳人修复的心,只把爱留在了深圳。

身患绝症,如何度过最后时光

2004年5月6日,殷顺玉再次病危住院,医生检查发现,她的心脏二尖瓣因病严重变形,已达到正常人的两倍大,心肌缺血,已经达到一级心衰。医生心情沉重地说,她已经错过手术时机,无法治疗了。

十年前,殷顺玉患感冒,一直不见好转。她来到巴东县医院检查,医生说她患有风湿心脏病。这个结果如同晴天霹雳,震得殷顺玉方寸大乱。自己怎么会患上这种病呢?太难治啊!

偏偏祸不单行。1997年夏天,巴东县食品公司改制,工作了十五年的殷顺玉被迫下岗;秋天,丈夫不肯和一个心脏病人长相厮守,与她离婚。失去丈夫,殷顺玉欲哭无泪。从此,她拖着病恹恹的身子,与12岁的儿子彭英相依为命。

殷顺玉一边挣钱,一边供彭英读书,顽强地生活着。不幸的是,几年下来，过度劳累加速了病情的恶化。殷顺玉感到身体严重不适，时常胸闷，四肢无力，就连上楼梯也累得喘不过气来。

2002年6月18日，殷顺玉心力交瘁，心脏病发作，她只好住院治疗。巴东县人民医院内科医生用B超检查后，严肃地告诉她，她的心脏已经病变到晚期，要想彻底治好病，必须马上做手术，更换人造心脏瓣膜，手术需要六万元。

殷顺玉听得目瞪口呆。六万元！这可是个天文数字啊！她一个弱女子根本不可能凑齐。听天由命吧，人迟早都是要死的。这么想着，殷顺玉剧烈颤抖的心渐渐平静下来。

正读高二的儿子彭英为母亲的重病难过，他一横心，离开校园，于当年秋天南下深圳打工。他要为苦难的母亲筹集手术费，拯救母亲的生命。

人活百岁，终究难逃一死，殷顺玉这样想，便少了害怕，心境倒坦然起来。

殷顺玉家住长江三峡巴东县城，在她家的阳台上，就能看见浩浩荡荡的长江水。自小长大，数十年来，长江的磅礴气势和博大胸怀将殷顺玉滋润得模样俊俏，胸怀宽广。尽管被病痛折磨了近十年，殷顺玉那张苍白的脸依然动人。可是，老天无情，偏偏要将这美丽撕碎，真是残酷啊！

自己的时间已经不多，如何度过生命的最后时刻呢？此时此刻，除了病痛，还有这个问题折磨着殷顺玉那颗脆弱而又坚强的心。

博大心胸，被女护士的义举搅动

这天，殷顺玉站在阳台上，俯瞰着浩荡的长江水，禁不住心潮澎湃。突然，殷顺玉的心里一动，她想起一件震撼心灵的事。那是2004年3月27日晚上，殷顺玉打开电视，收看巴东新闻，其中一条新闻深深地打动了她：巴东县中医院年仅38岁的女护士王菲月身患肝癌，医治无效去世。遵照王菲月生前遗嘱，家人将王菲月的眼角膜捐献出来，移植到三个盲人眼中，使这三个盲人重见光明。

能让三个盲人重见光明？这是多么有意义的事情啊！刹那间，一个念头油然而生。殷顺玉决定效法王菲月的义举，捐出眼角膜，捐出器官，捐出身体的全部有用部分，造福他人！自己今年42岁，正值壮年，除了心脏以外，身体其他器官都是健康的，会对许多人有用。对，坚决全部捐献。

殷顺玉打电话把在深圳打工的儿子叫回家，对儿子说出自己的决定。彭英哭着说："妈妈，儿子没有能力挣钱给您治病，这已让儿子终生不安！您去世后，儿子不能再让您落个身体不全。我不同意！"

殷顺玉也泪流满面："彭英，这是妈妈的最后心愿，你就依了妈妈吧。与其让眼角膜白白浪费，不如赠给别人，让别人享受光明快乐！"

见妈妈如此坚决，彭英不忍拂逆妈妈的意愿，点头答应。

殷顺玉立即实施行动。她两次来到王菲月家中，详细打听捐献器官的事宜。按照王菲月家属提供的信息，殷顺玉给深圳红十字会眼库主席姚晓明博士写了一封情真意切的信，说自己患绝症，已到晚期，在世的日子不多了。她希望像王菲月女士一样，捐献角膜，把光明留给他人。此时，殷顺玉病情已经非常严重，到了每走三五米就必须停下来歇息的地步。她给姚晓明博士写完信的当天下午，就病重住院了。

姚博士感动不已，他很快回信，感谢殷顺玉无私关爱他人的爱心。他建议殷顺玉与武汉红十字眼库协会联系，就在本地捐献角膜——因为眼角膜必须在人去世后六小时内取出来，才能有效移植，超过六小时的存活期限，眼角膜便会失去价值。

殷顺玉遵照姚博士建议，与武汉市红十字会眼库取得联系。但事情并不如愿，武汉市制定的《遗体器官捐献条例》明文规定：武汉市红十字会只能接受有本地户口的人捐献的器官。也就是说，殷顺玉虽然愿意捐献角膜器官，武汉红十字眼库却不能接收。此时此刻，躺在病床上的殷顺玉忧心如焚，她对儿子说："彭英，你赶快把我送到深圳去，我一定要到深圳去死！把角膜捐给深圳人！"

殷顺玉打通姚晓明博士的电话，说武汉不能接受她的角膜，她将于第二天到深圳找姚博士，死后把眼角膜捐献给深圳人。

姚博士被殷顺玉的爱心深深感动，他在电话里叮嘱："殷女士，你既然坚决要捐献角膜，我代表渴望光明的深圳盲人向你表示感谢。你明天来深圳，就坐飞机吧，费用由我负担。"姚博士考虑到坐飞机速度快，只要两个小时就能到达深圳。

殷顺玉却对儿子说："姚博士帮我完成心愿，已是天大幸事。不能再给他添麻烦了，就坐火车去吧。"

2004年6月19日，儿子彭英扶着病重的母亲，从巴东乘车到武昌火车站。6月20日晚上8时，母子俩乘上驶往深圳的列车。可是，由于火车剧烈颠簸，殷顺玉的心跳加快，喘气急促，浑身流汗，病情危急。列车长找来心脏专科医生对殷顺玉紧急抢救。旁边的彭英吓坏了，他立即拨通姚博士的电话求救。姚博士电话指示，要求殷顺玉必须在长沙下车，马上住进医院。

54分钟后，火车停在长沙车站。彭英、列车长和医生百般劝说，要殷顺玉下车住院。可是，殷顺玉坚决不同意，她死死地拉住车上的茶几不松手，坚决不下车。她用微弱的声音说："如果眼角膜无法捐献，我死不瞑目。明天一早，火车就会到达深圳，就算是死在火车上，我的角膜仍然在六小时存活期内，还能让姚博士移植，给盲人带来光明。"

听到这感人肺腑的话，满场人为之动容，潸然泪下。

火车开动了。列车长只好拿出《列车长日记》，日记上详细记录殷顺玉在火车上的发病过程。在殷顺玉的支持下，彭英代妈妈在上面签下"乘坐火车，突发急病，拒绝下车，后果自负。殷顺玉"的生死文书，殷顺玉伸出颤抖的手，按上了手印。

也许是上苍的慈悲吧，6月21日早上8时，火车平安抵达深圳。姚晓明博士手举一块写有"欢迎殷顺玉女士"的大牌子，早早来到站台迎接。

爱撼深圳，创造生命奇迹

"人到中年的殷顺玉，身材苗条，模样俊俏，脸上虽然憔悴，但常带微笑。这样的美人美容美丽精神，应该得到延续，哪怕只有一线希望，我也要用百倍努力。"第一眼见到殷顺玉，姚博士的心为之一震，拯救殷顺玉生命的计划瞬间产生。

姚博士立即将殷顺玉送往深圳治疗心脏疾病最先进的医院——深圳市孙

逸仙心血管医院治疗。同样被殷顺玉精神深深感动的医院院长姬尚义，非常支持姚博士的决定，他迅速组织医生会诊。经过严格检查，他们发现殷顺玉病情虽然十分严重，但并非完全没有希望。如果能成功更换人造心脏瓣膜，仍有很大生存希望。但做这种更换心脏瓣膜的大手术，需要六万元医疗费用。

得到这个权威结论，姚博士于6月21日下午请深圳电视台记者到医院采访殷顺玉，通过荧屏，把湖北巴东姑娘殷顺玉长沙拒下火车，誓死奔赴深圳捐献眼角膜的感人事迹迅速传遍了千家万户。

深圳沸腾了，深圳市民被三峡女子的执着、善良深深打动。来医院看望殷顺玉的人络绎不绝，给她送来水果和鲜花，送来钱和营养品，送来了衷心祝福和深切慰问，送来了再生的希望……

六万元对于殷顺玉来说，是一个天文数字，但众人拾柴火焰高。好心必有好报，这种绵延了千万年的华夏美德，在深圳得到了淋漓尽致的发扬。一股拯救生命的爱心热潮立时澎湃汹涌，将殷顺玉层层包裹。

姬尚义院长率先表示，给殷顺玉减免两万元手术费。深圳市狮子会沙井服务队的负责人马文光和黎文秋专程来到医院，资助殷顺玉四万元钱。马文光考虑到殷顺玉手术后，还有半年时间的康复期，必须留在深圳，便主动安排彭英在自己的企业工作，便于彭英照顾母亲。企业家方成群给殷顺玉送来一万元钱；一位酒店大老板走进病房将两万元钱塞到殷顺玉的枕头下；一个来自恩施州的打工青年，乘车一百二十公里，给殷顺玉送来营养品；一位名叫张秋玲的女士，患有眼病，她于6月20日与姚晓明博士取得联系，准备接受殷顺玉的眼角膜，此刻获知殷顺玉可能起死回生，她令家人将她搀扶进医院，亲手将两千元钱送到殷顺玉的手中……

这一切，令殷顺玉始料不及。她百感交集，热泪盈眶，她一遍遍地重复着："深圳人太好，深圳人太好，深圳人太好啊……"

6月30日，也就是动手术的前一天，殷顺玉在病床上口述，让儿子彭英用纸笔记录，给姚博士写了一封信——

最最敬爱的姚博士：

我终生感谢您和姬院长，感谢深圳人民的再生大恩！但我必须严肃声明，

万一我在手术中支撑不住，或因其他原因出现意外而导致手术失败，我同样感到高兴。若真如此，我请您将我的眼角膜、肝脏、肾脏及身体所有有用的器官，采摘下来，救助深圳人；请将我的遗体捐给深圳卫校，用作医学实践，让学生解剖实习。口说无凭，此信为证。

殷顺玉

2004年7月1日，深圳市孙逸仙心血管医院组织最强的力量为殷顺玉做手术，由姬院长亲自主刀，给她换上日本进口的人造心脏二尖瓣膜，修复心脏三尖瓣，经过三个小时的紧张工作，手术成功。

7月28日，经过医生的精心护理，殷顺玉康复出院，她万分激动说："我万万没有想到，我本想把器官捐献给深圳人民，深圳人民却反过来给了我第二次生命。"

8月8日，殷顺玉回到湖北巴东，在家里进行康复治疗。她的脸上总是洋溢着阳光般灿烂的笑容，逢人便说，康复之后，她要尽最大努力，去帮助全社会所有需要帮助的人。

（原载《前卫》2005年第1期。2007年10月获得省委宣传部湖北省第11届社科期刊专题优秀文章二等奖）

系着背着尽是爱

建始县三里乡擦擦坡村青年女子姚红闰将未婚夫送往军营，未婚夫却因公致残，双目失明，姚红闰不改初衷，毅然嫁给伤残军人。她担心他寻短见，晚上睡觉时用绳子将两人系在一起；出门做农活，她背他到田头聊天解闷。

姚红闰三十一年精心护理丈夫的事迹在建始传为佳话。

嫁给伤残军人

1979年，思念已久的未婚夫刘可义被部队首长送回家乡时，姚红闰等来的却是晴天霹雳：英俊的未婚夫变成了盲人。

1977年，浙江省金华市发生特大洪水，刘可义奉命抢险，为抗洪战士烧开水。忽然一声巨响，锅炉发生爆炸，刘可义的双眼因此失明，属一级伤残。刘可义一直没给姚红闰写信，怕她知道真相。

听了部队首长的介绍，姚红闰悲喜交集："在部队，他把青春献给了党，是功臣。在家乡，我为何不把青春献给功臣？"慎重考虑后，她决定嫁给刘可义。为此，家人一度反对，乡亲也唏嘘不已。

1981年正月，姚红闰顶住压力，与刘可义喜结良缘。

系着丈夫睡觉

婚后，夫妻俩靠刘可义每月一百二十三元救济金和姚红闰十元护理费维持生计，没想到灾难接踵而来。结婚后的第二年，公公在山洞里开凿阴河寻水，不幸炮炸身亡；不久，婆婆心脏病突发去世。突如其来的两场丧事，里里外外全靠姚红闰料理。

数月后姚红闰生下一个可爱的男孩，破碎的家庭有了希望。从此，生活重担像山一样压在姚红闰柔弱的双肩上。做饭、喂猪、带孩子、护理丈夫，还要像男人一样赶牛耕地、架大筐子背苞谷棒、挑粪、挑水、砍柴火……

在护理丈夫的日子里，经常发生一些难堪事。有一次是刘可义生日，姚红闰煮碗面条喊他吃，他走近桌子，摸筷子时不慎将碗带到下地，荷包蛋和面条散了一地，大黄狗跑来狼吞虎咽。姚红闰一阵心酸，委屈地说："你慢一点啊，又没人和你争抢。"丈夫愧疚地说："你帮我把面条抓起来，我能吃。"从此，姚红闰做好饭就把碗筷送到丈夫手中，等爷儿俩吃饱了，自己才动筷子。

她从牙缝中省下一百一十元钱买了台收音机，让丈夫了解国家大事；上坡做农活，她背他到田头，边干活边陪他聊天。姚红闰有次患重感冒，睡了三天仅喝了半碗粥。丈夫心疼极了，拄根木棍想去乡民政借点救济金给她买药。他摸路下坡走到百米外，身子一歪栽下三米深的沟里，头脸手脚被岩石磕碰和荆棘扎得伤痕累累……姚红闰扶起丈夫放声痛哭，丈夫抓住她的手，痛苦地说："我考虑再三，你还是走吧，我真的不能再拖累你了。我有我的路……""你能有什么路？你想寻死？我哪点对不起你？你不要有这种歪心邪念！"夫妻俩抱成一团号啕大哭。姚红闰怕他想不开去寻死，白天寸步不离，夜里睡觉时用绳子将自己和丈夫的手系在一起，一有动静立马惊醒……这一系就整整系了十五夜，直到丈夫发誓，保证不再寻死才作罢。

建起幸福家园

姚红闰三十一年来含辛茹苦，护理丈夫慢慢变老，拉扯大儿子读完中专打工挣钱。民政部门也给予了帮助。2006年，在乡民政两万元扶持金的帮助下，姚红闰一家筹款四万元，在河水坪集镇买了房，从此告别旧土房。2012年起，国家将月抚恤金、护理费提高到了一千八百多元。如今，姚红闰娶了儿媳抱起了孙子。

接受笔者采访时,刘可义仍然保留着军人的习惯,身子立正举手敬礼。他说:"我十分不幸,但又很幸运。没有红闺,没有党的优抚关怀,哪有儿孙绕膝的今天啊?""嫁给可义三十一年,吃苦遭累,但我无怨无悔。如今苦尽甘来,也算熬出头了!"姚红闺一脸沧桑,但也乐观。

（原载《湖北日报》2012 年 5 月 11 日）

苦难娃考进北大

"敬爱的爸爸妈妈：孩儿被北京大学录取了。儿子用通知书来告慰你们的在天之灵，向你们讲述幺舅的恩情……"这是2008年8月18日，湖北省利川市中学生余胜跪拜在父母坟前，号啕痛哭时说的话。

余胜父母双亡后，好心的幺舅搀扶着成为孤儿的外甥在逆境中劈波斩浪，登上学海高峰，余胜以662分的高考成绩成为湖北省恩施州理科状元。他俩的事迹，震撼了荆楚大地。

父亲病逝，幺舅辞工照顾孤儿寡母

1990年5月，余胜出生在湖北省恩施州利川市建南镇槽坪山村，这里地处三省交界，十分偏僻贫穷。由于居住在穷乡僻壤，余胜和两个姐姐的童年充满了苦难和艰辛。

1997年5月，正读小学二年级的余胜刚满七岁，便遭遇了人生中的第一次"地震"。父亲余世祥因积劳成疾患上肝硬化，由于无钱治疗，最终撒手人寰。余世祥临咽气时，紧紧捉住妻子的手嘱咐："我把三个孩子托付给你，请你尽全力供孩子念书，孩子能读到哪儿就供到哪儿。特别是儿子余胜天性聪明，你一定要答应我把他供到大学。"

望着丈夫深陷的眼窝里那真切的期待，妻子泪流满面地承诺："我答应你！"余世祥这才含笑闭上了眼睛。

顶梁柱突然倒塌，羸弱多病的妻子张来财失去了主心骨。她把娘家在外打工的小弟张来波请回来帮忙，找亲戚和乡亲们你两元、我五元地借钱，才凑齐六百元钱买了一副棺材安葬了余世祥。

张来波是余胜的幺舅，他个子矮小，身体瘦弱，只读过小学，心肠特别善良。他见姐姐张来财失去丈夫后，一个人用柔弱的肩膀担负着三个孩子的生活重担，非常艰苦，就没再外出打工，每天都是先来帮姐姐干活，照顾三个外甥。

2000年6月1日过儿童节，读四年级的余胜对妈妈说："妈妈，老师说要我们都穿新衣服过儿童节，您给我买新衣服吧？"张来财鼻子一酸，将余胜抱在怀中，泪流满面地说："余胜，你7岁时就死了爸爸，命苦啊。俗话说穷人的孩子早当家，你不能和别人比吃穿，要和别人比学习好，比成绩好……妈妈现在无钱给你买衣服，地里的苞谷苗都要拔节出天花了，还没钱买化肥追肥啊。"

望着满脸泪水的妈妈，余胜懂事地说："我听您的话，不比吃穿，就比成绩。"母子俩正在谈话，幺舅张来波走进门来，当即掏出五十元钱交给大姐说："这是我在山里捡野生菌卖的钱，给余胜姐弟买套新衣服。让他们过个快乐的儿童节。我看余胜一定会有出息的。"

从此以后，余胜真的记住了母亲和幺舅的话，生活上十分俭朴，学习却用功刻苦，四年级统考时总分居建南镇第八名，数学得了100分，语文76分。幺舅看了成绩单鼓励说："余胜，你成绩好，但还要在语文上加把劲，争取小升初考全镇第一。"幺舅这句话成了余胜的充电器和奋斗目标，以小升初考试总分第一的成绩被利川市民族中学（市重点初中）录取。

民族中学的费用要比普通中学高出数倍，学校与建南镇相距八十七公里，光是每周往返的车费就需要三十元。张来财拿不定主意，就与小弟张来波商量，张来波建议把余胜送到就近的建南初中学习，三年初中能节省五千多元钱，而且在建南初中更会被老师当尖子生加以重点培养。张来财采纳了小弟的意见。

母亲遇难，幺舅真情抚养外甥

2002年秋天，大女儿余红艳初中毕业后外出打工挣钱，二女儿余萍上了初三，小儿子余胜读初一，都在学校寄宿。眼看着姐弟俩读书成绩拔尖，母亲既欣慰又忧愁。姐弟俩天资聪明，考取高中、大学应该没有问题，但这翻番的学费也是家中一大难题啊！单靠几亩薄地和养猪收入，哪里能扶持姐弟俩读完高中和大学呢？张来财跟弟弟商量后，决定外出打工挣钱供儿女读书。

2003年春天，将姐弟俩托付给张来波照管后，张来财来到深圳一家建筑工地打工，干的是倒混凝土等又苦又累的活，工作虽然很苦，但每月能拿到一千五百元左右的工资。张来财心想，自己39岁正当壮年，干上五年、十年，将余胜姐弟供完大学，也就了却了丈夫心愿……可是，老天不遂人愿，这年5月5日，张来财在一次房屋拆迁时不幸从二楼摔下，又被坍塌的横梁砸中头部身亡。

5月11日，张来财的骨灰盒运抵家乡，14岁正读初一的余胜抱住母亲的骨灰盒号啕大哭："妈妈呀……您走了……儿子还怎么读书哟？"这哭声撕心裂肺，感天动地。

"余胜，坚强起来，幺舅会让你好好读书的！"张来波将余胜紧紧搂抱怀中，也痛哭流涕。料理完姐姐的丧事，幺舅便将余萍、余胜从八里外的槽坪八组接到一组自己家中，主动承担起抚养姐弟俩的任务。

5月18日，张来波将余胜送到学校，对班主任老师孙光兵说："孙老师，请您放心，我就是砸锅卖铁也要供外甥余胜一直把书念下去！完成姐姐和姐夫的心愿！"从此，余胜就在舅舅的呵护下，过着艰难的中学生活。

张来波想把外甥女余萍送到师范读书，将来当个小学老师。可懂事的余萍却说："幺舅，您供弟弟读书就够苦了，我不能再给您增加负担，我到浙江温州打工，也去挣钱帮助弟弟。"

舅妈王大珍也很贤惠，余胜来到家中，她没有半点嫌弃，像亲生儿子一样对待。无论吃什么东西都要给余胜留着，买衣服鞋袜都与自己孩子一样。

张来波要挣钱供余胜读书，还要养活一家六口（张夫妇、两个孩子、父母）。余胜在建南初中读书，每学期四百多元学费、每周三十元的生活费，张来波都亲自到学校交到老师手里。余胜也非常懂事，在学校，他将每天的生活费降到最低标准，每天只吃两餐，有时早餐就吃两个馒头。从幺舅家到初中学校，有七八公里路，为了节约两元钱的车费，本来个把小时的路程，余胜经常是顶着烈日和冒着暴雨步行两三个小时上学。

每当放学后，余胜就把幺舅的羊群赶上坡，一边放羊，一边坐在石头上做家庭作业，阅读课本。暑假里烈日炎炎，余胜和幺舅一起下地干活，捡土豆，或拔稗草，割猪草，再苦再累也无怨言。

高中苦读，考取北大报幺舅大恩

余胜在学习中付出了常人难以想象的努力。课间休息，同学们嬉戏玩耍，他坐在教室里认真复习功课；寒暑两假，同学们走亲访友，他将自己关在书房里专心研究学业。余胜还经常给自己做积极的心理暗示，比如在遇到困难的时候，就会在心里对自己说"要听幺舅的话，你能行"。时间久了，他就养成了自信、坚强、乐观的性格。虽然经历了很多苦难，余胜的脸上总是挂着微笑。

余胜就是靠着这种刻苦学习的精神和良好的心态一路走过来。2005年中考，张来波抽出三天时间，早早来到学校，以余胜家长的身份在考场外给余胜打气壮威，嘱咐余胜"临场莫心慌，沉着应战，定能取得好成绩"。余胜以建南镇第一名的成绩被恩施州一中录取。张来波仔细考虑，觉得让余胜读利川市一中更为有利：一是利川一中老师会更加重视培养"拔尖学生"；二是能节约一些学费。

2005年秋天，张来波跋涉八十七公里，将余胜送进利川市一中就读。校长毛昌龙和班主任李桂龙了解到余胜父母双亡，完全是幺舅供他读书，对张来波肃然起敬，十分感动地说："余胜是不幸的，但又是幸运的，因为有一个同亲生父母一样的幺舅疼爱！张来波同志，我们一定像你一样关心培养余胜！"毛昌龙校长和李桂龙老师不仅对余胜特别加以关照，而且将张来波抚养余胜的事迹广为传播，引发了利川市社会各界人士对孤儿余胜的关心和帮助。

李桂龙了解到余胜淳朴努力、坚强自信、谦虚乐观的性格后，便有意识地加以培养，选拔余胜担任班长，并在班上提出响亮口号："向余胜学习，不比吃和穿，只比学习进步大，比成绩好。"形成了以勤奋学习为荣的良好班风。

余胜虽然是建南镇中考第一名，数理化成绩全优，但语文和英语仅为中等水平。通过高一两学期的学习，余胜的这两科分数仍不理想，总分总是徘徊在全年级的第五至八名内，李老师便找余胜单独谈话，要求余胜要迎难而上，苦攻语文和英语，指出在目前情况下，余胜的考试总分基本上在全年级十名之内，与一二名相比也就二十分左右的距离。如果将这两科成绩每科提高十分到二十分，那么余胜的总分将赶上或者超过一二名成绩，高考时他极有可能成为全州理科状元。这番谈话让余胜豁然开朗，李老师是在重复读小学时幺舅"在语文上加把劲，考全镇第一"的鼓励啊！余胜冷静分析了自己的问题，古汉语和英语单词太难记，只有下功夫多读、多背才能解决。为此，他每天躲在被子里打电筒学，跑到厕所里的灯光下一站两个小时反复阅读、默写默记。功夫不负有心人，很快，他的语文和英语成绩就赶了上来。

张来波抚养外甥余胜的事迹，在利川城传得家喻户晓，许多人深表同情，给予帮助。利川市政协副主席王菊深受感动，毅然把余胜接到自己家中，给他资助衣服、词典、生活费、零花钱等，还帮余胜争取到利川市关工委的扶持费一千元。

云梦县建设局一位职工也将余胜作为捐资助学对象，每月给余胜一百元善款，总共捐助余胜三千六百元善款。学校也每学期给余胜发放五百元奖学金。高考成为理科状元，毛昌龙校长代表学校一次性给余胜发了五千元奖金。

面对众多好心人的帮助，余胜满怀感激，暗暗下定决心，要把好心人的爱化作动力，好好学习，将来做一个有用的人，回报社会，回报那些曾经给予他帮助的好心人。2008年5月4日，余胜等三名品学兼优的学生，在党旗下庄严宣誓，光荣地加入了共产党。

勤奋学习得到了回报。高二时，余胜获得了物理奥赛省二等奖，数学"希望杯"三等奖。高考时余胜以662分的成绩成为恩施州理科状元，数学145分，英语128分，语文117分，胜利实现李桂龙老师的语文、英语各提高二十分的目标，也正是提高的这四十来分，促使余胜从平常年级考试中五至八名的名次，跃升到第一，比第二名宋卓亚的638分高出二十四分。这是汗水凝聚的智慧结晶。

填报志愿时，余胜选择了北京大学。拿到通知书的一刹那，余胜激动万分地打电话给张来波："敬爱的幺舅，我没有让您失望！是您的无私帮助，让我考取了北京大学……"

张来波这个刚强的男子汉，眼中流出了喜悦的泪水，在电话里回答说：

"余胜，好样的！你的爸妈心愿达到了，可以含笑九泉了！"

2008年8月20日，利川市举行高考表彰大会，市委书记孔祥恩亲手将一万元奖金颁发给余胜，并请"特殊家长"张来波走上主席台。孔祥恩书记紧紧地握住张来波的手说："利川人民感谢您，培养了2008年理科高考状元！"台下响起了雷鸣般的掌声，这是对张来波的巨大肯定，令所有听众为之动容。

孔祥恩书记赞扬张来波培育外甥孤儿逆境自强、考取北大的消息传遍了利川大地，引发了爱心热潮。8月23日，一位名叫曹沛宗的房地产老板，给余胜送来一万元大学赞助金。8月26日，在利川工业园区投资项目的东莞市扬明精密塑料五金电子有限公司老板覃太明，决定资助余胜完成四年大学学业。覃太明已于27日为余胜办理了银行账户，并打入第一年学费一万三千元。恩施市黄金珠宝广场的一位老板给余胜资助了一千二百元入学飞机票。8月下旬，在武汉市儿童福利院举行的"2008公益福彩情系孤儿大学生"助学现场，湖北省民政厅给余胜发放了六千元助学金……

"这个社会太美好！每当我遇到困难，总有社会爱心人士和团体帮助，让我觉得不再孤独。我所能做的就是不断进取，以过硬的本领、高尚的品德回报社会……"余胜向主席台和观众席两次致以九十度的鞠躬，会场立刻响起如潮的掌声。

张来波抚养余胜成材的事震撼了荆楚大地，2008年8月下旬，省城的《长江商报》《武汉晚报》《楚天都市报》等多家报纸对他们的事迹进行了报道。

（原载《青少年与法》2009年第5期）

作者附记：2008年10月，《知音》杂志一位编辑电话找我约稿采访余胜事迹，我领命去利川一中采访了毛昌龙、李桂龙、张来波、余胜写就此文。遗憾的是，《知音》编辑告诉我："此题材被另一编辑报上未获批准，不好再上报了。"我便将此稿寄给刚在天津笔会认识的重庆朋友王成志，之后本文见刊。

父子上海游世博

2010年5月22日,三里坝小学教师杨万朝跟儿子杨年俊在上海游览了世博园后,满足而归,成为建始县第一对参观世博园的父子。

儿子成为科学家

1977年8月,杨年俊出生于建始县三里乡小洪村五组,他自幼聪明,勤奋好学,小学、初中、高中的学习成绩一直突出。当时还是民办老师的父亲杨万朝,在家庭贫穷的困境中,克服了许多困难,倾尽全力供儿子读书。

1995年秋天,毕业于建始一中的杨年俊以优异成绩考取湖北师范学院化学系,大学期间,杨年俊继续将全部精力用在学习上,因成绩拔尖获得一等奖学金。

1999年至2002年间,杨年俊受到湖北大学和湖北师范学院联合培养,攻读硕士学位,主要从事化学修饰电极、SAM自组装膜修饰电极在水溶性维生素B的电分析测定方面的研究工作。杨年俊不负众望,取得了令学校导师高度肯定的优良成绩。

2002年秋天,取得硕士学位的杨年俊因成绩优异留学日本福井大学,攻读博士学位。先进的科研水平和良好的科研环境使杨年俊大开眼界。在勤奋的科研中,他成功合成了六种基于脂肪酸银的银纳米粒子,研究了它们的光、热、电性质,提出了纳米粒子的多电子转移模型,从化学的角度解释了纳米粒子熔点低的原因,重点研究了纳米壳对其性质的影响。杨年俊在日本报纸、杂志上发表了多篇学术论文。

2005年，杨年俊被美国新墨西哥州立大学化学系聘用，从事扫描电化学显微镜（SECM）和纳米电极阵列（NEE）及导电聚合物的研究工作，取得了美国的博士后科研工作机会。

2008年，杨年俊聘用期满回到日本筑波国立产业技术综合研究所金刚石研究中心，从事金刚石电化学、生物传感器、扫描探针技术方面的研究工作。

在此期间，杨年俊认识了综合研究所金刚石研究中心聘请的德国著名科学家勃劳恩教授。勃劳恩教授十分器重杨年俊，很欣赏他的才华、废寝忘食的钻研精神和一丝不苟的工作作风。在勃劳恩教授的精心指导下，杨年俊成果丰硕，以第一作者身份在多个国际杂志发表文章57篇（其中包括51篇论文，4篇综述，1篇书章节，1个日本专利）。杨年俊的研究成果，使国际上首次实现了金刚石纳米线上的DNA传感。这项成果先后在国际大会上发表25次。

杨年俊成了化学家。

2008年秋天，勃劳恩教授聘任期满，他欣赏得意门生杨年俊在化学研究上的杰出造诣和深厚潜力，热情邀请杨年俊到德国工作。杨年俊也对勃劳恩教授深有好感，便携带妻儿同勃劳恩教授赴德国工作，担任弗来恩霍夫应用固态物理研究所生物传感器研究小组组长（博导），带领十多位科学家一同从事基于碳素材的纳米材料的制备、性质研究和应用、生物和化学传感器、扫描探针技术、分析电化学、人工光合成、单分子测定、蛋白质组学、电致化学发光等方面的研究工作。

父亲游览世博园

2010年5月中旬，杨年俊带领德国博士团一行七人赴苏州参加"新金刚石和纳米碳素材"国际会议。走下飞机住进苏州五星级南园宾馆，杨年俊便拨打电话邀请父亲飞到上海游览世博园："爸爸，我在苏州和上海要住一段时间，这是个很好机会，请您请一星期的假，我陪您游上海世博园、苏州园林和杭州西湖。"

从未出过远门的杨万朝心中十分激动，于5月17日乘飞机抵达上海。18

日清早，父子俩花 320 元购买两张一日游门票（另有 400 元的三日游门票），挤在 20 多万人的游客队伍中，从上海南站进入世博园广场。他们从 8 号门并排四人的通道前进百余米，再钻进仅容一人的队伍，曲曲折折转入了酷似迷宫的通道后进入第一道门，在此脱掉外套安检（安检极其严格，钥匙等金属一进入机器便会发出尖叫）后，进入第二道门，便看到黄浦江南岸面积广大、精彩纷呈的世博园了。

世博园分 A、B、C、D、E 五个片区，被黄浦江一分为二。A、B、C 三个片区位于黄浦江南岸，D、E 两个片区在黄浦江北岸。杨年俊遵从父亲杨万朝的意愿先看位于 C 区的美国馆。由于参观大型国家馆的人特别多，需要排三个多小时的队才能进入馆内。父子俩排了三个半小时队后走进了美国馆，第一次目睹美国展馆，杨万朝被美国馆的科学设计和精彩展览深深震撼了。

美国馆分四个部分，第一部分是讲解员亲切地用汉语介绍美国的独特文化、风土人情和科学技术；第二部分是用巨大的投影仪播放时任总统奥巴马关于国民生活和生态环境的立体声讲话；第三部分是表演逼真的展览厅，屏幕上随时出现霹雳雷声、狂风暴雨、艳阳高照、田园农庄和城市楼群等，人们置于其中，感觉炸雷震耳欲聋，狂风吹人欲倒；第四部分为商品展览，千姿百态的商品琳琅满目，令人眼花缭乱、倍感惊奇，杨万朝花 128 元买了一枚铜钱般大的纪念银币。

随后，父子俩走出美国馆，又走进澳大利亚馆。

澳大利亚展馆的表演厅约两千平方米，设计可谓神奇、精彩。一个巨大的环形，中间低、四周高。顶上的灯具精巧别致，中间的舞台可以自由转动，可以升高达四十余米。它不停地变换角度方位，不停地升高降落，展示出澳大利亚飞速变化的城市建设。光与电被巧妙融合。

加拿大展馆里的一男一女两个机器人，简直就像两个活生生的真人，一颦一笑、一蹦一跳，惟妙惟肖……美丽在流动，智慧在起舞，传奇在展览，加拿大人的高超智慧和亲切友好令杨万朝永远难忘。

随后，杨万朝来到 A 片区，很想看看中国馆，遗憾的是游客太多太多，需要排上四五个小时才能进入展馆。由于时间不够，他只好在气势雄伟、红柱方顶的中国馆前留影纪念。

父亲欲将世博园见闻介绍给学生

父子俩先后参观了美国、澳大利亚、加拿大、德国等国家的展馆，了解了世界各国不同的风土人情和国计民生。父子俩印象最深的是世博园里处处洋溢着和平、善意和亲切友好的浓浓气氛。精彩纷呈的展览令他们感受着精美与磅礴、精彩与辉煌，他们领悟着中国元素、世界舞台、科技荟萃、多元融合的世博会主题——"城市让生活更美好"。

5月23日，笔者走进三里小学采访杨万朝。他自豪地说："上海成功举办世博会，让世界人民看到了中国人的卓越智慧和东方巨龙的神速崛起。这是改革开放的巨大成功，这是世界历史的空前壮举，这是城市文明的精彩华章。作为一个见证了世博园的土家人，我感到骄傲自豪。我要给我的学生们讲上海世博会的见闻，讲苏州园林的绝世无双，讲杭州西湖的醉人美景，讲强大祖国巍然屹立于世界民族之林的民族豪情，激发学生勤奋学习的动力和热爱祖国的激情……"

（原载《恩施晚报》2010年5月29日）

不该凋谢的雪莲

2008年暑假，13岁的少年才女容雪莲被选为优秀代表，到上海参加了鄂沪两地中小学生手拉手夏令营活动。2009年4月5日，她却服下剧毒农药闭上了美丽的眼睛……一个美如天使、综合素质出类拔萃的阳光女孩，为何要在这诗一般的灿烂年华走进另一个冰冷世界……悲剧根源是心理脆弱，不能承受优秀光环的重压。

乖乖女孩，爸妈心中的最大希望

湖北省恩施州花园村风景如画，容传兵、文淑华和13岁的女儿容雪莲就居住在这个美丽的村子里。

雪莲聪明伶俐、乖巧懂事，从读小学一年级起就爱学习，成绩拔尖，表现出众。望女成凤，雪莲成了容传兵夫妻唯一的希望。

读二年级时，班主任秦老师将雪莲选为班长，有意识地培养她的多种能力。

雪莲智商较高，悟性好，记忆力强，又十分勤奋，无论老师教散文还是古诗之类的新课，只需教几个生字，讲解一些新词语的含义，她就能迅速掌握，最先背诵，而且不出错误。班上四个小组长首先需在雪莲面前背书，然后再负责检查其他学生的背书情况。

容雪莲生前照片

雪莲不仅学习优秀，工作负责，而且好体育，能歌善舞，歌声甜美悦耳。五年级上学期，学校举行"六一"儿童节庆祝大会。雪莲参加踩高跷项目技压群芳——雪莲穿着红色的运动服，双手握杆，双脚踩在高跷上健步如飞，像一朵燃烧的火炬率先穿越终点；接下来的跳绳比赛，雪莲一阵风似的跳了286圈；她又一口气踢了408个毽子，连夺三项第一。雪莲领演的"打连响"和"数蛤蟆"文娱节目，表演生动活泼精彩，使全校师生和四百余名家长掌声雷动。不久，年仅12岁的容雪莲成了少先队大队长，成为学校升国旗、做广播操、开运动会等大型活动的主持人和指挥员，成了富民小学的学生名人。

雪莲成了人人羡慕的阳光女孩，她前面的道路上铺满鲜花和锦绣。可是这一切也为她带来了无形的沉重压力。

夏令营活动，美丽光环变成沉重镣铐

2008年夏天，湖北与上海联合主办中小学生"手牵手"夏令营活动，湖北省教委决定从数百万中小学生中选一批优秀生参加活动。容雪莲被选为恩施州三名中小学生代表之一，幸运成为全省四十名优秀少年中的一员。

7月27日，容雪莲在州教委的欢送声中，从恩施乘坐飞机到武汉，与四十名同学一起受到一位副省长的接见；然后又坐飞机到上海，在有关部门人员的带领下，参观了中共一大会址、东方明珠、上海科技馆和上海特色中学，进行了才艺表演活动。此时的容雪莲眼界大开，她被上海的高度繁华深刻震撼，有了一种井底之蛙自惭形秽的深切感受，与省里其他营员和上海夏令营成员相比，更是自愧不如，纯洁的心里埋下了忧虑自卑的阴影。

十天的夏令营活动结束后，容雪莲又乘飞机飞回恩施。美丽光环和罕见殊荣让容雪莲在电视新闻中频频亮相，成为少年新星，轰动了县城山村。

但正是这次上海之行的荣耀光环，成了雪莲心灵上的一个沉重负担，一道无法逾越的高坎，也成为雪莲脆弱神经心路历程的分界线——她感受到了巨大的差距和压力。这些压力完全沉淀在雪莲心底，她从来不向外人透露。

土墙瓦房东头是雪莲的房间，西头是容传兵、文淑华夫妻俩的房间，中间是堂屋。堂屋后进靠一架木楼梯连接着二楼，楼上西间是堆放农器具等杂

物的储藏间，一瓶甲胺磷农药也杂放其间——那是容传兵 2008 年 5 月买来防治庄稼害虫后没有用完的，一直丢在角落里，落满了灰尘。谁也不会想到，雪莲什么时候盯上了它，并把它当作通向另一个世界的钥匙。

容传兵见女儿读书用功，在学校当干部是矮子上楼梯——步步高升，还被选为万里挑一的优秀生到上海参加活动，心中比吃了蜂蜜还甜，一门心思都用在打工挣钱上。容传兵在二十里外的一家砖厂打水泥砖，按打砖数量计酬，一天能挣到四十元左右的工钱，他要为争气的女儿挣上足够的钱读名牌大学。

雪莲自从到学校住宿，与母亲的交流便只限于周末两天时间。但母亲文淑华养猪种地活计繁多，与女儿谈话时间相当有限，常常是雪莲躲在屋里看电视，或者做作业，母亲则在屋外操持家务。如果一段时间听不到屋里的动静，文淑华就要喊一声"雪莲"，听到女儿答应了，她在外面干活心里才踏实。

雪莲与父亲的交流更少。有时放假碰巧父女都在家，雪莲会悄悄地靠到父亲的腿上撒娇，双臂一伸攀到父亲的脖子上。"读六年级的大孩子了，还像两三岁的小娃娃，不怕羞啊？去去去，作业做完了就玩去。"容传兵则经常会把雪莲的小手拉开，把她支到旁边的椅子上。每每这种时候，雪莲就嘟着嘴巴跑进房间，把书本翻得哗哗作响。

容传兵虽然家中贫穷，但也像其他的家长宠独生子女一样，从来不让雪莲干家务事。除了学习上受到严格要求外，雪莲过着衣来伸手，饭来张口的幸福生活。

但聪明的容雪莲目睹着三间土墙瓦房，想着上海大都市的繁荣豪华；想着父亲的善良守旧，想着城市人的开放新潮；想着校长老师在大会、课堂上的表扬鼓励，同学们的赞扬和羡慕，父母的过高期望……纯洁的心灵开始复杂，她经常忧郁地想，今后的道路在何方？

清明假日，服农药走上不归之路

2009 年 4 月 3 日，全国的清明小长假。这天下午，作为少先队大队长，容雪莲和往常一样，落落大方地主持了降旗仪式，和同学们有说有笑地返回家中，走到花园村口，看到邻居侯老汉在水田里驾牛犁地，远远就亲热地喊了一声"侯大叔"。

4月4日清早，母亲文淑华下地劳动去了。父亲容传兵要到砖厂干活，他专门来到女儿房间打招呼："雪莲，起床。起床后去外婆家看一下。"雪莲听到父亲的招呼后并没有立即起床，而是躺在床上懒懒地回了一声："不想去。"

雪莲睡到中午才起床，然后去了邻村同学家里。文淑华从地里回家，看到女儿放在桌上的留言条，上面写着："我到容紫媛家里去了，晚上不回来。"文淑华纳着闷儿：雪莲从来不会在同学家中过夜，这次是怎么了？姑娘大了心变野了？

夜里7点36分，雪莲用容紫媛的手机给父亲发了一条短信："我在容紫媛家中过夜……请您谅解。"容传兵赶紧给雪莲拨打电话，要求她"在别人家里听话，别给人家添麻烦"。

4月5日，也就是清明节这天，容雪莲、容紫媛和赵东芳一起学骑自行车。下午4点，雪莲同学三人到学校玩，在操场上见到校长后，还亲热地打了招呼。

下午5点，文淑华从河里洗衣服回来，走进东房发现雪莲躺在床上面向内壁。文淑华看不清女儿的脸就关切地问："回来了啊？饿不饿？"

雪莲说："学着骑了一天自行车，腿痛。"

文淑华离开房间时习惯性地嘀咕了一句："你不要一天光玩哦，你还是到上海去了的人，以后要是连学都考不取，就丢人了。"

"到上海去了的人"这句话，无论是在家中、学校或路途中，雪莲听过了许多次，听厌烦了，这好像一座泰山，压得她喘不过气来。

雪莲没有搭理母亲，继续躺在床上，几分钟后，雪莲咚咚咚咚地爬上二楼。

在屋外晾衣服的文淑华疑惑地朝屋里问："雪莲，你上楼干什么，那里脏死了！"

雪莲回答说找个东西。几分钟后，雪莲从屋里跑了出来，朝着家右边的小道上飞奔而去。在院子里晾衣服的文淑华连忙追了上去，问："你跑这么快要去搞什么？"

"我去采花。"女儿的回答让文淑华觉得有些奇怪，她担心女儿的安全，就跟了过去。跑了几十米，雪莲停了下来，开始呕吐。

"你怎么了？"文淑华问。

"心里烦。"雪莲看都没有看母亲一眼。

几分钟后，雪莲又从那条小道上折转回来，跑向东边。

文淑华狐疑地走进房间，发现雪莲书桌上留有一张字条。她急走两步将字条拿起，当看到最后一句"你们不要为我而伤心，也不要想不开"时，文淑华一下醒悟过来："雪莲出事了！"此时，距离雪莲在二楼服下农药已过了差不多二十分钟。屋外小路上，甲胺磷的药性已开始在雪莲的体内发作，她倒在路边，浓烈的农药味弥漫周边。文淑华开始呼天抢地地呼救，雪莲的大伯闻讯而来，口里一直叫着雪莲的名字，但雪莲只回应了一声。大伯背起雪莲拼命奔往十几里外的镇卫生院，但四十多分钟后，雪莲在大伯背上闭上了美丽的眼睛。

雪莲服毒身亡的噩耗传到学校，正在吃晚饭的曾校长手上的饭碗当的一声掉落地上，他悲痛欲绝连声叹息，想不通这么优秀的孩子为什么会选择如此极端的方式结束生命？而且近一周来，班主任和学校德育处的黄老师，根本没有发现容雪莲有任何异常表现，她每天都是笑嘻嘻的，认真负责地主持着班上和少先队的各项工作。

容传兵悲痛欲绝地从砖厂赶回家中，抱着冰冷的女儿号啕大哭，他猛烈撕扯着头上凌乱的头发，神经彻底崩溃了。

在清理女儿的遗物时，人们发现了容雪莲早有轻生念头。女儿在自杀前做了大量的准备工作，除了留下遗书外，她还把自己的照片和日记撕了很多，留下的只有一少部分了。在 2008 年 10 月 13 日的一篇日记里，雪莲写道："我多么希望，自己可以就这样消失，可是就算我消失了，也没有人会记得我，想念我，我是一个孤独的人。"字里行间已经露出了厌世的念头，但遗憾的是，没有人注意到她内心的痛苦。在这段长达半年的时间里，也没有人发现这名"没有缺点"的乖乖女每天书写在日记中的痛苦和呐喊。

文淑华泣不成声，她十分自责地说："天大的不该哟，不该说孩子'是到上海去了的人，以后要是连学都考不取，就丢人了'的话。这最后的数落刺激，成了女儿自杀的导火索。"文淑华还说女儿从不允许别人看她的日记，她一直将日记本锁在抽屉里。

雪莲在自杀前做了很多事情。她不仅写好了遗书，还单独用一张纸给父母交代了很多事情。她给父母留下的遗书中这样写道：

"爸爸妈妈，请原谅女儿的不孝，我累了，想要休息了。十三年来我都在为你们而活，现在我要为自己活一回。我恨学习，一二年级时，我对学习充满了兴趣，因此我成绩不错。可随着年龄的增长，你们开始对我更加严厉，考得好没事，考得不好便倒霉。其实学习成绩并不重要，重要的是好的心态，你们并不理解我，仿佛分数才是你们的女儿。

"我背负的压力太重，学习成绩自然不好。我知道你们爱我、疼我，我也爱你们，可你们的方式太可怕，我承受不了。自从从上海回来以后，你们对我施加的压力太大了。我真的受不了，我想要解脱也不是一天两天的事了。我对学习早已失去了兴趣，我只想要快快乐乐地生活，可那不可能，我知道。

"有时候，我好嫉妒傲雪（容雪莲的邻居玩伴）姐姐，她这么大了还可以被爸妈抱。而我的记忆里早已没有'抱'这个字眼了……你们不要为我而伤心，也不要想不开，好吗？我爱你们！"

和遗书放在一起的还有一张字条，上面是她最后的愿望："塑料袋里的东西请帮我转交给杜经纬，我的花请交给余甜钿，我的那一本同学录和我从上海带回来的那个软皮本交给杜经纬。我的书你们也用不着，就给宋宇宙吧！他没有书。这是我最后的愿望，请务必帮我办到，求求你们了。"多么美好的善良童心，可惜她走得太早了！

女儿留下的遗书，容传兵夫妻一直保留着。容传兵悲伤地说："我们做梦也想不到雪莲的内心这么复杂，13岁的乖乖女娃竟然能如此从容地面对死亡……看到这些熟悉的字迹，我就像看到了女儿一样。我们已经按照她的愿望把这些事情办好了。"

翻看女儿留下的唯一照片，文淑华仍不愿相信乖巧听话的女儿已经离开他们了。容传兵已没有了眼泪，他只能眼看着这个原本很幸福的家庭变得无比凄凉。他心中的伤痛，一生一世也难以平息。

（原载《青少年与法》2010年第1期）

一个女人的苦难与幸福

2006年8月,一个患有严重精神病,在野外奔跑、露宿八年的土家族疯癫女人,在福利院长陈国尧的热情欢迎下,走进了三里乡福利院。2007年4月8日,在陈国尧的介绍下,44岁的善良男人杨汉成走到疯女人身边,担负起了看护责任。杨汉成用真情爱心,抚平她心中的创伤,带她走进爱情的春天,与她结成美满姻缘,过上幸福生活。

土家姑娘黄显丽究竟有着什么样的苦难人生?

土家村姑变成寡妇

土家族姑娘黄显丽出生在恩施州建始县老村12组一个叫作大面坡的半山腰上,这是一块方圆两千米的陡峭斜坡,土地十分贫瘠,尽是岩壳乱石,满坡满岭都是灌木荆棘和出没其中的野猪刺猬。人们辛辛苦苦种出的红苕、玉米,不但个儿瘦,还总被野猪、刺猬糟蹋,收成十分微薄,温饱难以实现。

黄显丽是独生女儿,三里坝有许多小伙子想娶黄显丽为妻。可父母不允许女儿出嫁,要招上门女婿养老送终。小伙子们虽然爱慕姑娘的美貌,但要入赘到大面坡一生定居,谁都不愿意。

1988年4月,邻村三角垭的青年张世彪,经人介绍走进大面坡与黄显丽结婚成家。小两口恩爱甜蜜的日子只过了几个月,就被生活的重担压得气喘吁吁。第二年,儿子小柱出生,一家六口人的日子艰难起来。为人妻母的黄显丽一边带孩子,一边承担全家的洗衣做饭养猪等事务。68岁的奶奶体弱多病,做不了家务农活,但一日两餐要吃;母亲46岁正当壮年,但长期患有风湿病，右腿脚疼痛难行；父亲黄宗庭忠厚勤劳，天天和张世彪起早摸黑干活。地里种的烟叶常遇干旱而歉收，玉米、红苕、土豆常被成群结队的野猪糟蹋。

1991年5月一天，黄宗庭赶着群羊到右山坡上放牧，大约下午3时，女儿心惊肉跳地跑过来喊，说张世彪在柿子树上吊死了。原来这天早上，张世彪砍了一捆湿柴，以五分钱一斤的最低价格卖了八元四角钱，他实在饿得难忍，便花三角钱买了两个馒头充饥。他将剩余的钱买了两斤盐、一条肥皂、十斤大米和饼子。

回到家里，岳母拖着风湿病痛的右腿，皱起眉头发问："彪娃子，让你买条毛巾的怎么忘记了？"

张世彪实话实说："我没有乱花一分，就花三角钱吃了两个馒头。"

"唉——不划算啊！"岳母脸色显得十分难看，抱怨他过日子不懂精打细算，一大堆难听话直往张世彪耳朵里钻。

满心委屈和无奈的张世彪丧失理智地拿了把镰刀跑到后山，割了一根葛藤套在柿子树上，上吊自杀了。

精神崩溃变成疯女

安葬丈夫后，黄显丽的心如同被一把尖刀拉得血淋淋生疼，柔软的肩膀实在难以承受贫穷的重荷。主心骨的倒塌，令全家人的生活雪上加霜。

就在黄显丽强烈思念丈夫时，望天坪大风坦村一个名叫李宗成的男人走进大面坡，成了黄显丽第二个丈夫。由于好吃懒做游手好闲，李宗成一直没娶到媳妇。此时与显丽结婚，仍旧每天睡到10点还不起床，什么事情都不干，拿碗就舀饭吃，饭菜差了就骂。

一年后，黄显丽生下一个女儿。黄显丽养猪、种油菜，用柔弱双手拎着斧头砍柴，然后捆扎成七八十斤一担上街卖，给女儿买衣服鞋袜，买化肥种庄稼……她吃尽苦头抚养女儿，送女儿上了小学。

1998年10月4日下午，在小学读一年级的女儿黄荣华放学后刚出校门，就被等候了半天的李宗成连哄带骗地强行带走了。天黑了还不见女儿回家，黄显丽心急如焚，顿时天旋地转昏倒在地人事不省。学校派两个老师救起黄显丽送回大面坡。黄显丽失去爱女彻夜难眠，沉浸在对李宗成缺德绝情的愤恨之中。第三天早上，父亲走近羊圈准备放羊时惊叫起来，维持一家生计的五只羊无影无踪了。父亲的痛哭惊得黄显丽精神彻底崩溃：原来是李宗成昨天夜里偷走了羊！

五天后，受到强烈打击的母亲病重去世，刚读初一的13岁儿子看到黄显丽整天披头散发哭哭啼啼、愁云惨雾的模样，感到日子难过，外出打工再无音信。

眨眼间走了三个亲人，黄显丽彻底绝望了，疯了。她不干家务活，不洗脸梳头，不在家中住，开始外出游荡，见人就喊"李宗成吃了我女儿"。

黄显丽整天蹲在草丛里岩石间，夜不归家，饿了扯个萝卜红苕嚼几口，渴了捧几捧水就喝。无论春夏秋冬或狂风暴雨，黄显丽都在外面游荡。这令年老体弱的父亲伤心透了又无可奈何，每次找到女儿都痛哭流涕，自认命苦。这种日子，一过就是八年。黄宗庭开始还找女儿，找回家又跑，跑了又找回家，时间一长，黄宗庭已是力不从心，便不找了。

疯女遇到好心人

2006年6月15日傍晚，天上下着瓢泼大雨，三里福利院的陈国尧院长下班回到家，看到门前二十米外的雨帘里，蹲着一个披头散发的女子，居然不到屋檐下避雨。

陈国尧手撑雨伞走近女人，问："你叫什么名字？家住何地？为什么让雨淋着？长久淋雨要得病的。"黄显丽两眼黯淡无光，头也不抬，也不答话，一味木讷讷地蹲着，任凭大雨从头流到脚下，散乱的头发、破碎的衣服紧贴在头上身上，比落汤鸡还狼狈。

"你这个女子有什么痛苦事也不能和雨过不去！快到屋里避雨。"陈国尧忙喊家人帮忙将黄显丽拉进屋，让老伴找了套衣服给黄显丽换上，打来热水让她洗脸洗脚，请她吃饭，当晚就让她在陈家过夜。第二天，陈国尧到福利院上班，与孤寡老人们讲起黄显丽的事，在几个员工介绍下，才知道黄显丽的疯病经历。67岁干了二十多年乡长的陈国尧，退休后受聘为福利院院长，居然把福利院办得红红火火，办成了花园般的老人公寓，让一百三十名孤寡老人过上了幸福的晚年生活，撮合十二位老人结成夫妻，将二十四位孤寡老人风光安葬……

黄显丽的苦难经历，令陈国尧心中疼痛。他找到民政办主任协商，请求将三间房子破烂倒塌、无依无靠的黄宗庭父女接进福利院。有人善意地说："陈院长，福利院有明文规定，不接纳疯癫孤寡人。黄显丽是个病了八年的疯子，经常不穿衣服，喜欢四处奔跑，很难管理，我担心她会给福利院带来消极影响，会成为那些长期性格孤僻、脾气怪异的光棍的笑料。"

"不要紧的，人人都是妈生的。"陈国尧冒着极大风险将一个大麻烦包袱扛进了福利院。2006年8月8日，黄宗庭父女俩走下大面坡，成为唯一的父女院民。

果然不出所料，虽然生活安定下来，顿顿餐餐能吃饱吃好，隔三岔五还能打牙祭吃肉，福利院发放牙刷牙膏毛巾香皂，定期有服务员清洗衣被，但黄显丽仍然疯疯癫癫。黄显丽长久以来遭受的打击太深太深，进院只安顿了三天，第四天吃过早饭就跑出院门，一路疯疯癫癫奔跑了四千米，来到二龙湾一大丛楠竹林里，蹲在那儿。陈国尧急忙安排四名工作人员和六个院民分头寻找，第三天下午才找到黄显丽。

进院三个多月时间，黄显丽出逃了二十多次，陈国尧每次都派出十多人将她找回。陈国尧安排黄宗庭和四个女院民，轮流换班盯紧黄显丽的行踪，又派十多个男人在大门口"站岗放哨"，一见黄显丽走出院门，就立马截回。与此同时，陈国尧到医院咨询，买了十盒安神药交给黄宗庭，让他按时给女儿服药，黄显丽失常的神经在药物的作用下，渐渐平静下来。

疯妇变成幸福女人

2006年9月，一批新五保对象进驻福利院，其中有一个44岁的男人杨汉成，忠厚老实，令陈国尧心中一喜。

一天晚上，陈国尧找杨汉成交心，并将黄显丽介绍给他。

陈国尧说："黄显丽人多漂亮，缺德男人李宗成过去经常毒打她，偷走了她女儿，又偷走一圈羊，把她逼疯了。但她现在吃药渐渐好了，你若真心待她好，我保证你们恩爱美满。"

"行，我听陈院长的！"杨汉成答应了。

陈院长又征求黄宗庭意见。黄宗庭怀着一朝被蛇咬，三年怕井绳的忧虑说："显丽之所以落下疯病，全是张世彪和李宗成两个坏男人害的！我怕杨汉成又给女儿带来伤害啊！陈院长，女儿两个多月没有发病了，就让她这样安安然然过日子吧？我们父女俩实在不愿再受折腾了。"

"老黄，你今年70岁了，能照顾女儿一辈子？汉成善良厚道可靠，是能和显丽白头偕老的人，事情就这么定了。"陈院长第二天早上升国旗时，当着一百二十位孤寡老人公布了杨汉成和黄显丽恋爱的消息，并嘱咐杨汉成要把黄显丽当成小妹妹关心呵护，要杨汉成天天给显丽捶背按摩，千方百计让显丽开心快乐，说得满场人哄堂大笑，说得显丽脸上起了红晕，低着头偷偷地乐。

杨汉成心细胆大，立即走到显丽身边，在众目睽睽之下，伸出双手搂抱住显丽的腰，伸出滚烫的嘴唇对准显丽的右腮啪的一个甜吻，深情地说："丽妹，我一辈子照顾你，让你天天开心快乐！"

谁知，就是这么一个甜蜜的吻，点燃了显丽心中早已熄灭的爱火，她不怕害羞，反而顺势将杨汉成紧紧抱住，将自己的脸，紧贴在汉成的脸上，热泪盈眶说："汉成，快背我，把我背上楼。我们今天就结婚！"

杨汉成真的蹲下身子，让显丽趴在肩膀上双手搂住他，他迈开大步登上楼梯进了显丽寝室。

陈国尧鼓起掌来，笑疼了肚子、笑弯了腰的老人们也跟着鼓掌。

2007年4月8日，在陈国尧的主持下两人举行了婚礼，院里杀了一头猪办酒席，请了三支民歌队表演文艺节目庆贺，一时成为佳话。

笔者走进福利院采访黄显丽，要她说说自身感受。黄显丽脸上笑成了一朵花，说："真没想到，一个坏男人把我逼成了疯子，两个好男人又把我变成了幸福女人！我感谢共产党！我感谢陈院长！"黄显丽喜极而泣，眼中噙满了亮晶晶的泪花。

"黄四姐"门前那条河

附：《恩施晚报》编辑胡俊杰感言

　　黄显丽的故事，让人唏嘘不已。

　　应该说，这个故事是家庭的悲剧，是特定环境下的产物。在我们的身边，这样的现象是越来越少了，这是社会的进步，我们由衷地高兴。愿黄显丽的生活越来越美好，这是我的祝愿，而幸福的生活在于他们自己创造，用自己的双手通过劳动致富是他们幸福的唯一法则。

　　在不同的人眼中，痛苦的含义是不同的。在成功人的眼中，痛苦是丧失一个机会，甚至只是一个在常人眼中不是特别重要的一瞬间；在平常人的眼中，痛苦是丧失爱情、友情和亲情，总之是每个人都会发生的让人难忘的事情。痛苦是别人无法体会和取代的感觉，让人无法逃避又让人难以忘记，有时甚至刻骨铭心。应该说，痛苦是一笔难得的财富，会让人更懂得珍惜拥有的一切。

　　风雨之后见彩虹，我们有理由相信，黄显丽会倍加珍惜现在的幸福生活。幸福的定义有很多种，每个人眼里幸福的含义都不尽相同，幸福其实只是一种感觉，而爱我所爱，亦被人爱，这应该是幸福的最高境界。

　　但仅仅有爱是不够的，现实往往比理想来得更残酷。黄显丽的幸福就是把握住现在，和自己亲爱的人在共同的生活中创造财富，把小家庭的经济产业搞上去，在家庭的兴旺中逐步体现自己的人生价值。只有生活富裕了，手头宽裕了，她的日子才会变得更加美好。这也是我们每个人都要遵循的——用劳动改变命运。

（此文原载《恩施日报》2007年4月21日，标题《挚爱，让她重获幸福》；《恩施晚报》2007年5月16日特稿专版转载本文，标题为《好心人帮我找到了幸福》；《湖北人口》2007年12期以标题《一个女人的苦难和幸福》刊出本文）

爱心献给军烈属

建始县三里乡是一个军人、英雄辈出的乡镇，许多七尺男儿在新中国成立后的各个时期热血沸腾投身军营，在抗美援朝、对越自卫反击战和维护祖国和平事业的斗争中舍生忘死，屡建功勋。有的英勇善战，建立奇功；有的舍己救人，壮烈牺牲；有的奋不顾身，身体致残……他们把青春和生命献给了人类最壮丽的社会主义事业，是三里乡最可爱的人。

党和政府没有忘记对这些报效祖国的功臣及其家属致以最崇高的敬意，致以最亲切的慰问，奉献最真诚的关怀和博大的爱心。

给叶维烈士筑起墓碑

"老叶，这位是乡人民武装部王部长，今天来看望你们两位烈属，想了解你们有什么实际困难。你们的房子还是老瓦房，什么时候盖新房有困难就给政府反映，政府会尽力解决。"乡武装部部长王昌浩、乡民政主任向成建来到农科村11组叶维烈士家中慰问，开门见山说明来意。

王昌浩紧紧握住老叶的手，深情地说："老叶，你们养育了一个英雄儿子叶维！你们是三里人民的骄傲，我向你们致敬！"激动的老叶从房中将叶维的大幅遗像捧到王部长面前。

叶维生于1980年9月21日，高中毕业后入伍，在武警新疆喀什边防支队服役。他1999年加入中国共产党，2000年考入军校，2005年被提拔为上尉连长。2008年8月4日早晨8时，像以往一样，叶维率领边防中队到营外的公路上做操。当时出操的有一个汽车队在前、一个卫生队居中，叶维带领的武警中队随后，共一百三十余人。

正当战士们迈着整齐的步伐昂首挺胸出操时，意外发生了，数辆东突恐怖分子驾驶的汽车发动突然袭击，向着做操的战士们猛冲过来。一切猝不及防，叶维看见车子冲到面前，眼看就要将一名战士推倒在地，千钧一发之际，他来不及多想，用尽全身力气猛扑过去，将战士推出一丈多远。战士得救了，叶维却被卷进了车轮之下……

在东突恐怖分子的飞车暴力袭击中，有十七人当场壮烈牺牲，其中有十四名武警战士，两名营级军官和连长叶维。叶维因救人献身被评为三等功。

叶维不仅有英俊的外貌和优秀的素质，还有着辉煌的政治前程，已经被定为少校营长加以培养。叶维还有一个漂亮妻子张欣。张欣是四川人，在喀什大学教书。两人于2006年结婚，美满恩爱的日子刚刚开始，还没有来得及要孩子。谁知，东突恐怖分子的暴力祸乱让他们刹那间阴阳两隔。

噩耗传回家乡，叶维的父亲悲痛欲绝。政府向烈士家属进行了慰问和抚恤，给烈士家属补偿三十万元，遗孀张欣得十五万元，叶维的父母得十五万元。乡民政迅速为烈士父母落实了每月七百五十元（每人三百七十五元）的生活抚恤金。省武警总队代表新疆喀什边防总队多次登门送来慰问金和慰问品，三里乡政府领导也多次上门送慰问金和慰问品，建始县、三里乡政府还拿出一万多元钱，给英雄叶维打起一块石碑。

全力帮助优抚对象

家住枫香树村5组的卢金义是一位抗美援朝复员军人，今年75岁，满头白发，身体硬朗。谈起对政府拥军优属的感受，卢金义一脸灿烂地说："俗话说人怕老来穷，树怕翻根倒。党和政府对我们复员军人的关怀，真正是无微不至，照顾周到。我只能说两句大实话：一是感谢党，恩情说不完；二是生活很美好，老来有依靠！"

卢金义1952年参加志愿军赴朝鲜参战，曾在"三八线"与美军对峙。他1955年复员后在县林业局工作六年，后因多种因素申请退职，1980年至1993年担任村支部书记。卢金义属于"两参人员"（参加抗美援朝、对越自卫反击战的军人），享受着人民政府的重点优抚政策，不仅每月享受着三百七十五元的优抚金，还先后三次外出到省、州疗养院疗养。每次疗养时间为一个月，在疗养院里的一切开支，全由国家报销。快乐的晚年生活让卢金义说出了"老年有依靠"的感恩之言。

还有参加过对越自卫反击战的小屯退伍军人陈慈义。他在战场上因为连续排除三颗地雷、杀死两个敌人而立了二等功。陈慈义将他的军功章展示给王部长看，很动情地说："我们一同赴越参战的一连队战士十六人，在猫耳洞里度过了二十六个白天黑夜，没有脱过一次衣服洗过一次澡，没有睡过一次好觉。十六人有九人死在越南战场。我很幸运，不仅没有死，还立了二等功。每月享受着二百元的抚恤金！我感谢党和政府！"陈慈义还把对党和国家的感恩变成了实际行动，去年又把宝贝儿子陈华送到部队服役。

三里乡目前的重点优抚军、烈属对象有七十一人，其中"两参人员"十人，伤残军人十二人，带病回乡军人七人，老复员军人四十二人。政府对这些优抚对象给予了最大限度的帮助和关怀，他们都领到了数额不等的优抚金。政府对所有的伤残军人实施了医疗保险，对二等一级的三名伤残军人的医药费实报实销；对四十二名老复员军人每人医疗补足四百元拨付上卡。三里乡还实施"关爱工程"，帮助重点优抚对象解决住房问题。比如窑场村的优抚对象陈子善，原住在胶纸搭建的破棚里，乡民政拿出五千元帮他盖起一间瓦房，让他有了住处。乡民政还拿出四万元在何北坪集镇上买了一幢房子，让伤残军人刘可义居住。

政府对现役军人家属的优抚费由 2004 年的八百元提高到 2009 年的一千五百元，到西藏服役的军属优抚费为六千四百元。每年春节期间，民政干部都到新兵家挂牌、慰问；"八一"期间，还会集中优抚对象开座谈会，或登门慰问送慰问品。

（原载《恩施晚报》2010 年 11 月 2 日）

新加坡侨商资助 176 名穷孩上学堂

新加坡华侨陆耀明先生在广州经商，偶遇好心人牵线搭桥，11 年间拿出 151 万元人民币资助湖北省建始县红岩镇 176 名穷孩上学堂，在当地传为佳话。

陆耀明越洋助学

2002 年秋天，刚刚大学毕业的孙秀珍以优异的应聘成绩和优秀的外语水平，被广州顺德一家公司聘任为国际贸易部总经理。孙秀珍原来是湖北省建始县红岩镇的一名贫困生，在红岩初中上学时家中十分贫困，由于学习成绩优秀，得到了一些老师和好心人的帮助，才得以完成学业。每当想起和她一样因为贫穷还处于失学边缘的家乡弟妹，孙秀珍就十分心痛，所以她立志参加工作后要想尽一切办法帮助家乡的贫困弟妹们，努力使他们有更多的受教育机会，让他们渡过难关，继续读书，增长知识。

在外贸业务往来中，孙秀珍认识了在广州经商的新加坡华侨陆耀明先生，发现陆耀明先生有一颗善良的心，便把这一想法告诉了陆先生。

陆先生的父母是广东汕头人，后移居新加坡。听完孙秀珍的介绍，陆先生同情之心油然而生，承诺资助 5 名贫困学生，并与红岩初中校长孙绍柏取得联系。根据孙校长提供的测算标准，他答应按每生每年 810 元的标准予以资助。令人感动的是，陆先生在了解到红岩镇的确存在许多学生读不起书的真实情况后，居然将资助名额增加到了 12 名。2003 年 4 月 28 日，红岩初中收到了陆先生汇来的首笔 9720 元爱心款，并及时将钱发到了吴良策、张礼磊等 12 名贫困学生手中。

2003年7月12日，陆耀明跋涉万里走进红岩中学，进行了两天考察走访，对学校设立"陆耀明救助基金"账户、成立领导小组、设立专账、严格发放程序、实行阳光操作的做法大为赞赏。陆先生还专程到该镇蒿坝村看望了贫困学生陈炼生，其母亲残疾不能劳动，家徒四壁，仅有两间岌岌可危的房子……陆耀明动情地说："百闻不如一见，这些孩子的贫困状况超出想象，使我震撼！你们选准资助的对象，我决定再资助15名贫困学生。"回家后便将12500元善款汇入账户。孙校长成为连接陆先生与学生们的桥梁，受资助的学生将成绩单、奖状和感谢信，集中邮寄给陆先生。包裹一到，陆先生便认真阅读，了解学生们在学习、思想上的不断进步。

受助女学生黄倩倩写道："陆爷爷，我能够继续读书，全因为您对我的资助……我一定要努力学习，以优异的成绩来报答陆爷爷！"

读着这些稚嫩孩子的火热来信，陆耀明百感交集，心情舒畅。

11年助学结出硕果

2006年秋天，一连串喜讯传到陆耀明的案头：他所资助的学生个个勤奋刻苦，成绩优秀，李庚等14人考取了重点高中，刘晓虹等7人考入了恩施州职业技术学院。爱心资助结出硕果，陆先生助学热情更加高涨。当他了解到李庚等人读高中每年要交6000元学费和生活费时，深知这些贫穷家庭很难拿出这么多钱，心头一热又一次做出重大决定：助学助到底。从此，陆耀明按照初中810元、高中3600元、大学5000元的标准连续资助贫困生，每年开学前，便将成倍增长的爱心款打入账户发给学生。截至目前，陆先生连续11年共资助176名穷孩读书，总金额达151万元，已有101人完成学业，还有75人在校，其中32人上了大学。

被问及"是什么原因使您长时间资助这么多学生"时，陆耀明坦然地说："我这么做是回报祖国。我是中华民族的一分子，能帮助一些困难同胞使我感到快乐。"

如今，32名大学生和13名高中生与陆耀明保持QQ交流，要将这种爱心凝聚的传奇友谊永远延续。陆耀明有一个美好的愿望，他想在若干年后能够和资助的学生（特别是上完大学的学生）一起聚会，留影，他要看看这些有了知识的山里孩子在干什么。他想，这些孩子一定会给他带来无尽的喜悦和快乐……

"陆先生，您的愿望一定能实现！"孙校长在电话那端肯定地说。

附：截至 2012 年，已有 56 名学生考上大学，下面为部分大学就读学生名单

三峡大学：姚乾娇、李庚、张礼磊

海南大学：黄相、谢世金

长江大学：李登露、谭晓玲、张吉秋

武汉科技大学：周艳丽、谭志鹏、李琦

湖北民族学院：赵书娟、徐友成、郭建红、姚双、黄倩倩、黄嗣瞳、张春雷、黄运运、李荣、彭垒、卢洪涛、谭志销

华中师范大学：刘冬梅、吴良策、陈誉佼

恩施职业技术学院：王清、刘晓红、孙晟榕

咸宁师范学院：鄢德友

荆州教育学院：姚永双

湖北第二师范学院：匡爱华

湖北经济学院：姚丽

陕西商贸学院：王艳平

中国医药大学：周金晶

厦门大学：何晓莉

西藏大学：姚莉

武汉工程大学：张莉、吴彬

（原载《人生》2012 年第 10 期）

大沙河上的百年义渡

在湖北省建始县三里乡大沙河村，有一个三代人接力义务摆渡的特殊家庭。69岁的万其真信守祖父承诺，将祖父的义务摆渡延续至今，成为传遍华夏大地的道德楷模。

腊月三十要渡，正月初一要渡，三更半夜村民有急事要渡，抢救病危的生命要渡……十六年来，老万就这样一趟又一趟，渡坏了三条大木船，撑破了二十几根竹篙。2011年春节前后，中央电视台《新闻联播》《身边的感动》《共同关注》等专栏都相继报道了万其真祖孙三代平凡而又感人的事迹，还配发了评论文章《人心的渡口》："为了一个祖辈的承诺，一个朴实的农民之家，用代代人的义务摆渡来报答乡邻的帮助，真正做到了'滴水之恩，涌泉相报'，诠释出了关于信义的真谛。青山绿水间，来来回回中，小小的渡船，装载的是责任，划出的是希望。老万一家坚守的不仅是河水的渡口，更是人心的渡口。"

祖父感恩临终嘱托

1877年夏天，江汉平原的监利县境内长江溃堤，发生水灾。万家垸的万佐柱带着妻儿老小，告别被洪水吞噬的房屋农田，逃难来到建始县大沙河畔定居，被世居当地的崔姓、谭姓、龙姓乡邻宽容接纳。常年在长江里摸爬打滚，练就一身好水性的万佐柱，见大沙河两岸分散住着百余农户，人们互通婚嫁，血脉相连，而连接两岸村民过河的交通工具是几只小划子木船，每只小划子船只能载三四人过河，在百米宽的河面上摇摇晃晃，村民很容易落水。

万佐柱与家人商议后，筹集资金建造了一只能载十人的木船，成了大沙河渡口第一任艄公，手握竹篙撑船摆渡，分文不取。乡亲们十分感动，纷纷走进县衙向县太爷反映情况。县太爷也被感动，发出一道指令，在大沙河渡口旁边划定六亩义田让万佐柱家人耕种，免其田赋，权作摆渡补贴。

时年30岁的万佐柱解除了养家糊口的后顾之忧，又感恩于大沙河人民的善待关心，便立下了永世义渡的誓言。1883年春天，万佐柱回到监利老家，将两株半米高、象征吉祥平安的金弹树苗移植到两岸河边，希望可以保佑万家世世代代平安摆渡。金弹树慢慢长成了大树，挺拔葱绿，隔河相望，成了稳系船绳的安全树。万家艄公摆渡木船也成为大沙河的一道亮丽风景，而且摆渡一直平安无事。万佐柱告诫人们："金弹树是棵神树，是保护村民渡河的护命树，要永远保护好金弹树！"

万佐柱年复一年撑船，一撑四十余载。1925年夏天，年迈的万佐柱病逝前将十位崔姓、谭姓、龙姓人和两个儿子喊到床前，郑重嘱托："术才、术荣，我们逃难来到大沙河定居，崔家、谭家、龙家的伯伯、叔叔们不欺负外地人，善待我们。今天当着十位崔家、谭家、龙家叔叔，我郑重承诺：为了感恩，我决定，让万家儿孙代代义渡！请你们也当着我和叔叔的面，表个态度。"

"爹，我们一定听您的话，代代继续义渡！"听到万术才、万术荣两弟兄的庄严承诺，万佐柱安详地闭上了眼睛。

伯伯叔叔守诺义渡

长子万术才接过磨得发亮的篙杆，始终牢记着父亲的嘱托，默默地为乡亲们义渡。三十多年后，万术才因病将篙杆交给弟弟万术荣。像父兄一样，万术荣不分白天黑夜、下雨下雪地守候在渡口。大年三十，家里的团圆饭刚刚吃了一半，渡口上有人喊过河，万术荣放下碗就奔过去解绳摆渡。大年初一清早，出门走亲戚的村民多，万术荣更是早早在渡口等候。

万术荣撑船摆渡时，生产队已收了六亩"义田"，每天给他记十个工分，算是报酬。有些人认为万术荣得了好处，不时抛出些冷言冷语，说万术荣得了便宜工分，万术荣心一急便丢下篙杆。接下来有五个村民接手义渡，最长的只坚持了半年。他们深切体会到长年累月在河船上的劳累和孤独，简直让人无法忍受。更重要的是，土地承包责任制后，万术荣的唯一补贴就是每年免交二百五十元的农特税费（二百五十元税费由北岸的十六户村民分摊）。而接手摆渡的五个村民个个喊叫"干傻事"，早早主动"下课"。

想起"代代义渡"的嘱托，面对村民急切过河的神情，万术荣二话不说又重新撑船。20世纪80年代末期，一场大洪水卷走了万家瓦房，万术荣便在渡口的老鸹洞（岩洞）里睡了四年。山洞里潮湿，谁愿意住？那日子苦啊！每天早上7点钟前，万术荣等在河边，乐呵呵随叫随到。

半百之孙接力撑篙

"万师傅，过河哟！"

"哎，来啦！"每天清晨，大沙河渡口便热闹起来。听到喊声，脚蹬解放鞋、头戴灯芯绒帽子的老艄公万其真走下石梯，走上渡船轻点竹篙，小船便划开清波驶向对岸。作为万家第三代义渡人，万其真已在渡口整整坚守了十六年。

1995年初，73岁的万术荣倒在病榻上。临终前，他将53岁的侄儿万其真喊来，要他接过篙杆摆渡。万其真是万术才的小儿子，面容清瘦，古铜色的脸上总是挂着和蔼的笑容。他继承了叔叔的衣钵，日复一日，一趟一趟，将村民渡往彼岸。蓑衣、斗笠、煤油灯、残缺的木椅、黝黑的水壶、破旧的渡口小屋，见证了万家一代又一代义渡人的清苦生活。没人过河时，万其真老人会静坐在小石屋前，将手中的竹篾编织成一把把撮箕，卖钱补贴家用。村民说，在万家三代艄公脸上永远看不出清苦的酸楚，只看到他们身上使不完的劲。

20世纪80年代，政府每月给万家艄公六十元补贴，90年代加到八十元，2000年加至二百元，2008年加至五百四十元。谈起这点补贴，万其真的儿子万方权感慨万端地说："我在中山打工，一月工资两千多元，抵老爸四倍。单讲挣钱，一年四季被拴在船上，是不划算。但人一生活着，也不能全都为钱。"

万其真拍手叫好，说："说得好，我们万家人不讲钱，只听你太爷'代代义渡'的临终嘱咐！心中永远装着一份承诺，一份责任，一个渡口，渡人们过河。方权，我这把骨头也快成老古董了，你早点回来帮我撑船吧。"万方权遵照老爸意愿，于2006年7月辞工回乡，跟着老爸撑船摆渡。"万家人当了艄公，就把自己一生搭进去了。"这是当地村民说得最多的一句话，他们眼神中，流露出的是敬佩和感激。

1999年和2004年，万其真两次飞船抢险，将自划单人木船下河打鱼，扯网时翻船落水的崔南清和崔茂辉救上船。

说起万家百年撑船义渡的历史，万其真自豪地说："有一点让我感到骄傲，那就是从未出过安全事故。一是划船技术熟练，二是有金弹神树保佑，三是按义渡'古训'行事：上了万家船，就归万家管。河里拴着的船谁私自动一下就永远别想渡河；老人小孩坐船中间，谁不听招呼就不开船；遇河水暴涨，村民有急事要渡船，必须邀上几个水性好的帮忙。"

2007年4月，下游修拦河坝电站，为了让金弹树不被淹没，在万其真的请求下，当地政府投资一万多元进行移植。十六个大力士花了两天时间将金弹树从石梯上抬到一百多米高的水位线上，移植在一块肥沃的良田里。经过三年来的精心护理，金弹树长出了新鲜嫩芽，成活了，万其真一颗悬着的心放下了。

万其真很乐观，经常一边撑船，一边喊山歌：

> 山高只有人行路，
> 水深只有船来渡……

嗓音浑厚沧桑，与桨声一起在幽谷萦绕，久久不绝。

如今的大沙河面宽一百五十多米，最浅处两至三米，最深处五十余米，每天有百余人次往返过河。守在渡口的万其真，天天带着儿子万方权，只管迎着每日的霞光，一桨一桨地划，一船一船地渡。如同沈从文《边城》中翠翠的爷爷老船夫，他从不思考这一切对于本人的意义，只是静静地在那里活下去。

诗曰：

父传子来子传孙，一个船儿渡路人。

风雨晨昏无所阻，百年义渡万其珍。

附：《湖北人口》"情感故事"栏目编辑潘真感言

收到这篇稿件的时候，看到万其真之名，感到很熟悉，随后恍然大悟，他不是那个义务摆渡十六年的艄公吗？是的，他的事迹我在电视上看过报道，他是"感动湖北 2010 年度人物"的候选人之一啊！细细阅读这篇文章，我看到的是万家几代人的百年义渡史，心中涌起的是感动和敬佩。为了祖辈的一个承诺，一个朴实的农民之家，用代代人的义务摆渡来报答乡邻的帮助，真正做到了"滴水之恩，涌泉相报"，诠释出了关于信义的真谛。青山绿水间，来来回回中，小小的渡船，装载的是责任，划出的是希望。老万一家坚守的不仅是河水的渡口，更是人心的渡口。

（原载《湖北人口》2011 年第一期，本文后被《人生》杂志 2011 年第 11 期刊用）

"黄四姐"门前那条河

难忘当年帮大忙

《恩施日报》不仅是我的良师益友,还是改变我人生轨迹的最大恩人。二十多年前,《恩施日报》帮了我的大忙,至今历历在目,永远难忘。

20世纪80年代,我在三里坝小学教书,每天教完课、批改完学生作业后,晚上坚持创作两个小时的小说,雷打不动。在李传锋、叶梅、田平等老师的栽培下,我的小说《四十八天短工》被1988年9月号《长江文艺》刊发。可是,由于"不务正业",我的工作陷入了困境。教育站的领导将我从三里坝小学调到边远的村小教书。尽管我很能干,我的《改革作文教学的点滴体会》《在教学中培养学生的创造力》等三篇教研论文获州、县成果奖,每次带的差班,一年后学生成绩就能超过快班,但学校每周安排32节课,繁重的教学工作压得我喘不过气来,疲惫不堪。在这种困境下,我仍然利用深夜痴情写作。

1991年10月,鲁迅文学院函授刊物《文学新人创作》转载了《四十八天短工》,并通知我参加1992年春季的"文学新人创作讲习班",学习半年。我怀着激动的心情写下散文《这个世界灿烂而辉煌》,发表于《恩施日报》1992年2月8日第二版。我拿着请假条找教育站领导请假,当时教育站站长支支吾吾不肯批,一旁的总务主任杨本甫老师建议说:"《恩施日报》都刊登了文章,乡里领导也同意杨大忠到北京学习,你就批准他去吧。这种机会很难得的。"教育站站长吃惊地问:"几时的报纸?快拿给我看看。"教育站站长找到报纸,看过《这个世界灿烂而辉煌》后,才很不情愿地批了假。

虽然教育站没有给我报销一分钱的费用,而且还用我一点可怜的工资支付代课老师工资,但我幸运地走进了鲁迅文学院,聆听了浩然、汪曾祺、谢晋、郑晓瑛、何镇邦、张掮中等五十多位文学大师和编辑的精彩讲座。我进入了一个全新的境界，茅塞顿开。学习期间，创作的万字小说《魔土》发表于1992年12期《民族文学》。如果《恩施日报》没有发表我的《这个世界灿烂而辉煌》，我就不会拥有那次学习的机会。

从北京回来，乡领导借调我干宣传工作，我求之不得，也懂得知恩图报。十七年来，在《恩施日报》各位编辑老师的栽培下，我年年都是《恩施日报》的模范通讯员，在县、州、省和国家级报刊发表新闻稿件一千五百余篇，获得四十余项荣誉。文艺创作也喜获丰收，《恩施日报》在六期周末的金贵版面上转载了我的小说《魔土》；《恩施晚报》以二十八期的宝贵版面连载了我的六万字中篇小说《走出冬天》，这部中篇小说又被省里发行量达二十多万份的畅销报纸《古今故事报》以四期八个整版连载；在《湖北日报》《人民日报》发表了五十多篇散文；出版了三十五万字的小说集《魔土》，加入了省作家协会。今年5月下旬，我赴天津《蓝盾》杂志社参加了为期一周的全国作者笔会，与三十多位全国知名作家欢聚交流。

想起二十多年前的北京学习，我心中便涌起一股暖流，是春风艳阳般的《恩施日报》改变了我的命运，这令我终生难忘。《恩施日报》的全体编辑老师，我深深地感谢你们！

（原载《恩施日报》2009年6月22日，后收入《我与恩施日报》一书）

文化风景篇

经典民歌《黄四姐》

黄四姐儿——
喊我干啥子儿？
给你送个丝帕子儿。
要你丝帕子干啥子儿？
戴在妹头上，行路又好看，坐着有人瞧，四姐真漂亮！我的妹儿哟……
哎呀我的哥，送上这么多。
我东西虽说少了些，何必这么说——

这是自湖北省建始县三里乡流传开来，至今闻名世界的经典民歌《黄四姐》。它以喜花鼓的明快节奏和生动欢乐的情爱内容，表现青年男女互相爱慕追求、馈赠定情信物的情节，被誉为中国民歌中的奇葩，深为土家族、苗族人民喜爱和传唱，历经百年而不衰。新中国成立后，《黄四姐》曾多次被省、州、县文艺工作者改编，并参加中南地区省市文艺汇演，受到好评，1980年后曾被灌制成录音带在全国发行。随着时代的变迁，《黄四姐》的歌词内容不断演变更新，显示出蓬勃生机和无穷魅力，越唱越响亮，越唱越光鲜。

《黄四姐》原名《货郎歌》，源于一个动人的爱情故事，大约产生于20世纪初。一百多年前，东龙河畔的老村寨子里，民户黄聪明养有四个女儿，三个姐姐先后出嫁，小姑娘四姐儿年方二八，花容月貌，聪明绝顶。

有一天，俊俏后生贺二郎手摇货郎鼓，担着货郎担穿乡叫卖，走进四姐儿院子里。奇怪的是，"咚咚咚"的货鼓声吸引得大黄狗像亲热主人似的摇头摆尾亲热贺二郎。身着翠花红布衫的四姐儿走出来买洋火（火柴），贺二郎眼睛一亮,眼珠子定格般地痴了:他看见四姐儿天生丽质,正是红樱桃绿芭蕉的季节,她伸腰、掠鬓、转眼、低眉以及举手之间的衣裾微扬,都是男人眼中的诗与画,都是最美的风景。顿生爱慕之心的贺二郎,突然感到自己坚硬的身体变得软绵绵。为博取四姐儿欢心,他便以低于成本的价钱卖给了四姐儿许多小百货。四姐儿也对贺二郎的心诚和英俊颇有好感,遂留他吃饭。

贺二郎见东龙河碧水长流,两岸桃红柳绿,万亩大坝富饶宽阔,能长出天仙般的姑娘,是块宝地,便铁心非四姐儿不娶。他隔三岔五哼着花鼓小调、摇着货郎鼓儿钻进黄家卖货。

次数多了,人便熟了。贺二郎接二连三献殷勤,给四姐儿送日用商品小百货。有一次,他走进院子,就拖长声音快活地喊:"黄四姐儿——"

四姐儿在屋里也欢快地回应:"你喊啥子儿?"

贺二郎唱:"我给你送个丝帕子儿——"

四姐儿也唱着问:"你送我丝帕子干啥子儿?"

贺二郎唱:"戴在妹头上,行路又好看,坐着有人瞧,四姐真漂亮!我的妹儿哟——"

四姐儿回他:"你个贺二郎,嘴巴像蜜糖,唱得鸟儿叫,唱得心儿痒!"

贺二郎又唱:"妹妹心儿跳,哥哥脸发烧,拉着妹妹手,变成比翼鸟。"

此后,贺二郎又给四姐送绸缎、手镯、丝袜等物品。经过一年多的热恋,贺二郎走进黄家,当了倒插门女婿,小两口相亲相爱,成就了一段爱情佳话。两人的欢歌对话便用喜花鼓的曲子,谱成了经典民歌《黄四姐》:

黄四姐儿——你喊啥子儿?给你一个丝帕子儿——要你丝帕子干啥子儿?戴在妹头上,行路又好看,坐着有人瞧,四姐真漂亮!我的妹儿哟!

黄四姐儿——你喊啥子儿?给你一截绸缎子儿——要你绸缎子干啥子儿?穿在妹身上,细腰真好看,老远有人瞧,四姐好身段。我的妹儿哟!

黄四姐儿——你喊啥子儿?给你一只金镯子儿——要你金镯子干啥子儿?戴在妹手上,巧手真好看,飞针又走线,织出幸福网。我的妹儿哟!

黄四姐儿——你喊啥子儿？给你一双丝袜子儿——要你丝袜子干啥子儿？穿在妹脚上，花鞋更好看，迈开新步伐，迎郎进洞房。我的妹儿哟！

对这一传说，至今仍健在的黄家光字辈两位老人回忆说，他们有个高祖辈的姑婆，名叫黄幺姑，在家排行第四，此人不仅聪明美貌，而且天生一副好嗓子，从小就会唱山歌，很可能就是这个黄四姐。

不管是民间流传，还是专家考证，《黄四姐》这首起源于三里坝的经典民歌，已经成为恩施州文化品牌之一，可以与《龙船调》比美。

由于《黄四姐》易记、上口、幽默、风趣，所以深受人们喜爱，家喻户晓。乡亲们在春节或红白喜事时，都会手舞足蹈地唱，有时在田间干活也即兴唱起《黄四姐》来，借此消除身体疲劳。从《黄四姐》的第一代传人黄齐兴，到现在的黄宗平、罗伦秀等，已经是第七代了。

对唱民歌《黄四姐》

《黄四姐》属于平腔唱法。它的词曲通俗，演唱形式简单，人们喜闻乐见，容易被群众接受。它的歌词具有情感动人、热情奔放的艺术感染力，男女老少随时都可以唱上几段。歌词中巧妙运用虚词，使民歌更加生动活泼，更加突出土家族的特殊风格。

像"啥子儿""要得嘛""哦""哇"等虚词，作为语言成分的表意能力是有限的，但与曲调结合后便增强了感情的隽永和韵味，增强了艺术的感染力。优美的民歌题材，边唱边跳边创作的表演形式，美妙隽永的虚词活用，造就了《黄四姐》无与伦比的艺术价值和久唱不衰的神奇魅力。

《黄四姐》能带给人们幸福和欢乐。青年男女对唱《黄四姐》，能让美好的恋爱变得浪漫甜蜜；生了小孩送竹米，两亲家唱《黄四姐》，能增加亲人间的亲情；在田间地头干活时唱《黄四姐》，能驱除疲惫，使身心放松和愉快……

随着改革开放的深入，我国各地掀起文化、旅游产业开发热潮，《黄四姐》以其独特的民族特色激起了世人的关注，优美的歌声为它插上了高飞的翅膀。从此，《黄四姐》优美的旋律和生动的歌词，便在三里、红岩一带广为流传，出现过多次传唱高潮。

1958年，老村女艺人张前秀放开歌喉，将《黄四姐》唱进了省城大武汉，使它成为楚文化民歌的奇葩，第一次大放异彩。后来，歌词被不断地更换新鲜内容，唱成了多种版本，成为男女青年恋爱的欢乐情歌。比如：

王四姐儿——喊我干啥子儿？给你送辆摩托儿——要你摩托干啥子儿？
妹骑摩托上，威武又好看，想着哥时像打闪，一路好风光……

吴二姐儿——喊我干啥子？给你送部手机子儿——要你手机干啥子儿？
别在妹腰上，潇洒又好看，想着哥时打开机，情话悄悄讲……

花大姐儿——喊我干啥子儿？约你玩下子儿——悄悄约我玩啥子儿？
前往张家界，开阔妹眼界，奇山秀水结同心，一生永恩爱……

有两个反对父母包办婚姻的青年男女唱得颇有意思：

姚幺姐儿——喊我干啥子儿？给你送条妙策儿——要你妙策干啥子儿？
妹儿施巧计，与父讲道理，婚姻自主张，一生才甜蜜……

2002年国庆节，全县举行乡镇文艺大会演，《黄四姐》又一次大放异彩。三里乡文化站十位姑娘小伙子表演了以农技干部下乡为内容的新编《黄四姐》，他们翩翩起舞，放声歌唱：

太阳当顶又当阳，哥走路上把歌唱，走村串户送科技，姑娘们快来看哟——

黄四姐儿——喊我干啥子儿？送你养殖书哟——要你养殖书干啥子儿？

看了养殖书，科学来养猪，猪儿肥又壮，一头九百六……

黄四姐儿——喊我干啥子儿？送你种植书哟——要你种植书干啥子儿？

看了种植书，栽培经济物，结构大调整，奔上小康路……

（女）哎呀同志哥哇，说得心里乐；（男）服务上门不周到，何必夸奖我。

（女）跳起喜花鼓呀，心里乐开花，如今黄四姐致了富，走在山乡人人夸……

《黄四姐》的精彩表演不仅夺得全县歌舞大奖第一名，还被中央电视台记者录成民族风情片，于2002年11月20日在西部频道的《黄金旅游线》节目播出，得到好评。2006年3月30日，老村农民歌手黄宗平（货郎）、罗伦秀（四姐）走进省城电视台"春满楚天"颁奖晚会，表演了原汁原味的民间歌舞《黄四姐》。9月29日，黄宗平和蟠龙村姑娘龙双英携带着打杵子、花背篓、货郎鼓和民族服装等道具，走进央视录制《原生态民歌民舞〈黄四姐〉》节目。10月13日，节目在《中国民族民间歌舞盛典》专栏播出，倾倒了亿万观众。

不会写诗的作者，也感慨万端地唱起了顺口溜：

盛世年代喜事多，农民跳舞又唱歌。

四姐歌舞代代传，社会和谐人欢乐。

《黄四姐》正以其独特的民族艺术魅力和崭新的时代风貌广泛流传，唱出了国富民强的新篇章。

诗曰：

　　黄家四姐舞翩跹，活泼欢快乐颠颠。
　　丝巾丝袜轻装俏，原汁原味唱着甜。

（此文原载 2003 年 5 月《建始报》，2003 年 6 月 3 日《恩施晚报》转载，后被《建始百年散文》辑录，又陆续被 2006 年 1 期《民族大家庭》、2007 年 2 期《湖北文化》、2007 年 3 期《鄂西民族》等转载，收录入集时有小改动）

唢呐爷的顺口溜

建始县三里乡何家坡村的杨明星,今年 76 岁,虽然仅读过两年私塾,文化程度不高,但他脑子灵活,人如其名,是一个灵动耀眼的民间文化艺术明星。每年春节时玩龙灯划采莲船,他便成为出口成章的"挠夫子",给千家万户贺彩拜年,唱出的贺词新鲜中听、韵味悠长。人们送他一个雅号"唢呐子",如今年老,晚辈后生们又叫他"唢呐爷"。

唢呐爷用那智慧、朴实的乡土语言编织出一串串脍炙人口的顺口溜,记录下各个时代的特点和变化,在当地一带广为流传。他多年来即兴而作的不少顺口溜别有情趣,细品起来却是一个时代的缩影。

土改时期斗地主,26 岁的唢呐爷满怀豪情作歌:

> 保长章礼杰,保长当不得;
> 外头诀屋里也诀,
> 诀得眼翻白。
> (注:诀,骂的意思。)

1960 年"大跃进"办集体食堂,又遇特大饥荒,他心情沉重地唱:

> 集体办食堂,人民遭劫难。
> 草根树皮都啃光,挺过来的是好汉。

1964 年搞"四清"运动,全国各地忆苦思甜,唱"想起往日苦,两眼泪汪汪"的歌，唢呐爷改唱道：

想起往日苦，腊肉和豆腐；
说起今日甜，合渣不放盐。

十一届三中全会后，土地包产到户，唢呐爷乐呵呵地唱：

土地下了放，懒汉变了样；
裤子一搂下田干，顿顿餐餐吃饱饭。

政府落实退耕还林政策，唢呐爷高兴地唱道：

坡田退耕长树林，政府来把钱粮送；
为的生态保平衡，洪水泡天也安稳。

唢呐爷听说恩施州已动工修铁路和高速公路，兴奋得手舞足蹈地唱：

盘古开天一喜讯，铁路修到恩施城；
土家人民有福气，日行万里梦成真。

看到航天英雄杨利伟遨游太空时的画面，唢呐爷激情满怀地作歌：

华夏儿女成了神，脚踏火箭游太空；
眨眼旋转亿万里，超越大圣"筋斗云"。

4月上旬，唢呐爷从电视中看到中央公布粮食直补政策，眉开眼笑地唱：

中央措施暖人心，英明决策冠古今；
减免农税补粮种，要让农民享太平。

"黄四姐"门前那条河

前不久,笔者下乡见到唢呐爷,要他说说现在的农民生活情况。精神矍铄的唢呐爷鹤发童颜,随口唱道:

如今人民真主人,日子过得挺滋润;
只要勤劳找窍门,天天都有钞票进。
早晚下地弄庄稼,中午休息看"电影";
做饭使用节能灶,房内瓷砖镶地平;
肚里吃的鸡鱼肉,四季衣服件件新。
农民种地免了税,发家致富任你行;
出门摩托或麻木,家中电器一大群。
要去省城像赶场,万里亲热电话通;
盛世年代日子好,老汉越活越年轻。
(注:麻木,方言,指三轮车。)

唢呐爷用生动、通俗的顺口溜,唱出了时代前进的足音,唱出了改革开放的美好旋律。

(原载《湖北日报》2002年11月28日)

乡村闹元宵

正月十五元宵节,乡村中要闹元宵。元宵节是春节即将结束时,新一年中第一个气氛隆重的传统节日,极具喜气和浪漫,它将新春佳节推向璀璨花灯和爆竹齐鸣的高潮。

随着春节黄金周悄然远离,走亲访友渐入尾声,乡村中最为隆重的元宵佳节便闪亮登场了。"三十晚上的火,正月十五的灯",前者说的是大年三十晚上要烧大火,守岁看"春节联欢晚会",憧憬着"更上一层楼,来年更富有"的喜悦盛况;后者便是描绘元宵佳节华灯齐放时的万丈光芒。经历了半月来餐餐鸡鸭鱼肉、天天笑语欢声的美好生活,人们要将这难以忘怀的幸福春节做个小小总结,然后开始春种秋收的劳作。美好日子必须有亮丽灯光开拓引路,于是,十五的灯便要惊天动地、轰轰烈烈地亮。

前些年没有电灯,勤劳智慧的土家人便预备两三个松树油瓜棰,用斧子劈成数十块松木油亮子,正月十五夜里在每间房中放几块点亮。那松油木块发出的亮光强而多烟,一块接一块地烧到天亮,原本就漆黑的土屋木房被熏得更加黑暗;后来松油木被油灯代替;如今是电灯璀璨,彩灯炫目。农家小院里的水泥楼房,家家户户大门上挂着两个大红灯笼,呈现出"大红灯笼高高挂,千家万户红彤彤"的奇观。屋内的每间房里都安装着灯泡,拉开闸门,红白亮丽的灯光耀眼,亮灿灿如同白昼。无论是昔日的松木油亮子还是今天的华丽灯光,都是从黄昏持续到黎明,能将满屋的晦暗照亮,能将崭新的祥瑞喜气招进殿堂。

正月十五,家家户户必须吃上一碗醪糟汤圆。细心的母亲或妻子,在锅里煮醪糟时放进汤圆,按人均十二只盛进碗里,吃了象征着新一年全家人月月圆满、万事顺利、平平安安。

　　元宵夜里，还有一件重要大事是"炸跳蚤"。臭虫、虱子、跳蚤是危害人类的毒虫瘟神。聪明的土家人在十五这天，在野外用三根木棍搭一个简易草棚，上面放上茅草，再将大抱大抱十分青翠的白蜡树叶放在茅棚上，然后点火，干枯的茅草燃起熊熊大火，将白蜡树叶猛烈燃烧形成蒸气，叶片急剧膨胀，超过极限时便会爆炸发出脆响，噼噼啪啪的响声震动三山五岳。据说，这响声威力无穷，不仅能将跳蚤等毒虫炸得粉身碎骨，还能将野外的刺猬、狐狸、野猪吓得鼠窜而逃……消灭这些害人虫兽，新一年的日子便有奔头了。而今，富裕的人们不再搭茅棚了，而是用爆竹炸跳蚤。元宵节晚上，家家户户先是燃放铜锣般大的圆盘鞭炮，接着放冲天炮、礼花炮，最后放震天雷，惊天动地，震耳欲聋，震得小孩喊怕，大人捂紧耳朵——那小小跳蚤自然也就随着巨响灰飞烟灭了。

　　玩采莲船、狮子灯的民间艺人们，也要在元宵夜里点圆灯，疯狂玩耍一天后将灯具焚烧谢幕。

　　圆圆的汤圆、迷人的灯光和阵阵鞭炮巨响，将元宵之夜闹腾得格外喜庆，格外红亮，闹热了新一年的良好开端，闹红了勤劳致富的小康美景。

（原载《恩施日报》2008年2月20日）

歌舞河水坪

从"牌桌兵团"到歌舞演员

河水坪是一处拥有万亩稻田的鱼米水乡,地势广阔平坦,农民生活比较富裕,是脱了贫的富裕村。女能人颜佳艳更是当地的风云人物,她家六姐妹被称为三里乡的"六朵金花",个个漂亮能干,丈夫们也是男人中的杰出人物。六姐妹家共拥有十二台挖土机、八辆汽车,是当地闻名的小康望族。去年村委会换届,能说会道、办事实在的颜佳艳被选为村主任。换了角色当上村主任的颜佳艳开始思索如何进一步发展经济带民致富,如何构建和谐社会稳定一方。在发展经济方面的几个主打项目确定了之后,一个筹建文艺宣传队的设想终于在颜佳艳心中确定。

退休教师舒胜东和河水坪集镇上爱唱歌跳舞的杨万银、吕宗桃、向成珍等三十多位中老年妇女,日子过得舒心,整天没事做。她们为了打发时间,经常聚在一处打麻将、"斗地主",输钱后心情变得烦躁,极易发怒,发怒时便说出许多伤感情的难听话,多年建立的友好关系容易毁于一旦。回到家中,夫妻间又为输钱争吵,平添了许多不安和烦恼。

有一天,颜佳艳从电视上看到《黄四姐》传人黄宗平的精彩表演,心想唱歌跳舞既能锻炼身体又可以陶冶情操、凝聚友情,何不把舒胜东、杨万银等家务事少的女人组织起来建成歌舞队,既有益身心健康,又远离了牌桌,让乡邻之间的感情亲密深厚。颜佳艳找到舒胜东说出了自己的想法,舒胜东高兴地说:"我举双手拥护。我早就想组织一批文艺爱好者唱歌跳舞,过充实有意义的晚年生活！"舒胜东是位退休女教师，不仅能歌善舞，而且会编写节目，对文艺宣传情有独钟，热心热肠又乐于牵头。

舒胜东立即找到杨万银、向成珍、吕宗桃、李凤英、姚永贵、黄希秀、王白玉等三十多位四五十岁的妇女，说明组建歌舞队事宜。没想到大家热情都很高："我们早有这个心，就差一个人领头，有颜主任组织领导，又有舒老师领头，吹吹打打，唱歌跳舞，不赌博打牌，邻里和气，家庭和睦，最有意思。干！"

说干就干。颜佳艳大大方方地掏出五千多元为文艺宣传队添置了影碟机和音响设备，制了腰鼓、夹铵、莲湘等道具，配备了舞鞋和服装。演员家属王克轩、王克顺、颜佳庆等积极捐款修建训练场地。颜佳艳还得到父亲颜昌伯支持，把父母门前的宽敞院坝作为训练场地，搭上棚架用油布遮盖起来，再装上电灯。每天下午2点到5点，晚上7点到10点，大家来到这里，由舒胜东老师指导排练演唱节目，唱民歌《黄四姐》，跳腰鼓舞、莲湘舞，演唱由舒胜东编写创作的《河水坪大变样》等节目……她们大大方方地放开歌喉，扭动腰肢，蹁跹的舞步、优美的歌声、生动的歌词、铿锵的鼓乐吸引了过往行人围观喝彩。

这个昔日的"牌桌兵团"，忽然转为唱歌跳舞，如同一股强劲的文明东风，吹散了赌博场的污浊空气，给河水坪集镇吹进了一股清新的风。

文艺宣传营造和谐山乡

11月8日，训练了二十天的河水坪文艺宣传队正式成立，乡党委书记到场为宣传队授旗。农历腊月初八，三公里外马坡村的陈兴木老人过60岁生日，特地请文艺宣传队上门演出，二十多个节目表演得十分精彩，吸引了马坡村二百多位村民观看，大家看得津津有味，并啧啧称赞。陈兴木还请人摄像将节目制成光盘，给在广州、上海、成都等地打工的五个儿子各寄一张，让儿孙们春节时欣赏观看。儿孙们看到陈兴木六十寿诞有文艺宣传队演戏庆贺，高兴得泪水长流，纷纷给村主任颜佳艳打电话表示感谢，称赞颜佳艳为家乡的和谐办了一件大好事。

春节前后，河水坪文艺宣传队又被王克永、王守权等二十余家整酒娶媳妇的村民请到家中热闹演出。演出完全是义务的，不仅不收东家一分钱，还给老板送人情钱。有人问及此事时，杨万银高兴地说："我们组织文艺宣传队就为一个乐，唱歌好快乐，跳舞好欢乐，观众看得也欢乐。政策好，时代好，过着幸福日子就要乐！"

文艺宣传队走进乡福利院载歌载舞，为孤寡老人表演了《花样腰鼓》《三里大变样》《老板黄四姐》《山民歌对唱》等二十余个文艺节目，博得数百位观众的如潮掌声。

年近70岁的院长陈国尧看着看着便诗兴大发，情不自禁地念出了：

　　河坪文艺宣传队，一群女人发雄威。
　　唱歌跳舞老来俏，笑语欢声惹人醉。

站在旁边的乡民政主任向成建也来了激情，接口朗诵：

　　节目个个都精彩，腰鼓阵阵暖心怀。
　　盛世年代喜事多，文明新风扑面来。

演出结束时，宣传队的队员们和福利院的孤寡老人共百余人，在宽敞的大院里翩翩起舞、旋转奔跑，形成了一片歌舞的海洋。乡宣传委员陈海滨也即兴作诗：

　　河坪女人很鲜艳，福利院里舞蹁跹。
　　孤寡老人好快乐，幸福生活赛神仙。

眼见河水坪文艺宣传队表演的文艺节目获得了成功，受到了社会各界人士的认可和肯定，颜佳艳心里乐滋滋的，她天天给宣传队员打气鼓劲，要她们持之以恒，常年坚持。

队长舒胜东表态说："这个文艺宣传队，我一天不说停，谁也别想停！"

年近六旬的吕宗桃接口说:"演得正带劲,人们又欢迎,领导也肯定,还要再鼓劲!"

五十出头的向成珍深有感触:"唱歌跳跳舞,心情多轻松,姐妹情更浓,老公也高兴。"

看来,河水坪文艺宣传队的队员们是吃了秤砣铁了心,要把河水坪文艺宣传队办下去。

河水坪文艺宣传队通过说唱、舞蹈等形式,广泛宣传新农村建设中涌现出来的先进事迹,传承着大众所喜爱的民歌,丰富了村民的文化生活,成为和谐社会的一道亮丽风景线。

(原载《恩施日报》2009 年 8 月 1 日版)

荣先祥的藏头诗

2007年9月,恩施州隆重举办民族民间文化艺术节,三里乡文化站干部荣先祥先生参加艺术节后深受感染,写下藏头诗《庆艺术节》,并在媒体发表:

庆典山歌萦施州,艺坛俊杰聚金秋。
术精声妙弘国粹,节正品高竞风流。

荣先祥对嵌名诗颇有研究。二十多年前,荣先祥读到《水浒传》第六十一回,看到吴用为了诱迫卢俊义上梁山入伙,化装成算命先生来到卢家,在墙上题下了"卢俊义反"的藏头诗:"芦花丛里一扁舟,俊杰俄从此地游。义士若能知此理,反躬逃难可无忧。"荣先祥被深深吸引,又加以研究,发现藏头诗还有许多别名,如嵌字诗、人名诗、地名诗、镶嵌诗等,是一种成型于唐代,有一千多年历史的传统文化艺术奇葩。藏头诗以精美的语言文字、巧妙的艺术构思,将人名、地名等嵌入句首、句中或句尾诗内,意境优美隽永,高雅深刻,很受人们喜爱。揭开了藏头诗的奥妙,荣先祥便大胆创作,写世界大事,写伟人风采,写平民欢乐,写成了百余首隽永佳作,写出了大千世界的神韵精彩。

荣先祥当初中教师时给学生讲解鲁迅先生的杂文,备课时写下藏头诗《赞鲁迅》:

> 鲁山厚土润神笔，迅若流星利若匕。
> 讨贼伐寇唤民心，继往开来寻真理。

他将鲁迅的深刻思想和勇敢斗争精神嵌入诗中，令学生深受教育。毛泽东主席一百周年诞辰时，荣先祥想起毛主席的丰功伟绩，提笔写下《赞毛泽东》的藏头诗：

> 毛竹井冈燃星火，泽沼雪原历煎磨。
> 东方雄狮一声吼，红日喷薄新中国。

他给伟人邓小平写的藏头诗，十分形象：

> 邓公千古盖世才，小我抛却展博怀。
> 平反昭雪安天下，"一国两制"春潮来。

2002年，张学良将军在夏威夷病逝，想起张学良发动"西安事变"、逼蒋抗日的丰功伟绩和半世软禁，荣先祥提笔写道：

> 张弓挥剑拯国殇，学富武精堪栋梁。
> 良将兵谏囚半世，常思英雄泪沾衫。

荣先祥还为杨利伟、袁隆平等名人写了藏头诗，都十分符合他们的特点身份。

赞飞天英雄杨利伟：

> 杨门自古多英雄，利箭巡天翱苍穹。
> 伟人欲牵嫦娥手，明朝同访牛郎兄。

赞文学家巴金先生的藏头诗，十分贴切：

巴山夜雨泽泰斗，金著华章汗五牛。
百年纵横《雾》《雨》《电》，万载铭刻《家》《春》《秋》。

赞水稻专家袁隆平院士，恰如其分：

袁公安贫济苍生，隆冬梅开报春声。
平生心血凝稻蕊，圣手点禾也成金。

赞雷锋精神更是神似逼真：

雷声报春润笔尖，锋凝甘露书华年。
精绘大公无私画，神集青春奉献篇。

诞生于建始县三里乡的优秀民歌《黄四姐》，唱响中央电视台，荣先祥特别自豪，写道：

黄家才女赛仙娇，四季山歌凝琼瑶。
姐绣香袋货郎醉，美曲盛世掀春潮。

荣先祥为 126 邮箱写的藏头诗，在网易网站发表后，受到"天涯诗会"高度评价：

一见倾心一生梦，二月桃花二月风。
六弦欣传切切意，邮箱满载悠悠情。

2006 年 10 月，时在中山的荣先祥，为深圳华夏艺术中心与《深圳晚报》联合举办的庆典征文赛事写成《华夏艺庆》藏头诗，获一千元征文奖金：

> 华彩名九州，夏荷韵千年。
> 艺术无止境，庆典开新篇。

2007年10月，中共十七大胜利闭幕，荣先祥有感而发，写下藏头诗《庆十七大》：

> 庆云辉煌大中华，十亿神州绽烟花。
> 七嫂新唱《黄四姐》，大步直奔小康家。

北京奥运会，是中华民族史上的特大盛事，荣先祥写道：

> 北塞南疆驰圣火，京韵京腔醉福娃。
> 奥旨五环圆梦想，运书百年载中华。

写诗很辛苦，但荣先祥感到很有趣、很快乐。每当写成一首藏头诗，用来馈赠亲友、祝贺生日、参加婚礼、庆祝开业，让人们快乐，他便感到很开心。

目前，先祥先生已写成百余首藏头诗。他告诉笔者，他要将这种独特的艺术形式发扬光大，继续撰写万紫千红的藏头诗，向一千首藏头诗奋进。

近日，先祥为笔者写下藏头诗，既蕴藏褒奖，又韵味无穷。辑录如下：

> 杨梢舞毫蘸浓春，大笔博书似有神。
> 忠纯启开文翰殿，鸿篇睿智载经纶。

（原载《恩施晚报》2007年11月9日）

抗战时期的红色"六高"

抗战时期，抗日烽火在大江南北燃烧，湖北省国民政府迁至恩施，与之相关的是省级各机关单位也来到恩施。湖北省第六高级中学落户建始，十四年烽火育英才，客观上为恩施，特别是建始县的人才培育起到了重要作用。作者披露这段历史，让读者可以更多地了解那段事关民族危亡的峥嵘岁月，激发起更强烈的爱国热情。

红色"六高"

在恩施州建始县三里乡老村，有一所抗战时期的红色"六高"，在抗战的峥嵘岁月中，为共产党培育了大量英才人物，成为恩施州著名的红色胜地。

建始六高，原名湖北省立联合中学均县武当山分校。1938年9月，武汉沦陷前夕，由湖北省立武昌高中（省高）、武昌中学（省一中）、宜昌中学高中部、江陵中学高中部四所学校合并组成建始六高，西迁建始三里坝。1939年7月，根据湖北省主席陈诚的教育计划，每个专区要设立一所中学，准备将来把该校迁到宜昌（第六专区），于是改其名称为"湖北省第六高级中学"。

临危建校

1938年秋，日军占领武汉后，湖北省第六高级中学校长郑万选（原武昌中学校长），带领73名教职员工和1265名学生，冒着敌机轰炸，徒步跋涉四个月，经过贺家坪、榔坪、漆树垭，在野三关停留下来寻找适当校址。在石瑛先生的指点和建始县县长刘亚东的介绍帮助下，他选定了三里坝这块有好水、好粮、好柴，有房子住的好地方做校址，并于1938年12月将学校迁到三里坝周家堡开学上课，使这块鄂西林莽间沉寂了千万年的弹丸小地，空前绝后地热闹起来。

三里坝位于建始县城东二十九公里处，是一块长十公里、宽三公里的鱼米之乡。周家堡下的东龙河常年泉涌奔流，入冬时河岸边热气腾腾，盛夏时水凉如冰，成了师生消夏的好地方。这里是建始粮仓，万亩水稻产出的大米特别好吃。四周是花果山，柿子、梨子、板栗、核桃、柑橘很多，集市上有百余家店铺，供应着糕饼、糖果等美食。店铺楼上，成了学生的临时宿舍，区长吴玉庭有三栋木架石墙的三层楼房，全部借与学生住宿，住进了三百多位学生，其中一层的三间房子还做了学校校政厅。附近农家腾出五十多间房子住老师眷属。正是这些优越条件使三里坝成了"六高"校址的首选。

当时条件十分艰苦，没有校舍，总务主任鲍绍武先生购料雇工赶造了一批简易的课桌长凳和双层架子床，建造了大厨房、大食堂、教室、图书馆和厕所。木结构的厨房、食堂和十几栋学生宿舍分立在小河两旁，周家堡上建起了方阵形、干打垒的教室和图书馆，土墙茅顶，共有二十多间，区公所旁边还建起了一个篮球场。共建成校舍六千八百平方米，三个月内就办齐了一千多名学生教学生活所需要的基本物资。那时学校图书和教育设施奇缺，来自全省各地的"六高"学生为了维持最低的公费伙食标准，积极开展勤工俭学活动，到东龙河悬岩上打柴，动手用石磨磨玉米面，还养猪种菜改善生活。

1939年春天，建始县城关镇等五个乡镇的三十多名学生考进"六高"，就读初中。当时，"六高"有十个高中班和甲、乙、丙三个初中班，三个初中班中的建始籍学生约占半数。

孕育英才

"六高"第一任校长是郑万选，教务主任是石潭龙。"六高"的师资队伍是第一流的，当时全省教育界的知名人士余光远、严栋开、詹学时、陈化桢、王言纶、马丝白、胡国瑞、冯皋九、赵合侪、龙子明等任教员。他们用渊博的学识和优秀的品德教书育人，培养了大批栋梁英才。

学生们本着抗日救国的信念，在生活极其艰苦的情况下勤奋学习。没有桌椅，就把被子搁箱子上，盘腿坐在床上，墙上悬挂一块木板当桌子。一人一盏桐油灯，豆大的火苗上冒出一缕缕黑烟，几十人挤在一间教室自习，没有一丁点儿声音。没有课本就互相借着读抄笔记，没有钢笔和墨水就用毛笔和土纸。半夜时分，室内灯光才熄；天刚黎明，河边田野里又闪动着点点黑影，传来琅琅读书声。历届省内高中毕业会考，"六高"的学生成绩总是压倒群校；省外升大学的考场上，三里坝的"六高"学生，往往是名列前茅。

"六高"学生的课外活动也相当活跃。从三里坝乡政府右侧到横街口有一条长约五十米的老街，成了当时学生们的文化墙报街。学生办了《谷音》《墙壁文学》《大家看》《血潮》等多种墙报。

《谷音》由当时的高三学生刘华楞、姜久源和共产党员李世荪、闻立志（黎智）、王建钢主办，建始的崔炎辉也参与撰稿，内容大部分是有关抗日救国的理论、诗歌、散文、漫画，也转载一些《新华日报》上的文章。每周贴出四块木板（每块木板一百二十厘米长、八十厘米宽）。遇到"双十"节、"七七"，便编贴十二块木板，把横街都贴满了，对学校一千多名师生和三里坝居民的思想影响很大。《墙壁文学》由共产党员陈以文、徐期瑞、严文慈创办，以文学理论为主，连载过唯物辩证法讲话等。

学生们还利用寒暑假组织文娱宣传活动，主要以演讲、演戏的方式自发排演话剧。学生冯传庚、陈睦森最先挂起"建中剧团"的牌子，在春节期间公开演出了《雷雨》《古城的怒吼》《塞上风云》《黑地狱》《张自忠将军》《凤凰城》《天子第一号落网记》等大型剧目。还有合唱或独唱《流亡三部曲》《高粱叶子青又青》《在太行山上》《大刀向鬼子头上劈去》《义勇军进行曲》等，这些节目激起了青少年的爱国热情。

这些城市大学校才有的丰富多彩的活动，一瞬间热闹了三里坝的平坝山村，鼓舞了抗日救国热情，培养了学生的文艺爱好，增进了同学之间的友谊，活跃了生活，锻炼了才干。每逢星期天，成群结队的学生到东龙河里游泳，到"牛肝马肺"溶洞里玩耍，到大山树林中消夏，或吟诗作画，或谈古论今，海阔天空，其乐无穷。

辉煌教育

"六高"还秘密成立了三里区委、省立六高党支部，由李世荪任书记。至1939年5月，已发展学生党员约三十人，教师党员五人及若干本地农民党员，开展对敌斗争。后来学校支部改为总支，李世荪、闻立志相继任总支书记直到毕业离校。

1940年以后，国民党反动派掀起反共高潮，形势日趋严峻，"六高"党员经上级指示，陆续转移隐蔽他处，因此在校被捕的党员极少。

时任三里区区长的吴玉庭是地下共产党员，常以其合法身份和家庭有利条件作为掩护，为共产党的地下活动做了大量工作。中共三里区委秘密机关就设在吴家，中共地下党鄂西特委领导何功伟、刘惠馨、钱瑛、魏泽同、马识途、魏西、孙德枢、何功楷、孙仕祥等曾多次来三里坝检查指导工作，区委召开的各种会议也都在吴家举行，并在吴玉庭家中举办过多次党员培训班，向新党员进行党的基本知识和革命传统教育。此后，三里坝周围农村（如马坡）相继建立了地下党组织，一部分学生党员也深入农村工作。1941年，陈诚举起屠刀清除异党，就在反动派驱兵三里坝捉拿共产党员的头天夜里，吴玉庭及时将情报传给党组织，促使党支部成员们于夜间全部安全转移。五天后，吴玉庭冒着危险潜回吴家取走了《共产党宣言》《哥达纲领批判》等革命书籍。

十四年抗战的烽火岁月，"六高"培育了大量英才，毕业学生一千五百余人，很多学生都升入了国内名牌大学。大多数人在共和国成立后都奔赴新中国各条战线，成为有用人才，为共和国大厦添砖加瓦。也有一部分师生留学或定居海外，成为著名专家和学者。陈以文、张国维等一批学生加入共产党后投笔从戎，为反对内战、争取解放英勇斗争，被国民党反动派杀害于重庆渣滓洞集中营。1945年，郭其耀、吴恒槐、黎统元、吴炳南等一批学生响应党的号召，长途跋涉投奔鄂豫皖和晋察冀等解放区，走上革命道路，谱写了光辉一页。

"六高"不仅涌现了大批的革命志士,还培育了大批专业人才和优秀干部:如剧作家洪升、《人民日报》女记者刘衡、原北京市副市长白方夫、原武汉市委书记黎智、原湖北省水利厅厅长杜子才、原辽宁省委宣传部副部长刘建良、原陕西省广播电视厅厅长孙良安等二百余人。

附:《恩施晚报》编辑邹启昌文章《不能忘记历史》

抗战伊始,民族有累卵之危,人民有倒悬之苦。当此危急之时,湖北省国民政府迁至恩施,仍不忘民族教育,积极兴办学校,提高国民素质,这样的事迹值得肯定。

披露这段峥嵘岁月,除了缅怀先烈,追忆历史,更多的是发思古之幽情,叹人生之无常。作为后人,读了这段历史,我们似乎更应该从中领悟到一些属于我们自己的东西。一个民族,要生存、要复兴繁荣,离不开基础性的东西,如提高国民素质,传承优秀的民族文化,等等。

我们常说,勿忘国耻,振兴中华。抗日战争已过去六十多年,然而许多经历过这段历史的老人还在,他们见证了那段烽火岁月,他们是民族的财富,他们是活着的历史,他们的经历教育我们后人:国家弱小,民族衰败,则必然蒙受耻辱。这些耻辱不是口头的,也不是书本上的,而是实实在在的。只有全民族努力复兴自己的国家,我们才能雪洗这段耻辱。

所以,不忘历史,振兴中华,应该从每一个公民做起。

(此文原载《恩施晚报》2007年3月21日,后被《党员生活》2012年第10期刊出)

蛇乡趣闻

鹰嘴岩下有一个蟠龙村，因蛇（小龙）多而得名。这儿海拔六百米左右，气候温和，冬天极少见雪。蟠龙村境内有一座佳境奇山——鹰嘴岩，一块状如老鹰的大岩石矗立在东龙河南岸山巅。

蟠龙村不仅地理构造奇特美妙，而且适宜蛇生活，所以蛇多。蛇与村民发生的许多故事，更是令人拍案惊奇，别有妙趣。

每到盛夏来临，蛇便猖獗。地里山间，随处有蛇；房间楼梁，经常见蛇。人们坐在堂屋里纳凉谈蛇，蛇便从椅下爬出来。

一天夏夜，三组小姑娘龙艳华独自睡在东屋的闺房里，突然大声喊"脚疼得很"。爹妈起来拉灯揭开被子一看，吓得半死——一条二尺长的菜花蛇睡在女儿脚旁。艳华的闺房是水泥平房，地板上镶嵌了瓷砖，菜花蛇居然从铝合金制的窗口钻进来，爬到了少女的床上。幸好菜花蛇不是毒蛇，龙艳华右脚踝骨部位被蛇咬的伤口，红肿了几天就痊愈了。善良的父亲告诉女儿，蛇是灵物，从来不会无缘无故伤人。他劝女儿别怕蛇，还要和蛇交朋友。父亲轻轻地抓住菜花蛇脖子，然后走出家门，将蛇放进后山草丛中。

八组村民崔老汉，午休后要下田薅秧扯稗草，他取下墙上的草帽戴在头上，草帽里竟盘曲着一条青竹标蛇。它迅速从崔老汉光秃秃的后脑爬到后颈，又钻进后背的衬衣里，像根冰棍冷飕飕贴着背脊。崔老汉身子乱晃如筛糠，惊骇中拼命把衬衣从裤带里拔出来，将青竹标蛇从后腰甩到地上。崔老汉魂都吓掉了，蛇却口下留情，没有咬他。

惊魂未定的崔老汉望着小青蛇从容自如地爬过堂屋翻越门槛，越过院落消失在菜地里，喃喃地说："小长虫啊，我的草帽挂在墙上才十几分钟，你是什么时候钻到里面去的？难道有什么喜事要告诉我？把我吓唬得魂魄都掉了！"崔老汉正在自言自语，老伴从集镇上买肉回来。听了丈夫叙述的惊险一幕，老伴问："你把蛇打死了？"龙老汉说："没有啊。"

"没有就好。青蛇是白蛇的妹妹，它一心一意支持白蛇和许仙的婚姻，是美好天使呢。"爱看电视剧《新白娘子传奇》的老伴不以为意，反而开心地说道。说来赶巧，老伴话音刚落，屋里的电话铃声响了起来。崔老汉三步并作两步跑进屋抓起话筒，电话里传来了远在珠海打工的小儿子的喜讯："爸爸，你和妈关心的我的婚事有结果了。我与江苏射阳的一位打工姑娘相爱了……"

崔老汉放下话筒，乐滋滋地一个劲儿唠叨："蛇是美好天使，能给人预报吉祥喜事。我们要好好保护蛇！"

五组村民贺香荣夜里睡觉，只听到床前啪啪响。她用脚蹬醒男人说："有老鼠捣乱，动静好大！"话未说完，贺香荣脸上冷飕飕挨了一软棒，她不禁大喊："哎哟！"慌乱中的男人立即下床伸脚穿鞋，"妈呀！"男人的一只右脚钻进鞋里却踩在蛇头上。原来是一条大蛇追捕老鼠时，误将蛇头钻进鞋里，蛇头将鞋尖顶起甩在地板上，便发出啪啪声响，尾巴一甩又恰好搭上床头，甩在贺香荣脸上。

心惊肉跳的男人拉亮电灯，看见一条蝮蛇已爬到墙脚，从来时的门缝里爬了出去。男人骂道："畜生，你到屋里来讨死哟？"他一边骂一边找棍子打蛇。贺香荣连忙劝他："蛇进来帮我们捉老鼠，是我们的好朋友。别伤害它。"

蟠龙村人民与蛇和睦相处的有趣故事数不胜数。

（原载《恩施日报》1993年7月17日）

"黄四姐"门前那条河

乡村沼气

一个阳光灿烂的早上,我到石牌村婵姐家做客,一到婵姐家,我吃了一惊:两年不见,婵姐漂亮多了,她穿着亮丽的衣裙,走进镶了地砖、一尘不染的厨房,用电子打火点燃沼气灶,十来分钟就烧沸了水。我一阵惊喜。大规模的退耕还林和沼气池的推广应用,给山村人民带来了可喜变化。它解放了男人,打扮了女人,美化了生态环境,保护万座山林长得茂密葱茏,成了鸟的天堂,野兽的家园,水土的保护神。难怪走在那乡间柏油马路上,看到的尽是野兔野猪成群欢跳,白鹭白鹤飞翔鸣叫,猴子松鼠荡秋千,獐子麂子捉迷藏的林莽奇观。

石牌湖素有"水清地平山葱茏"的美誉。据老人们说,明清时期,这儿全是原始森林无路可走,祖先们迁来时只好从树藤上攀缘前进,挽草为界,斩棘造屋,饮用比水晶还要清澈透明的石牌湖水……传说归传说,但这儿的森林资源丰富是真。

不幸的是,猛增的人口在这块贫瘠的土地上为追求温饱而开荒种粮,许多像婵姐一样的农户因无钱买煤,只好迫不得已砍伐树木,为做饭取暖而烟熏火燎。许多人砍光了自家的树,夜里偷别人的树,乡邻之间矛盾激化,打架斗殴屡见不鲜,酿成人命的事也时有发生。这种恶性循环使得山光了,坡秃了,鸟兽走了,河水混浊了。每年有农民的玉米、烟叶地被暴风雨和冰雹砸成平地,受灾的人们呆呆地望着被毁的庄稼,悟出了灾难源自一双双持刀砍树的手——是人类破坏了生态环境。

值得高兴的是,保护生态环境的春潮迅速涌起,绵延的坡地相继退耕还林。一种神秘的宝物——沼气横空出世,笑呵呵地飞入寻常百姓家。谈起沼气的好处，婵姐如数家珍：沼气"招"得荒山变绿了，农家变美了，村民变富了，乡亲和睦了。政府给一口沼气池补助一吨水泥和灶具，农民争着建沼气池。石牌村一百九十一户建了二百零九口沼气池，有的一家建了两口沼气池，石牌村真正成了"家居温暖清洁化，庭院经济高效化，农业生产无害化"的生态家园。

靠养猪致富的婵姐自豪地说，她去年耗资三万余元，建成一幢平房和一口二十一立方米的沼气池，当嫁妆送给小女儿结婚，这件事在当地传为佳话。在石牌村里，沼气池建得多，体积建得大，便成了富裕的象征。

人们用猪粪生产沼气，用沼气废渣水培植果树、蔬菜、养鱼的模式形成了良性生态链。一口沼气池每年能节约五百元煤钱，一盏沼气灯能节约一百元电费，还可提供一至二亩农田优质有机肥，节省商品肥二百元。一个三口之家的农户一年做饭取暖需要用柴三千公斤，相当于五至六亩山林，一口沼气池只需三四头猪的粪便进池化成沼气，便可满足八至十个月的炊事用能，相当于保护了六亩山林。农民用上了沼气灶，点上了沼气灯，男人不再受上山砍柴之累，女人不再吃做饭烟熏火燎之苦。家中厨房干净明亮，农村人也过上了城市人的文明生活。沼气池是千家万户农民的小康池，沼气的应用是现代文明史上的一次巨大变革，彻底改变了土家人住吊脚楼、睡板板铺、烧堆堆火的世代沿袭的生活方式。

在婵姐房前屋后转悠着，看到掩映在青山绿树丛中的是漂亮的楼房，虽值盛夏酷暑，却看不见室外脏乱差、蝇蛆到处爬的情景，感受到的是清洁、凉爽的美好生态环境气息。

沼气的普遍推广，促使村里的森林覆盖率达到了61%，呈现出到处是浓荫，清水潺潺流的蓬勃景象。

乡村沼气，真美！

（原载《建始新闻周刊》2011年第38期）

白鹭乐园

在湖北省恩施州有一个著名的白鹭观测点,这里生活着五百余只白鹭。三十年来,这里鹭鸟从无到有、从少到多,如今已成为白鹭的乐园,也成为鸟类爱好者观鸟、拍鸟、赏鸟的好去处。尤其令人感动的是,今年91岁高龄的老婆婆朱德友,是这里鹭鸟的保护神,三十年来她义务护鸟,将门前竹林变成了白鹭的幸福家园。

养狗三只护白鹭

东龙河畔的孙家坝村,有一片二十余亩的竹林,竹林里居住着朱德友等五户农家。

一天清晨,朱德友突然被一阵鸟鸣声惊醒,她来到院子里驻足观看,只见二十多只白鸟在竹林中时起时落。朱德友十分兴奋:原来是吉祥的白鹭鸟啊!一段时间后,白鹭竟越来越多,它们在南竹林里筑巢垒窝,朱德友逢人就说:"我们要保护好这些白鹭鸟。"

有一次,朱德友发现邻居家的几个小孩在爬树掏鸟蛋,还有小孩捉了一只白鹭玩耍。"谁叫你们爬树捉白鹭的?!"朱德友生气地说。晚上,朱德友来到邻居家,请邻居教育孩子今后不捉白鹭不毁鸟窝。不料刚讲几句,邻居便反驳道:"小孩子不懂事,捉几只白鹭玩难道还犯法?真是大惊小怪!白鹭是天上飞来的,又不是你朱德友用钱买来的!"朱德友有些激动地说:"如今生态环境好了,白鹭才飞到这地方来,它是吉祥鸟,谁也别想动它。从今往后,谁再敢动白鹭,我就跟谁没完!"

于是，朱德友养了三只狗，专门用来保护白鹭。一天，有人持鸟枪偷偷摸摸进竹林，正准备向白鹭下手，被朱德友发现了。朱德友放出自家大黄狗，说："你敢动我的白鹭，我就敢动你的人，你信不信？"那人被朱德友吓住了，乖乖地下了山。又有一次，四五个城里人走进竹园，用弹弓打死一只白鹭。这时，五十米外的黄狗猛冲到手拿弹弓的人面前，一口咬在他的腿肚子上。那人大喊着要朱德友赔他医药费，朱德友指着被他打死的白鹭，理直气壮地说："我的狗是白鹭的保护神，谁打白鹭狗就咬谁。你要了白鹭一条命，狗才咬你一点皮，你还嚷嚷什么？"消息迅速传开，人们都知道朱德友保护白鹭是动了真格，都不敢再伤害白鹭了。

调动全民护白鹭

朱德友知道，要想使更多的人保护白鹭，就必须扩大宣传。为了让娃娃们从小懂得保护野生动物的道理，朱德友成为小学校的"编外教师"，在常识课上给孩子们讲解有关白鹭的知识。在朱德友绘声绘色的讲解下，孩子们都认识到了保护白鹭的重要性。

据了解，朱德友不仅自己爱护这些白鹭，她还让小儿子担任了"护鸟员"，给小孙女取名为孙鹭，带动全家人一起护鸟。朱德友爱鸟护鸟的事迹感动了村支部书记向成秋，他多次来到朱德友家，向她了解白鹭的情况，并把护鸟写进了《村规民约》，将此行为列入评选"星级文明户"的条件之一。

朱德友的大儿子在恩施州电力公司工作。几年前，他想把母亲接到城里住一段时间，体验一下城市生活。朱德友说："你们的孝心我领了，但这里有白鹭，我哪儿都不去。再说，我能活到88岁高龄，一个重要原因就是竹园空气新鲜，有白鹭相伴。希望你们退休后也回竹园养老，也能个个高寿。"

如今，朱德友痴心护鸟的事迹，引起了林业部门的关注。2009年，孙家坝村的这片竹林被列为恩施州首个白鹭观测点，迎来了大批摄影爱好者前来观鸟采风。

（原载《中国绿色时报》2009年7月31日）

"黄四姐"门前那条河

QQ 群里贴美联

蛇年秋天，三里乡诗词楹联协会八名会员来到石牌湖畔的柳荫下，观赏美景，切磋对联技艺。付松波灵感大发，随口作对："柳垂波面鱼嬉柳，人依栏前水映人。"话音刚落，几丝微风吹皱湖水，泛起粼粼波光。叶红触景生情，脱口吟出上联："青山藏明镜，鱼跃鸢欢凤拂水。"杨会抬头远望，特色民居映入眼帘，立即应对下联："百户建新居，人来车往土成金。"这是该乡诗词楹联协会热烈活动的一个缩影。

三里乡诗词楹联协会别出心裁，在网上组建了"三里诗词楹联"QQ 群，牌子一挂应者如云，崔登廷、谢岱银、文青、杨会、荣先祥、付松波等二十五人纷纷亮相，或出上联征下联，或作对联发起讨论，探讨平声与仄声，研究美景与意境，百花齐放佳作多，八仙过海显神通。他们每天作十副对联互相欣赏、互相切磋。

文青会长发出号召：会员们八仙过海，作二十副对联，内容可包罗万象，要写出三里乡鱼米水乡的特征。战鼓咚咚擂响，对联纷纷晒网。

崔登廷最先发威：

得天时党清国正
受地利畜肥粮丰

付松波接着下笔：

生一孩，享万福，子福父福全家福
引万渠，兴百业，农业商业各行业

荣先祥施展才气：

山乡厚德载物，三代义渡，四姐情歌，六高风云，恰几幅如诗画卷
子孙洪福齐天，百村生态，千家殷实，万民和谐，好一派盛世风光

杨会呐喊助威：

三里乡三里香米香三里
五更里五更丽歌丽五更

何晓俊作出妙对：

文化驱贫，贫卷落叶随风去
科学致富，富携春潮逐浪来

接下来，人人写联，个个琢磨，集体讨论。二十副对联佳作一一问世。写深厚文化底蕴的有：

楹联挂门楣，书出农家风貌
诗词歌盛世，道来社会文明

写慈孝传统美德的有：

为人子，为人父，为人夫，千斤重担压吾辈
凭我慈，凭我孝，凭我爱，万分幸福给他们

"黄四姐"门前那条河

写特色美景的有：

> 翘角飞檐彰显新农村风貌
> 踏歌载舞传承古文化精华

写美好政策带来美好生活的有：

> 科学发展，乡村面貌篇篇美
> 社会和谐，锦绣前程步步宽

"三里诗词楹联"QQ 群已创作对联二百三十八副，并选出二十副悬挂于闹市醒目地方，供人们娱乐欣赏。QQ 群里写对联，已经成为三里乡人们弘扬传统文化的新时尚。

（原载《茨泉》2014 年第 3 期）

峥嵘地理篇

"黄四姐" 门前那条河

建始县三里乡老村是经典民歌《黄四姐》的故乡，这里流淌着一条泉水叮咚、蜿蜒流淌、温柔美丽的河——东龙河。

东龙河从茅田乡封竹村青石岩的罅隙里喷涌而出，穿越二十五千米的峭壁深谷，从望天坪脚下的"牛肝马肺"呼啸而出，轻吻着老村和小屯，漫游过二龙湾河水坪，宛转流经九母滩，快乐潜走大沙河。千百年来，它用丰美的乳汁滋润着万亩平坝稻田，孕育了唱响世界的民歌《黄四姐》，养育着世世代代快快乐乐的四万人民。

东龙河是一条由百眼泉水汇聚而成的清亮的河，长年叮叮咚咚洗刷着峡谷的岩石沙滩，纺织成晶莹剔透的浪漫水花，形成了独一无二的旖旎风光。清泉碧水将两旁的大山滋润得挺拔高耸钻入云端，茂盛的植物生机勃勃长成了葱茏的绿毯，翠色欲流，一尘不染。

峡谷深处的东龙河

从《黄四姐》故乡黄家屋场东北方向爬坡而上，穿越四公里水渠进入东龙河峡谷深处，沿途是瀑布的世界。三米一个小瀑布，五米一个大瀑布，一百多个姿态各异的美丽瀑布，能使你陶醉得快活至极，流连忘返。请看，峡谷口中的白牡丹瀑布，盛开得灿烂无比；天桥上的长手帕瀑布正在给仙石淋浴；主干渠道上的三丈瀑飞珠溅玉；白岩寨下的五龙瀑壮观雄奇；观音岩前的金鞭瀑让人心醉神迷……

碧如翡翠的瀑布河水蕴含着无穷的美妙和灵气，将成千上万的岩石浸泡成了巧夺天工的艺术品。顺着河滩缓缓前行，到处是形态逼真的画眉鸟石，令人拍案叫绝的七眼石，精美绝伦的图画石，色彩斑斓的五彩石，绚丽多姿的珊瑚石，河畔那庄严肃穆的烈士纪念碑（纪念20世纪50年代因修水渠电站牺牲的工人），耸入云天的白岩寨，栩栩如生的观音岩，还有花岗岩上的野白荷绿得流水，河心激流中的雄狮岩吼声如雷……

妙不可言的水中奇石远远不止这些。小洪村村民杨老汉涉水过河，偶然发现了一块十分珍贵的花瓶珊瑚石，其形状像一个花瓶，口圆腰细底粗，花纹分布均匀，原本是大海里的珊瑚——透过珊瑚石的神秘面纱，人们可以想象出这里在远古时代是片浩瀚的海洋。

东龙河

河边村民谢老汉收藏了一百多枚图案奇绝的卵石，兴许是被碧绿的河水长久浸泡，大自然用那种无法解释的灵性，绘出一幅幅鲜活逼真的动植物图案。比如伸腰伸腿的农家伏牛，栩栩如生的南极企鹅，繁体字的寿字喜字，惟妙惟肖的世界地图……俨然是大千世界和历史长河的精美缩影。

除奇石外，剩下的沙石便成了人们建房的重要原料。三十多年来，致富的春风将"黄四姐"门前的宽阔河滩变成了热闹的工地，在长达二十里的河滩上，成百上千的人和车辆采沙运石，将沙石变成千万幢大厦的基石，铺筑成千万米柏油水泥公路，为新农村小康建设演奏出华美乐章。

峡谷深处的东龙河，浑身散发着灵气，展示着青春和活力，是春秋旅游的好景点，是消夏避暑的好去处。

冲出峡谷的东龙河

冲出峡谷的东龙河，用水的威力发电灌溉，播种文明，孕育了优美的民歌《黄四姐》，长出了特色美食芋荷梗，培植了举世无双的三里香米和马坡豆香茶。

20世纪50年代，当地政府征集三千民工修电站，从"牛肝马肺"逆流而上，建起拦河坝，在峭壁上凿开一条四千米的水渠，将河水引到两座电站发电。渠水流进三里坝、河水坪两个集镇，满足了人畜饮水，灌溉了万亩稻田。

河口电站旁边的黄家屋场，是经典民歌《黄四姐》的故乡。古老的吊脚楼和用马桑树做柱头的房屋，"志超群英"的武状元匾额，古色古香的筷篓、梳妆台，成群结队寻访黄四姐的客人，都在演绎传承着美丽动人的黄四姐故事。

黄四姐和她的姐妹们被河水滋润得貌若天仙，嗓音嘹亮，个个有着超群的音乐细胞，常常在透亮的溪水边、葱绿的田野里纵情放歌，唱《黄四姐》等百余首优美的山歌，唱响央视大舞台，唱得社会和谐乡邻乐……

沿着黄家屋场渠道南行五百米，古代军事遗址寨子堡会吸引你前往探秘。

寨子堡拔地而起，高三百余米，堡分四门，山上残存五百米长的高大城墙，随山势蜿蜒盘旋，墙高三至四米，厚两至三米，全部用大块的石头垒成，城墙内侧设有宽两米的泥池，如有外敌翻墙入内，就会掉进池中，防御设计十分周密。

山上还有许多墓碑，据说埋葬的是"白莲教起义"战死的英雄，曾有村民捡到过战刀等兵器。城墙脚下有一个可容纳百人的大洞，里面发现过许多白骨。原村支书刘传英告诉笔者，城墙西门曾有一块石碑记录古代战事，可惜被粮店建房用作基石了，具体是什么人、什么年代所建，发生什么战争，由于时间久远，已无从考查。站在寨子堡上，目睹古城墙的断垣残壁和荆棘丛林，隐隐感到渐渐远去的刀光剑影，令人感慨万端，领略到历史的兴衰和沉重。

寨子堡山脚下二百余米处是三里乡政府大院、三里初中所在地，是抗战时省立"六高"遗址，其间两棵四百年历史的古枫树，见证了当年教育的灿烂和辉煌。

东龙河两岸虽然没有煤矿等大型企业，交通也处在318和209两条国道线的夹缝之间，显得闭塞，但也有自身的优势，那就是得天独厚的水资源，是建始县十个乡镇中最优质的。这水能灌溉万亩稻田，丰产八百万斤优质稻米，长出人人爱吃的美味佳肴芋头梗，长出肥美的鱼和白嫩的藕。而且，这里冬暖夏凉，树木葱绿，空气清新，民风淳朴，比噪声喧嚣和空气污浊的城市要美好多了。

新时代的东龙河

"黄四姐"门前的东龙河，如今正赶上好时代，一步步变成了山清、水秀、景美、人和的生态河。

冲出峡谷的东龙河两岸一马平川，人口密集，良田万亩。老村、二龙湾、河水坪等十一个村庄一线穿珠般地分布两岸，居住着全乡三分之二以上的人口。然而，就是这段东龙河亟须治理。二十年前的河堤两岸曾生长着一米多粗的杨柳树，垂柳成荫，碧水蓝天，是一道亮丽的风景线。后来河畔杨柳陆续被砍，河堤垮塌、洪水泛滥，还曾将二龙湾小学的铁门卷走。如今，东龙河两岸人民正以"敢教日月换新天"的英雄气概奋发图强，立志将这里变成生态示范区，将万米河堤改造成为铜墙铁壁，在九母滩上建成亲水走廊，让三里人民幸福安康。

"黄四姐"门前的东龙河，是一条无私奉献的母亲河，叮咚的泉水永远唱着优美和谐动人的歌。

（原载《恩施日报》2014年3月26日，后被转载至《茨泉》2014年第2期）

马坡豆香茶

绵延千米，整齐划一，碧如绿毯的马坡茶园堪称人间仙境。

马坡茶园有着得天独厚的地理优势，它高高雄踞于群峦叠嶂之上。地势平缓能跑马观花，海拔千米能看日出日落。站在茶园丛中，喜欢摄影的朋友定会灵感喷涌，拉长镜头拍摄河水坪大坝中的万亩稻禾，拍摄从山洞中呼啸而出飞越龙王庙大桥的奔腾列车，拍摄大马坡翠色欲流的茶海姿色。

马坡茶园很绿，绿得像碧海，望一眼豁然开朗；马坡茶园很绿，绿得胜椰林，游一趟终生难忘。马坡茶园是诗的海洋，美女采茶，万紫千红，嫩芽葱茏，绿韵蹁跹，点点滴滴都是诗；马坡茶园是画的世界，毛尖跳舞，万众弄绿，龙井争艳，千姿百态，扑面而来都是画。

采摘马坡茶

马坡茶园流传着两个美丽故事。

清朝乾隆时期，马坡商人吕大蒯将建始桐油运到江浙一带贩卖。有一天桐油交易后，他走进杭州狮子峰龙井寺烧香布施，寺中老和尚拿出香茗款待。吕大蒯觉得这茶入口甘醇，回味无穷，便求得茶苗十二株，栽植到了红褐色的马坡地里，存活了十株，长成了"茶树王"和"十株茶"。由于受到富硒元素的红土地长期滋养，生长出的茶叶香气宜人，回味甘甜，具有熟板栗和豆奶的特殊香味。

清朝道光年间，马坡学子吕天朝是个文武全才，每天清晨带着四书五经到屋旁的"茶树王"下勤奋读书，或高声朗诵，或用心思索，将书中的深奥知识融会贯通；每天下午，吕天朝骑着白马来到山坡上射箭练武，或扬鞭驰骋，或弯躬射狐，将十八般武艺操演精熟。

十年寒窗苦读，吕天朝精通文韬武略，在科考中高中状元，被道光皇帝钦点为守备一职。吕天朝面圣时，把祖先们从杭州引进栽种在"跑马坡"的十株龙井茶（用小芽精心制作的茶，泡在杯中特别神奇，所有的茶芽一律芽尖朝上齐刷刷地蹲在杯底，透过玻璃杯，会看到清澈的水中绿芽含苞，蹁跹起舞，清香四溢）敬献皇上。道光皇帝龙颜大悦，仔细品尝暗觉稀奇，得知此龙井茶长在一块名叫"跑马坡"的山坡上，当即赐名"马坡茶"。

眼见马坡茶成为被皇帝肯定的茶中极品，马坡人便将十株茶的子孙大力繁殖。人民公社时期，当地政府在马坡山顶办起了连片五百亩的龙头"马坡茶场"，各村组也种植了成片成片的茶。20世纪80年代实行责任制，集体茶园随土地分到农户。很多农户不善管理，政府便派农技人员指导技术，将高大的茶树从底部砍掉，让它焕发新芽。十株"茶王"有九株被砍成了茶蔸，仅有村民王长权家的一株"幸免于难"。树蔸上长出两株高三米的树干，树冠状如巨伞，一年能采十茶五公斤，被誉为"茶树王"，成为马坡的一道亮丽风景线。受到改革开放政策滋润培植的马坡茶园，如今已成为建始县最为耀眼的优质茶园。

专家们经过调查，发现马坡的红褐色土壤里蕴含着丰富的硒元素，加上甘泉长流，云雾缭绕，气候温和，雨量充沛，空气清新，光照时间长和四周无工业污染等优越条件，马坡茶品质优良，闻名遐迩。

茶农王长权的茶被国家商标局注册为"十株茗"，王长权的茶叶年收入达到一百多万元。周边群众也纷纷走进茶叶市场，经营马坡银针、明珠、玉毫茶的商户发展到二十多家，用机器精制的绿茶有毛峰、玉露、剑毫、龙井、明珠、炒青等十多个高中档品种，品质优良，滋味醇香。其中的马坡玉毫茶获得了2010年第七届武汉农博会金奖，远销到北京、武汉、福州、深圳、中山等地，十分走俏。

马坡茶园的茶业成了富甲一方的大产业，茶叶种植面积发展到三千多亩。从春到夏，从夏到秋，只要天晴，每天就会有三五百个农家女人，穿着五颜六色的衣裙，提着精致玲珑的竹篮，散落在碧如绿毯的茶园里采茶，形成万紫千红采茶忙的独特景观。

每当春光明媚，来马坡茶园游览的客人成千上万。置身于绿浪波涛之中，整个身心都被滚滚绿韵和冉冉升腾的精华灵气所浸润，被浓浓硒元素熏染成仙，留下珍贵绝美的茶海仙影……

诗云：

东龙河畔风光美，醉得游人不思归。
又到马坡享绿韵，瞬间年轻二十岁。

（原载《茨泉》2014年5期）

美哉，石牌湖

石牌湖很美，美得像仙女，望一眼就怦然心动；石牌湖很美，美得赛西湖，游一趟便流连忘返。石牌湖是花的海洋，姹紫嫣红，令游人陶醉；石牌湖是音乐之园，四季长歌，使万众欢乐。

石牌湖地处三里乡南部山中，与红岩寺镇毗邻，距高速公路入口千米左右。20世纪70年代之前，这里是一片盆地，拥有五百余亩稻田。一条丈余宽的小河从东向西流到山脚下，被厚厚的岩石阻挡，便直插地壳穿透两个天坑，形成了一块冲击盆地。

20世纪70年代，耗时三年的"红卫水库"修建工程开始了。先是修建约十公里长的水渠，将红岩寺镇杜浪沟的库水引入盆地，同时将两个天坑堵死，盆地就变成了天然水库，然后从水库西部山丘下开凿隧道和水渠，将库水引入八公里外的枫香树村老沟坝电站发电、灌溉农田。

2004年春天，时任恩施州代理州长的郭大孝来到石牌村调研。他觉得波光粼粼的湖水美丽动人，这里是旅游休闲的好地方，而红卫水库带有浓厚的时代色彩，便恢复石牌村名，将"红卫水库"更名为"石牌湖"。

美哉，石牌湖

"黄四姐"门前那条河

乘车从建始县城出发，在业红公路上向东行驶四十分钟，穿过马坡茶厂，眼前呈现出花的海洋，绿的清波，便是石牌湖了。宽广，是石牌湖给人的第一感觉，四周的群山环抱着翠绿的碧水，山的幽静、水的碧绿、湖的宽广在此被大自然的妙笔几乎完美地结合在一起。虽然它比不上鄱阳湖的浩瀚，也没有洞庭湖那沉甸甸的历史、文化底蕴，但是，对于建始这个山区来说，在群山中有这样一个宽广的湖泊，也算是一方难得的美景。

根据相关资料记载，这块山间盆地的面积达二十多万平方米。湖水里游鱼成群，湖面上小舟荡桨，间或十几抹白影掠过群山绿水，那是一群白鹭在翱翔。湖岸四周有一条一米多宽的石板走道，在绿柳青松的掩映下环形缠绕，路边建起了垂钓台二十二个，水榭亭栏码头两个，农家乐两处，每年吸引着数万人来此旅游观光，度假消夏，长竿垂钓。钓鱼人只要交五十元便可在一天内尽情垂钓，钓上的鱼五斤、十斤不等，最重达三十多斤。喜爱度假的人们或举家出游，或携亲带友，来到这里划船荡桨、休闲垂钓。

湖的东岸西岸是绵延的青山，树木葱茏，群松茁壮，农家楼房散落其间，不见炊烟缭绕，却闻酒肉饭香。村民们用天然气做饭炒菜，让树木花草快乐生长，清新的空气和绿色的环境，滋养人们享受着幸福安康。

湖的南岸北岸是平缓的山坡，坡上种植着渐成规模的猕猴桃、葡萄和四十万株蓝莓。春光明媚时节，走进南坡果园，仿佛走进了花的海洋——漫山遍野花团锦簇，艳阳高照，游人如织，微风轻拂，蜜蜂跳舞。

生活在湖岸四周的村民感到无比自豪，掀起了建设生态旅游区的热潮，修通了环村环湖水泥路，畅通了电视、电话、宽带网，建起了二百零八口沼气池，安置了垃圾箱，住上了"五改三建"后清洁卫生的新楼房，降低了劳动强度，改变了生活方式。

石牌村建成了多个生态文明小区，宽敞洁净的水泥路将农户之间连接起来，无论是天晴还是下雨，行走在绿荫掩映的连户路上，鞋上不会沾一丝泥土，空气没有一丝污染，简直是日在画中游，夜在天堂眠。

(原载《恩施日报》2010年9月25日)

美丽珠海

2007年7月，冒着滚滚热浪，我走进了南国的美丽海滨城市珠海，尽情游了个潇洒。

珠海因珠江自此流入浩瀚南海而得其美名，它位于珠江出海口的南部海边。改革开放前夕，这里还是十分荒凉的僻地渔村，经过二十多年的特区发展，如今已变成了南海里最为耀眼的美丽珍珠。珠海是一座现代化的旅游城市，那绿荫笼罩下的海滨公园，那标志性的美丽景点珠海渔女，那柔软广阔的褐色海滩，那耸入蓝天的黄金海岸酒店高楼……一片片生机勃勃的繁荣美景，一浪浪先锋前卫的繁华新潮，会让人豁然开朗，流连忘返。

进入珠海市区，一排排高大榕树将宽敞的公路变成了葱绿的空调通道，特别清凉爽快。绿——满眼的绿成为珠海最为生动的特色。挺拔的南国榕树，奇特地从树干上生出根须，从四面八方的空间吮吸养料，拼命生长出蓬勃的浓浓绿荫来为城市带来清凉。

占地五百余亩的珠海公园里生长着成千上万的榕树、棕榈等阔叶树，它

作者儿孙全家福

们用茂密而巨大的叶片形成一片绿云，遮住阳光，让长满嫩绿的花坛草坪保持二十度左右的温度，游客被柔软的海风轻轻吹拂，俨然置身世外桃源，心旷神怡。每时每刻，数以万计的游客像繁星一样散落其间，对对情侣在水池里游艇荡桨，双双恋人在草坪上勾肩搭背，群群家人聚一堆享受清凉，团团友人乐悠悠拍照留念……这儿是人间仙境，这儿是游人乐园。

作者孙子杨小镔

珠海公园南边的海里有一个独立的岩石小岛，上面矗立着高达十余米的渔家姑娘塑像，她将双手高高地举过头顶，展示出美丽迷人的身体曲线和渔家女子开疆创业的勤劳勇敢；她睁大着美丽热情的眼睛，远眺着林立的楼群和喧嚣的车流，流露出骄傲自豪。立在珠海渔女面前的站台上，第一次遥望着大海的辽阔和雄壮，遥望着成群的轮船在水天相接的南海里劈波斩浪，我忽然感到人类既伟大又渺小。

与珠海渔女相邻的海滩最为迷人。褐黄色沙粒清洁纯净，不染一丝尘粉。游人看中沙的洁净，快乐地与沙联欢。有的躺在沙滩上，用沙粒将身子覆盖，静静地享受着沙浴；有的三五十人组成拔河队，在榕树绿荫下的柔软沙滩上比赛拔河，双方用力拔绳用力争锋，在观众呐喊助威的欢乐声中，哗啦啦，一方甩倒在地，享受着沙滩的亲切拥吻，另一方体验着万众一心的胜利成功；更多人则跳进深蓝的大海里，尽情享受着海水的爱抚，让胸怀变得像大海一样宽阔和美妙，让灵魂得到升华。

顺着沙滩边的柏油路蜿蜒前行，前面是与澳门交界的拱北车站，越过拱北车站便是美丽繁华的澳门。

路过拱北车站,福海大酒店、交通大厦、九洲港口、珠海海事局、黄金口岸大酒店等不可胜数的摩天建筑和豪华商场鳞次栉比,其间的精美布局各有千秋,但共同的繁荣却是天下一流。看到的是车群和人海,享受的是新奇和刺激。

美丽珠海

游览珠海,虽然是走马观花浮光掠影,但特区的先进和繁华,令我久久难忘。

(原载《茨泉》2007年第4期)

鹰嘴岩下三阴河

东龙河是建始县境内一条未被污染的河,两岸是万亩良田连片的鱼米水乡,下游鹰嘴岩连着三条阴河。河谷里修起了小溪口电站,架起一座擎天铁路桥。元朝人挖凿的"打断沟水渠",崔应朝打通的六千七百米隧洞阴河,万家艄公百年义渡,加上正在实施的"城乡生态示范区"……弹丸之地,色彩缤纷,记载着历史的厚重和沧海桑田。

东龙阴河

距建始县城十公里的三里乡蟠龙村,耸立着绝妙佳景鹰嘴岩——一块状如老鹰的大岩石在海拔一千二百米的东龙河南岸山巅"小憩"。这只"老鹰"有着巨大的背尾,青色的羽毛,圆圆的头颅,蓝色的眼睛,尖利的长喙,栩栩如生,令人拍案叫绝,情不自禁地惊叹大自然的鬼斧神工。

鹰嘴岩流传着一个动人的传说。在盘古开天辟地的时代,从茅田封竹发源的东龙河一路开山劈岭,汹涌的河水化作一条青龙飞越三里坝直扑刘家大湾峡谷,以雷霆万钧的力量猛撞前面的大山,想撕开一条口子冲进清江支流马水河,此时的上空正盘旋着一只巨鹰。它俯首看见一条青龙正在冲撞山崖,便直扑下来伸出利喙对准青龙的头猛力一啄,啄得青龙疼痛无比。为躲避利喙,青龙头一低便钻进山脚,那老鹰索性落在山顶镇锁青龙。虽是神话传说,但东龙河自从钻进山底后就变成暗河是真,一直暗流了三千多米才从下游拐弯流出,汇入西南的大沙河(马水河的下游),就在这儿,放射着万家艄公万其珍一家三代人百年义渡的诚信美德光芒。

20世纪70年代，在冬季枯水时节，当地人多次举着火把钻进阴河，试图顺着岩洞穿越阴河，但均被途中的嶙峋岩石阻挡。当十个不信邪的民兵突击队员用雷管炸药炸挡路岩石，挥动铁锤打炮眼时，瞬间火把、马灯被阴风吹灭……至今无人解开阴河谜团。

如今的鹰嘴岩半腰间被凿穿了铁路隧洞，奔驰的火车昼夜穿行。

打断沟水渠

沿着鹰嘴岩西北漫步千余米，走进槐坦村余家湾棉花坝二组，会看到元代水利工程"打断沟水渠"。据《建始县志》记载，建始县城业州镇在北魏时期建于地势平坦的余家湾棉花坝，于宋朝时迁到今址业州。原因是棉花坝地处低洼盆地，八百多亩庄稼和房屋易被洪水淹没，给当地居民造成严重的灾难。随着岁月流逝，棉花坝县城遗迹虽渺然无存，但余家湾东面蛤蟆山上的原"镇风水塔"痕迹仍依稀可见。西面乌龟山象征"千秋永存"的两棵古柏树，直到1970年生产队烘玉米才被砍伐。

这条长八百米、深四米、宽两米的打断沟水渠，是元朝时期当地的余富户发动村民投劳五万人、耗时十二年建成的。修建水渠的石料，都是靠石匠用锤子和钻子凿成的。水渠修通，又盖上厚厚的盖子，变成一条阴河。从此，洪水顺着水渠流出棉花坝汇入马水河，不再淹没庄稼了。打断沟水渠也因此成为彰显愚公精神的著名景点，一直有不少游人慕名前来瞻仰。多位水利专家曾到现场考察研究，为古人创造的奇迹赞叹不已。

罗悬岩阴河

2006年秋，在惠州打工十年变成电子厂大老板的崔应朝，回到建始县考察投资项目。当他乘车行至鹰嘴岩下时，看到清澈的东龙河水在灌溉了万亩稻田后，从河水坪九母滩跌下深谷，变成阴河消失了。这么丰富的水力资源被白白浪费太可惜了，何不将河水利用起来发电呢？崔应朝想。

于是，建始县东龙河引水发电工程动工。建拦河坝蓄水，然后打通六千七百米隧道，引阴河水到罗悬岩，建成年发电量五百万千瓦的罗悬岩电站，发过电的下泄水再流经小溪口电站发电。原本变成阴河从小溪口电站下游流出的东龙河水，硬是被崔应朝拦腰截住，拐弯向北钻透大山流到小溪口电站上游。

  三条阴河将东龙河流域变成了美好和谐的鱼米之乡。百年义渡的诚信故事，经典民歌《黄四姐》的优美旋律，让四方游客流连忘返。更令人高兴的是，恩施州决定在这里建设"城乡生态示范区"，把三里乡打造成最美的乡镇。现在，投资过亿给东龙河流域美容的多个项目已全面开工，有望在三五年内让青山绿水惠及民生。

（原载《湖北日报》2012年12月7日）

游世界之窗

龙年岁末，我和老伴儿应在中山横栏镇办工厂的儿子春赛邀请到南国过春节，中午乘飞机从恩施山城飞往广州白云机场。飞机穿透云层在阳光灿烂的碧空中往南飞翔，透过玻璃窗眺望，机翼下的黑云被阳光染成了乳白色的巨毯，绵延千万里，波涛万千丈，脚下白云轻飘浮，飞机已过万重山……下午便抵达中山古镇长安灯配电子城。欣赏珠江三角洲的繁华，游览中山、珠海的风光，一种说不出的新奇感受直钻脑海，让我这个井底之蛙茅塞顿开，被祖国的繁荣强大深深震撼。

正月初六，春赛开着轿车带着我和老伴儿从古镇出发，根据导航飞驰一百五十公里到达深圳世界广场，花六百元买了四张门票进入世界之窗。

哇！扑入眼帘的是四个十五米高的充气玩偶，在鼓风机的掌控下疯狂地弯腰凸肚，搔首弄姿，吸引你激情振奋，浪漫前行。

哇！哪怕是榆木疙瘩也会情不自禁地爆发出一阵阵惊叹声。在这块沸腾的热土上，建立着"荟萃人类文明，弘扬世界文化"的巨大公园——世界之窗，复制着全世界五大洲一百三十余处名胜古迹及千余民族的风土人情。金碧辉煌的泰国王宫，柬埔寨的吴哥古窟，印度的泰姬陵墓，富士山下的艳丽樱花等被一一展示，让人目不暇接，眼花缭乱。登上耸入云天的巴黎埃菲尔铁塔，可将繁华的深圳城区尽收眼底；轻轻触摸着意大利古罗马斗兽场，仿佛能看到中世纪欧洲贵族的血腥娱乐；威尼斯的诗化水城，荷兰的风车和郁金香田园风光都是罕见的异域瑰宝；还有克里姆林宫的红墙、钟楼，希腊雅典城里的奥林匹克广场，尼亚加拉大瀑布的磅礴壮观，曼哈顿高楼建筑群的雄伟巍峨，埃及金字塔群的神秘恢宏，亚马孙河畔的热带丛林，阿尔卑斯山的冰雪世界……旅客在短短时间内穿越欧罗巴，飞越美利坚，翻越太平洋，进入悉尼歌剧院观看精彩表演，将世界各地的风土人情和文明辉煌尽情阅览。

随处可见的动物园、名胜古迹和异域民俗风情表演，以时尚的娱乐元素带来潮流动感。丰富多彩的"世界之旅"能让游客体验直闯地心的刺激，跳进峡谷漂流探险，体验滑冰戏雪的乐趣，领略到大千世界的精妙神奇。

游世界之窗

最不容错过的，是每晚于环球舞台上演的大型综艺史诗《天地浪漫》。五百名专业演员的超豪华阵营，五千万元打造的华丽炫美的经典服饰，荡气回肠的爱情故事，感天动地的情感大戏，令人心潮澎湃，乐而忘返。

浓缩的世界之窗，一个逼真的精彩世界，由世界广场、亚洲区、大洋洲区、欧洲区、非洲区、美洲区、雕塑园、国际街等八大板块组成。若要看个遍，需要两天时间。

天气晴好，阳光明媚，转悠了二个小时，处处是新奇，满眼尽刺激。我们时而乘小火车穿越欧罗巴，时而骑骆驼漫步金字塔，时而登埃菲尔铁塔饱览深圳全景，时而买七元钱一个的煮玉米补充体力，最后疲惫不堪，意犹未尽地走出世界之窗公园。

世界之窗是深圳经济特区的标志性建筑之一，还有一座浓缩中国大地的"锦绣中华"与之比美，设计师的独特创意实在令人叹服。那广阔庞大的面积，那精美别致的建筑，那万紫千红的异域风情，那周到热情的优质服务，没有数百亿元的资金实难建成。一百五十元的门票价格不可谓不高，但与之相呼应的餐饮服务不可谓不妙，成千上万的游客毫不迟疑，给世界之窗带来巨大经济效益。

从深圳返回，路过虎门大桥，春赛讲述了香港富翁霍英东投入巨资修建虎门大桥的故事。虎门大桥和世界之窗虽然相隔一定距离，却有着异曲同工之妙，有着常人不可想象的雄伟壮观。

游世界之窗

（写于2010年3月）

"黄四姐"门前那条河

东龙河上三座桥

汹涌的东龙河水曾吞噬了十条鲜活的生命,为了改变这种困境,二十九户农民杀猪卖粮筹措资金,凭着一双双大手、一副副铁肩,在河面上架起三座桥。

河水发狂吞十命

东龙河发源于茅田乡封竹村,流经三里乡,汇入清江支流马水河,绵延约五十公里。

经过河水日积月累的冲刷,东龙河中下游的三里乡已是一片肥沃的平原,分布着小屯村、孙家坝、二龙湾等十余个村寨,成为著名的鱼米水乡。

河的北岸是广袤的田野和新建的村庄。近年,北岸公路铺上了沥青,使附近的村民出行更加方便。然而,河的南岸却是一片困境。东龙河在此拐了个弯,被切割成一座长约三公里呈U形的孤岛。孤岛背后是耸入云天的大山,面前是东龙河,距离两边的桥都很远。这里住着沙子溪、姚家坝、孙家坝的村民,总共二十九户,一百五十多人,还有六百余亩肥沃的土地。

过河有桥,但离这里有三四公里,中间多是崎岖难行的山路。枯水期,村民一般都蹚水过河,如果谁家想建房,先得组织一支庞大的搬运队,肩挑背驮各种材料,付出的劳动要比近在咫尺的对岸多好几倍。遇到下雨涨水,学生娃便得停学,村民购物、就医成难题。平时耕种常错过时节,村民养的猪,也因过不了河不好卖。许多人想搬迁到对岸居住,但又舍不得肥沃的土地和茂密的山林。

小屯村村民姚志善感叹，东龙河整整困了他们五十年，不仅严重制约了村子的发展，村民的身体也饱受摧残。"因常年赤脚涉水过河，村里许多老年人得了风湿病，遇上变天，脚痛得着不了地。其实这些我们都能忍受，但看着亲人、邻居被河水夺走性命，我们心里痛得受不了。"突然，姚志善的声音低沉下来，语速也缓慢了许多。他脸上表情平淡，内心却如刀割般疼痛。

那是2003年4月的一天，天下着小雨，姚志善的邻居、儿时的玩伴姚宏朝头戴斗笠身披蓑衣，牵着水牛涉水过河，去南岸赶水耙田，但直到天黑，也不见人回。姚宏朝的家人心急如焚，四处寻找，后在河边找到呆滞的水牛，望着湍急的河水一动不动。

这条河里淹死过很多人。眼前的一切使姚家人有种强烈的不祥之感，但他们仍心怀希望。经过八人三天的寻找，在下游十二公里处的刘家大湾九母滩，发现了姚宏朝已经变形的尸体。

与姚宏朝有着类似经历的姚宏士比较幸运。2008年春天，他过河时不小心滑入水中，汹涌的河水将他使劲地往下拽，他用足力气拼命反抗，但总使不上力。危急之时，岸上的乡亲扔下了绳子、竹竿、树枝等物，姚宏士奋力抓住一根树枝，这才被众人拉上了岸，捡回一条命。

这些年来，有十人在过河时被水冲走遇难，其中两人连尸首都没找到。

齐力断金建三桥

东龙河给村民带来了太多的伤痛和灾难，在河上架桥成了村民祖祖辈辈最大的心愿。

沙子溪位于东龙河流域中上游的三岔路口。1949年以前这里有一座木桥，1958年被洪水冲垮，河边十二户人家种地、购物都是蹚水过河。据统计，在这里因过河不慎被洪水吞噬的有五人。该组曾三次计划修桥，但都因经济条件差而未能如愿。

2008年2月2日，在外打工的村民王德安、刘吉忠回家过年，刚到家里，他们就邀约村民商量修桥。经概算，开挖土石方需六百个工人，材料款需十万元。"只要大伙儿有信心，先户均筹资五千元，不足部分我与王德安先垫付,边动工边向上争取。"刘吉忠原以为要费一番劲去发动大家,不想,打工村民听说要修桥,纷纷往家里寄钱,十万元很快凑齐(王德安和刘吉忠各自多垫了两万元)。

当年正月初四,王德安、刘吉忠等八个青壮年,穿着靴子跳下冰冷刺骨的河水中,开始清基浇铸桥墩,每天从早到晚,在河水中干十多个小时。水浸入靴子,把脚板冻得发白,他们将水倒掉;手冻红了,拿到嘴边呵一口热气,又接着忙活。

74岁的汪启梅曾因过河而摔伤住院数月,听说修桥,她彻夜难眠,天蒙蒙亮就起来,与儿子儿媳一同在工地劳动,一干就是十多天。刘吉忠动员全家人,抬石、运沙、购钢材、搬水泥……

经过四十五天的紧张施工,一座长三十四米、宽三米的双拱钢筋水泥桥终于建成。2008年3月28日,沙子溪人在桥上举行了隆重的通车典礼,73岁的老农民向德祥热泪盈眶地说:"人心齐,山河移啊!盼了五十多年的桥终于通车了!"

王德安提议:"乡村们,这座桥是我们沙子溪人为子孙后代谋福利的,就取名'福利桥'吧!"此话一出,现场鼓乐喧天,鞭炮齐鸣,欢声一片。

沙子溪通桥的欢乐气氛感染了右邻的姚家坝,村民姚传伟、姚志善牵头召集邻居开会。姚志善斩钉截铁地说:"我们姚家坝人要想拔穷根,奔富路,就必须学习沙子溪人的艰苦奋斗精神,等天等地不如靠自己!"十户邻居一致举手赞成集资修桥。

姚小宝家经济十分困难,将养的五头架子猪卖掉四头,并借了三千多元的债,但仍未凑足一万元的建桥费,姚小宝一咬牙,将最后一头猪也卖了,补齐缺口。

还有的农户为筹款,将腊肉、粮食也卖了。只要能把桥建起来,大家少吃点肉,心里也高兴。经过两个月的紧张施工,2009年1月8日,长三十四米、宽三米三的姚家坝大桥完工。

通车典礼上,周围四个村民小组六十多户到场祝贺,他们送上三十、五十、一百元不等的慰问金,这笔钱让大桥安上了护栏。

与此同时,孙家坝村五组村民汪义平也动员在浙江打工的汪义伟、孙德瑞返乡修桥。为节约资金，他们将桥址选在河道的最狭窄处，但即便如此，对于仅有七户人家的五组村民来说，资金和劳工仍十分欠缺。乡村干部大力支持，到现场指导，要村民自己动手砍撑料锯模板、倒桥墩浇桥身。72岁的汪凤全老汉天天坚持施工装模。

村民同心，齐力断金。2009年1月17日，这座由七户人家齐心协力建造的"齐心桥"也建成通行。

春节前，东龙河南岸的二十九户村民们，每天笑呵呵到北岸购年货，请三轮车将满车的年货和春耕物资运到家中；节后，八方亲友骑着摩托车来家中做客。原本难上加难的事情如今变成现实，姚志善感慨万千地念出了顺口溜：

盛世年代喜事多，三桥架上东龙河。
天堑永远变通途，南北两岸齐欢乐。

(原载《农村新报》2009年2月21日)

天津笔会

《蓝盾》情缘

十多年前,我在武昌书店里发现天津市的法制文学期刊《蓝盾》,打开目录翻阅,发现所选文章内容选题重大,角度新颖,思想深刻,艺术性、可读性强,是包容人类社会生活的百科全书。我当即被它的深刻与厚重吸引。从此,便与《蓝盾》结下了深厚情缘,长期订阅《蓝盾》,期期阅读,篇篇细读,受益良多。

《蓝盾》文章思想厚重。像2004年9期中的《红场巨变》,就展示了鲜为人知的域外隐史。少年读书时,我便听到关于苏联领袖斯大林被赫鲁晓夫焚尸扬灰的传闻,《红场巨变》澄清了这个天大谣言。它记述了斯大林是在列宁身边的水晶棺中躺了八年后,于1961年秋夜,被克格勃第九任头目尼古拉·扎哈罗夫,移至列宁墓后的克里姆林宫围墙脚下安葬的。该文还介绍了克里姆林宫主人权力变迁史,是一部苏联、俄罗斯

作者同《蓝盾》主编徐景标(左)合影于盘山

的当代史。

又比如 2004 年 12 期中的《俄罗斯美女杀手》，介绍了在车臣战乱中，失去了丈夫兄弟的黑寡妇们，她们因为狭隘的复仇信念受到恐怖分子"同归于尽"的残酷培训，频繁发动自杀式恐怖袭击，读来让人震撼。

事实证明，我当时的眼光没错。《蓝盾》因为格调高雅，思想深邃，读者众多而受到上层领导的充分肯定。在数年前的一次报刊大整顿中，数十家省级法制文学期刊被停刊，《蓝盾》却上档升级，越办越好。

阅读《蓝盾》，我常常被《热门话题》《蓝盾通讯》《拍案惊奇》《大千世界》《道德高地》《骗述大观》《大案回放》《史海钩沉》等栏目中的精彩文章深深打动。真善美与假恶丑的斗争被表现得淋漓尽致。在充分吸取《蓝盾》营养的同时，我壮胆向《蓝盾》投稿。

2003 年秋天，我将两篇写建始县公安局侦破两起连环杀人案的稿子《幽灵迷雾连环案》《七分钟窃案》寄给《蓝盾》编辑徐玫老师，稿件很快在 2004 年第一期和第三期《蓝盾》刊出。一个长期居住在乡下的基层作者，居然能在天津大都市的大杂志上发表大块文章，这让我感到惊喜，信心倍增。此后六年来，《蓝盾》的徐玫、滑卫红、娄向丽、吴为、乌兰、利安等诸位编辑老师，连续编发了我写的《花丛异味》《老妇刮起毒祸风暴》《微笑杀人》《问题来自盐罐》《豺狼化身猎手》《复婚后响起枪声》《"吉利"团伙的覆灭》《三代白骨的背后悲剧》等十二篇文章，共计八万余字。能常常与蒋子龙、从维熙、叶永烈等文坛大家的名字一同排在目录上，我特别开心。特别令我感动的是，上述的《蓝盾》编辑老师，与我从未见面，素不相识，仅仅通过几次电话，他们就为我的文稿能够发表出来尽心尽力。这种不论关系而以质量选取文稿的"蓝盾作风"，尤为可贵。

天津笔会

2009 年 5 月上旬，我接到天津《蓝盾》编辑部召开全国作者笔会的邀请信，心中又是一阵惊喜。虽说从前也开过几次笔会，但都是县文联、州文联召开的，虽说我出版了小说集《魔土》，加入了湖北省作家协会，但从没有参加过省级以上的文学笔会。这次能穿越华北平原到渤海湾边的大都市天津开笔会，是我人生中的最大幸事。

5月21日，我跋涉两千公里到达天津西站，已是下午6时，《蓝盾》派人开车把我接到开会地点——万景园天鹅湖宾馆。

触摸坦克

第一次与《蓝盾》编辑零距离接触，一种浓浓的亲情让我通体升温。编辑老师的热情周到，让我永远难忘。

5月22日上午，《蓝盾》笔会的开幕式在武清区天鹅湖温泉度假村议事堂国际会议中心召开。中共天津市委常委、市委政法委书记散襄军（《创业史》作者柳青之子）等多名领导在会上讲话，令与会作者受益匪浅。

下午，《蓝盾》主编徐景标主持会议，与参会人员就"法制文学如何为法制建设服务"及"《蓝盾》杂志的提高与发展"等话题，进行了深入的研讨。

来自北京最高检察院影视部的汪国立、海军检察院的王炼峰、上海市公安局的林中明、江苏作家颜玉华、重庆市《青少年与法》编辑王成志、家庭医学杂志社编辑张晓芸、陕西作家张福祥、黑龙江女作家张怡、湖北公安厅的黄土、天津作家张剑等十三位作者代表踊跃发言，指出《蓝盾》杂志的办刊目的就是要让社会主义中国充满公平正义，邪恶销声匿迹，社会和谐美满，人民幸福安康。我作为一个长期居于乡下的基层作者、井底之蛙，何曾听过这种精彩宏论，不敢逞能不敢发言，一心虔诚取真经。

徐主编还透露了编辑信息，说《蓝盾》编辑部每月要收到一千多篇稿件，编辑选稿完全不讲人情，而是优中选优，上稿率为百分之二，竞争十分残酷激烈。

清朝东陵

5月23日，笔会中心从天津旅行社租了一辆大巴，组织作者游览清东陵。大巴缓缓开动，面容俏丽、身材矮胖的导游韩大姐用清脆甜美的嗓音介绍天津习俗：外地人初到天津，对天津女人或者姑娘一律只能尊称"大姐"，而不能喊"小姐"；天津女人管理丈夫特别严格，丈夫对妻子特别疼爱，夫妻双双回到家中，做饭、拖地板、洗衣服等家务，一般都由丈夫承包，妻子则坐在沙发上看看电视，等着进餐……韩大姐别有情趣的叙述逗得满车人哈哈大笑。

不知不觉，大巴已驶出天津一百五十公里，进入河北省遵化市昌瑞山南麓，放眼眺望，前面不远处便是闻名于世的清东陵。

被北京、天津、唐山、承德和秦皇岛联合包围的清东陵，占地八十平方公里，是中国现存规模最为宏大，体系最为完整，布局最为得体的清代皇家陵墓建筑群。这里安卧着十五座清朝皇帝陵寝，长眠着一百六十一位皇帝、皇后、妃嫔及皇子公主们。

韩导游继续介绍：清东陵是一块难得的风水宝地。北有昌瑞山做后盾如锦屏翠帐，南有金星山做前朝如持笏朝揖，中间有影壁山做书案可凭可依，东有鹰飞山如青龙盘卧，西有黄花山似白虎雄踞，东西两条大河（香河、北戴河）环绕夹流似玉带缠腰。群山环抱的堂局辽阔坦荡，真可谓地臻全美，景物天成。当年顺治皇帝到这一带行围打猎，被这一片灵山秀水震撼，当即传旨"此山王气葱郁可为朕寿宫"。从此，昌瑞山下便有了规模浩大、气势恢宏的清东陵……韩导游口若悬河的讲解，刺激着每位游客的猎奇心理，都睁大眼睛注视前方这座神秘而又恢宏的地宫世界。

转眼间，大巴穿过蓟县驰入石门驶进石牌坊，驶进了清东陵，驶过大红门和气势雄伟的大碑楼。再顺着影壁山的北麓蜿蜒前进，眼前的景象令人怦然心动：宽敞的公路两旁立着清朝开疆拓土的八面旗帜（正黄旗、正白旗、正红旗、正蓝旗、镶黄旗、镶白旗、镶红旗、镶蓝旗）。

继续前进，在"八旗"飘扬两三千米后接近龙凤门的石像生路段，矗立着数千尊文臣武将、象马熊狮和虎豹貔貅的石雕。它们展示着骄傲自信和叱咤风云的姿态，仿佛向人们昭示着永远忠于清王朝的赤胆忠心，生效清廷，死后陪伴主人。

接下来走进了乾隆裕陵、慈禧陵和裕陵妃园寝。乾隆裕陵给人的印象是豪华和气派，雄伟的陵墓金殿比紫禁城里宫殿并不逊色，花费金银无数。单是地宫门前台阶上雕刻的龙凤图案，就花了五百两白银。精致的地宫墙壁上有着珍贵的《清朝皇帝世系表》，里面的十多位皇帝聚集一堂手舞足蹈，仿佛在商讨国策，指点江山。

慈禧陵又叫定东陵，比裕陵更加宏大。三座贴金大殿，其豪华装修举世罕见，"凤上龙下"的石雕更是匠心独运，体现出慈禧太后权势熏天、超越男人的霸气。金殿墙壁上陈列着数十幅慈禧的生活画像，其中的《慈禧养颜》，画的是晚年的慈禧为了青春永驻，在宫里养了二十八名乳母，每天饮用她们的乳汁，以保持皮肤的白皙娇嫩。慈禧的地宫更是令人拍案叫绝，由墓道券、闪当券、罩门券、门洞券和金券组成，金券内棺床上的金黄色慈禧棺椁为原物，慈禧尸身仍在棺椁内，金券内左右小石座是安置册宝用的。地宫内设有六个漏水孔，地下有两条龙须沟，以排渗水之用。

1928年夏天，军阀孙殿英找到一个修建定东陵的姜石匠。为了不让外人知道地宫入口，修筑皇陵最后一道工序的工匠，往往都会在竣工之时被活埋地下，以求秘密永不外泄。姜石匠堪称命大，慈禧入葬时，在工匠中挑出八十一人最后封闭墓道，工匠们立即知道死期将至。姜石匠的老婆刚给他生了儿子，他无论如何也不甘心就这样死去。他在搬动石头时走神，脚下一滑，一块大石头砸在身上，当场就昏死过去。当时正忙碌的监工以为他死了，怕玷污了寝宫，赶紧叫人拖出去扔到荒山坡。姜石匠醒来时发现自己不在陵墓工地，又惊又喜连滚带爬地跑回家，就这样捡了一条命，并保存了地宫入口的秘密。

六十出头的姜石匠突然被几个军人请到东陵来，他不知道发生了什么事。孙殿英要他指点进入慈禧寝宫的墓道入口，姜石匠只好说出了秘密入口。在姜石匠的引导和炸药的千钧神力下，在硝烟弥漫中，定东陵敞开大门，慈禧太后的神秘陵寝大难临头。进入陵寝的士兵每人手上都拿着一支大电筒，而在满室珍宝光芒的映照下，电筒的光全部失去了作用。所有殉葬宝物很快被一抢而空，匪兵又发疯般刀劈斧砍，将慈禧的棺木打开，满棺的珍宝陪伴着这位面色如生的女强人。然而，此时的慈禧太后不过是一具任人蹂躏的僵尸罢了。她嘴里含着一颗巨大的夜明珠，据说正是这颗夜明珠致尸身不腐。士兵伸手去取，不料宝珠向喉咙滑去。于是，几只粗黑的大手按住她的头颅，一只拳头击在她的脸上，咯咯两声，慈禧满嘴牙齿尽落，宝珠却未滚出。士兵粗鲁地掰开她的嘴，宝珠被抠出时，她的脸颊也被撕破。

劫取棺内宝物的过程中，慈禧的尸骸被抛出棺外，脸朝下趴在地上，一手反扭在身后。

无尽宝藏近在眼前，众士兵发疯般劫掠着。孙殿英规定将宝物集中再分配，谁也不得私藏。但在珠宝财富的强烈刺激下，士兵们哪里还能控制自己？孙殿英咬牙切齿，下令向疯狂抢夺的士兵开枪扫射，士兵不断倒下，终于控制住了局面。然而还是有人将珠宝偷藏在内衣里，含在嘴里，甚至塞在肛门里……

清东陵建筑恢宏，壮观精美，由五百八十多座单体建筑组成了庞大建筑群。五间六柱十一楼的仿木结构巧夺天工，保存最完整的长六千多米的孝陵（孝庄太后陵寝）神路，随山势起伏，极富艺术感染力。清东陵至今已有三百多年历史，每一座陵寝都记载着辉煌或衰败的历史，都传承着动人或神秘的故事。入关第一帝顺治，开创康乾盛世的康熙大帝，文武兼备的乾隆，辅佐圣、世二祖的女政治家孝庄太后，垂帘听政的两宫皇太后，扑朔迷离的香妃，还有咸丰帝、同治帝，等等，这些曾经主宰过国家命运，在清王朝政治舞台上扮演过极为重要角色的人物，如今都长眠于此，任由历史评说。

面对着雕梁画栋、雄伟绝伦的清东陵，络绎不绝的游客都会被强烈震撼——封建统治者生时挥金如土、纸醉金迷，死了还要住进地下金殿，真是穷奢极欲，强权的威力可谓登峰造极。

蓟县盘山

从清东陵出来，大巴疾驰五十公里，爬上了蓟县著名的农家乐旅游胜境——盘山。在辽阔的华北平原上，放眼望去是一望无际的麦地和杨树、柳树。

导游韩大姐继续发表演说：在我们天津、河北，山就是财富的象征。谁拥有一块山林，谁就成了富翁。凡是有山的地方，都建成了农家乐风景区。葱郁的绿荫、清新的空气，使这里成为城市人消夏、周末度假的好地方。原汁原味的农家特色食品，更能激发城市人的食欲，举家品尝。一个普普通通的农家餐馆，一年就能轻轻松松赚个十万八万的旅游收入。由此联想到湖北恩施的家乡，到处都是连绵不断的群山，但和华北的山形成强烈反差，穷山恶水成为贫穷的代名词，谁住进万山老岭，谁就穷得一贫如洗——究其原因，是落后的公路交通和陈旧观念作祟。好在"绿水青山就是金山银山"的号角正在吹响，如火如荼的乡村旅游业正在蓬勃开发。

盘山是蓟县东部的一座仙山，山上山下长满了翠绿树木，千万幢楼房点缀其间，变成了万紫千红的度假福地。乾隆皇帝下江南看遍了许多名山，爬上盘山时感慨万端："早知蓟县有盘山，何必当年下江南！"

在盘山山腰上用竹子篱笆建造的特色餐厅里，能吃到十余种城市里没有的特色食品。

笔会作者们一边享用着美味的烧烤，一边居高临下欣赏着碧海仙境。然后是拍照留影。我也拿出相机，选择了最佳角度，同《蓝盾》编辑和与会文友留下珍贵合影。走下盘山，我们又走进蓟县最著名的独乐寺，欣赏了古色古香的寺院建筑和菩萨圣僧的塑像。随后，大家又游览了清波浩瀚的翠屏湖，感受了快艇飞速冲浪击水的舒心快乐。

警备区打靶

5月24日上午，文友们来到北辰区的天津警备区参加打靶活动。据说，这里是全国一流的打靶场。拿枪杆子，对于我们这些习惯了拿笔杆子舞文弄墨的人来说着实有点新鲜。

比足球场还大的靶场上放着十支步枪，十个靶位旁站着十名指导士兵。警备区教官讲解了打靶射击的姿势要领，十位作者便进入靶位俯身卧倒，由指导士兵装上子弹，指导射击。大家依次一板一眼地做了起来，卧倒、瞄准、扣动板机，发出清脆的"嗒、嗒、嗒、嗒"声，尽管巨大的反作用力让肩膀有点发痛，尽管不能弹弹击中靶心，但这一真枪实弹的切身体验，也实实在在让大家兴奋、刺激了一把。

等第一排十人打完靶后，我便走上6号靶场俯身卧倒，遵照指导员教的方法，用右肩膀抵紧枪头，左手端住枪杆，右眼睛"三点一线"瞄准百米外的靶子。短暂的紧张过后，我右手扣动扳机，以每十秒钟射出一发子弹的速度，"叭叭叭——"射出了十发子弹。开始感到害怕，认为猛烈的枪声会震荡耳朵。枪声响过，心里反而生出一阵涉猎军旅征服武器的痛快淋漓之感。

放下枪从地上爬起来，打靶指导员向我报喜，命中了两发。我疑惑地问他是怎么知道的，因为警备区领导并没有安排人检查靶上的命中情况，按笔会中心安排，此次打靶纯粹是让作者尝试一下放下笔杆、拿起枪杆射击的滋味，增加生活体验而已。指导员回答说："你打枪时我盯住了靶子，看见6号靶子晃动了两次。"

所有的人打完了十发子弹，便开始用轻机枪打靶。每人打二十发子弹，按一次扳机能射出两发子弹。我第二次走上靶位，双手握紧被三脚架支撑着枪管的轻机枪，按照控制要领，先是打一枪停几秒，在打出了八发子弹后，想起了电视剧中解放军战士手握机关枪居高临下猛射敌人的情景，禁不住心潮澎湃，于是将右手食指紧紧扣住扳机不松，"叭叭叭叭叭叭——"十二发子弹被连续射出，激烈的枪声逗乐了身后的观众。

打靶结束，车子开进天津警备区司令部，我们参观了军犬训练基地。这里集中笼养着来自世界各地的名狗数百余只，或高大威武，或小巧玲珑，或咆哮狂吠，或温顺可爱，令人开了眼界。

警备区的武器大楼，可谓中国的兵器宝库。古代的刀矛剑戟，外国的步枪手枪，品种多达数十万以上；轻、重机枪，大炮、坦克，各种新式武器应有尽有，看得人眼花缭乱。警备区领导介绍，这里的兵器是最齐全的，比北京的解放军总部还全，军部领导有时也到天津来调研兵器。

怀着对"钢铁长城"的敬畏，我在警备区司令部前面的草地上，在那停放着刻有五角星"八一"字样的坦克前，在那威力巨大的大炮炮筒下，留下了弥足珍贵的纪念照片。

石家大院

天津杨柳青博物馆（石家大院）原系清末天津八大富豪之一石元仕的住宅。石元仕祖籍山东，以漕运发家，乾隆年间定居杨柳青，之后便广置田产，逐渐发展成为津西首富。石家大院建于光绪初年（1875年），占地面积一万平方米，共有十八个院落，二百七十八间房屋，四合院连套，院中有院，砖木石雕独具特色，享有"华北第一宅""天津第一家"的美称。

石家大院自1991年被辟为杨柳青博物馆以来，已接待中外旅客百万人次。这里还是影视拍摄基地，有五十余部电影、电视摄制组在馆内进行过拍摄。

这天游客特别多，这班进去，那班出来，熙熙攘攘，人来人往。人们瞻仰亭台楼阁，耳听导游解说，手摄画栋雕梁。走进石家大院，在十八个院子里来往穿行，幸亏有导游引路，否则稍不留神，转眼之间便会迷失方向。

门前的两只雄狮，堂里的镇家宝物白菜乌龟（头为乌龟、尾为白菜的汉白玉石），花园内的石凳石桌，"尊美堂"四门，典雅豪华的住宅戏院，这些一百三十四年前的精美建筑，依旧焕发出勃勃生机，向人们诉说着石元仕当年的巨富和辉煌。导游介绍，单是"尊美堂"前的四个镇宅宝石和蛤蟆财神（雕刻的蛤蟆石头），就花了主人八百两白银，专程从云南买来雕琢。

石家大院是一笔珍贵财富，是一座智慧宝库，它记录着山东汉子石元仕拼搏苦斗成为亿万富豪的辉煌历程，能给后人诸多启迪。

神奇生物树

走进天津西青区水高庄村农业观光园，就如同走进了一座巨大神奇的生物树高科技农业园。

这座农业示范园总投资七亿五千万元，占地面积五万亩，由杨柳村镇政府和辛口镇当城村、水高庄村、第六埠村联合建成，呈现出"五区""两带"格局。"五区""两带"即观光农业示范区、蔬菜生产示范区、设施农业核心区、蔬菜种业示范区、农产品加工销售区和子牙河景观带、中亭河生态林带。这里是区域化布局、规模化经营、规范化生产、产业化发展、生产技术先进、产品绿色安全、经济效益显著的现代化绿色蔬菜产业区,是目前天津市乃至全中国独一无二的都市现代农业示范园区。

整个农业园被巨大连片的玻璃覆盖着,由巨大纵横的钢骨铁架支撑,其间便是巨大的智能日光温室。走进这座由现代高科技打造的蔬菜生产示范园,仿佛见到了报刊上介绍的以色列农业,简直让人感到不可思议,比瑶池天宫更加神奇。

温室里的土壤全为清一色躺卧的、直立的塑料板块或塑料圆柱,板块或圆柱的孔洞里有少量的生物有机肥料。这里面似乎藏匿着快速膨胀发酵的魔力,只需让管道里的流水适时喷洒和滋润,那些五颜六色的鲜花和蔬菜便向空中飞长。

作者与生物树的合影

这种无土栽培技术,通过环境、生理、营养和农业技术的综合调控,使水果蔬菜单株超高产、延长生长和结果周期。一株番茄可结果四千至五千公斤,生长周期一至两年。一株南瓜蔓上能结下三五十个百余公斤的大南瓜,下面需用独立支架支撑着。它们比邻相望,在天棚铁架上悬挂着,如同巨大的灯笼在欢庆丰收。原本长在地下的红苕将肥壮的藤蔓攀向天棚铁架的四面八方,奇怪的是,藤蔓间每隔一两米的藤节上便长出一窝(三至五个)红苕,重约三至五公斤。一株苕藤上能结三五十窝红苕,它们大多被比水桶还粗的白漆铁桶装进去,在绿蔓下成群结队地悬挂着,威风凛凛,特别壮观。

墙体、立柱、平移管道等水耕栽培无土技术更加神奇,能塑造出"蔬菜林"和"蔬菜墙"等奇异景观。它们采用营养液循环供液系统,自动浇水施肥，操作简单，作物生长快速，产量惊人。

仰望着头顶的"红灯笼"、红苕桶，穿行在黄瓜林、番茄丛中，站立在韭菜墙、芹菜柱前，观赏着各种无土栽培的蔬菜，以及挂在树上的一串串大香蕉等瓜果，我情不自禁地按动相机快门，拍下了这些神奇得令人叹为观止的生物树。

"世间一切事物中，人是第一个可宝贵的。在共产党的领导下，只要有了人，什么人间奇迹也能创造出来。"伟人毛泽东主席的话，忽然飞入脑海。正是这最宝贵的人创造了最先进的科学技术，创造了天方夜谭式的令人不可思议的神奇生物园。难怪拿破仑曾经预言，中国这条东方巨龙一旦觉醒，世界将会为之震惊。联想"神六""神七"升空，三峡电站建成，上海世博园的辉煌成功，港珠澳大桥贯通，快如闪电的高铁动车等惊世工程，天津的生物园也就不足为奇了。

难忘笔会

三天的游览活动，一个比一个新鲜，一处比一处震撼，处处展示出《蓝盾》笔会培养骨干作者的独运匠心。

在参观和游览活动，会上会下的接触中，参加笔会的人由熟而近，由近而亲，话题也越来越宽泛，谈《蓝盾》，论写作，话家常，开开心心，其乐融融。

这些天，我与编辑们的心越贴越近。我将自己的小说集《魔土》敬赠给编辑老师们，请他们赐教指正，没想到得到了编辑们的一致肯定。平易近人的《蓝盾》执行主编徐景标老师看了《魔土》，夸我写作勤奋，还有的编辑说《魔土》充满着浓浓的乡土气息。特别让我感动的是，在《天津日报》6月13日发表的一篇题为《相约·振奋·开拓——〈蓝盾〉杂志全国作者笔会暨法制文学为法制建设服务研讨会侧记》的文章里，有两个段落，专门讲述了我的情况：

"来自湖北省西部土家族的作者杨大忠，这次能参加笔会实属不易。他先从大山深处的建始县乘长途汽车到达千里之外的武汉，继而又从武汉转乘长途汽车到保定,最后到天津。三次倒车,长途跋涉近两千公里,历时三十个小时。这么远的路途,大忠依然没有忘记带上一摞书——自己的新作《魔土》,于会间分发给每一位编辑。了解了这一情况后,每一位编辑都深受感动。

"还是这个从大山里走出来的杨大忠,一次午餐时,由于从来没有吃过螃蟹,见到螃蟹,他竟然不知从哪儿下手,旁边的人只好手把手教他如何享用这个张牙舞爪的家伙。"

多年神交,终得一见诸位《蓝盾》编辑。直至 25 日分手告别,热情的编辑们还一个劲地叮咛嘱咐,要我多打电话,多发邮件,多联系。

滑卫红、徐玫、娄向丽、李梦尧等《蓝盾》编辑老师,她们的优秀品格,她们的谆谆教导,深深镌刻在我的心房中,永世难忘。

《蓝盾》笔会,还为我们提供了广交朋友的良好平台。重庆的王成志,北京的张晓芸,天津的张国庆,山东的王增勤等,与我走得很近。特别是江苏的颜玉华,得知了《魔土》的事,要我回家后寄他一本。他读过我寄赠的书,立即写了一篇三千余字的《魔土》评论文章——《神奇的〈魔土〉》,发表在《湖北作家》2009 年冬季号上,让我十分感动。

还有重庆市杂志《青少年与法》的编辑部主任王志成,读过《魔土》赞叹说:"没想到你出了这么一本好书!"他将我的纪实文学作品《不该凋谢的玫瑰》《小舅真情比海深,将苦难娃教养进北大》分别编发于《青少年与法》2009 年第 5 期、2010 年第 1 期,将我的文章介绍给重庆读者。共同的爱好,使我们成为永久的朋友。

生物园里无土栽培的蔬菜墙

《蓝盾》笔会，虽然只有短短几天，但其间发生的故事，以及编辑情、文友情却成了我永恒的记忆。回想起十年来与《蓝盾》发生的深厚情缘，我心中便涌起一股暖流，是春风艳阳般的优秀杂志《蓝盾》给了我结交天下朋友的机会，它也使我在写作之路上有了长足的进步。《蓝盾》的全体编辑老师，我深深地感谢你们！

（原载《蓝盾》2009年第11期，后被《茨泉》2010年第3期转载）

雄奇的石门栈道

石门栈道甲天下，绝壁万丈腰中挂。

细缝深藏八百景，曲径通幽穿地心。

石门河是一条由巨大石山裂开的细缝，长5000米，深800米，宽30余米，乘直升机在上空盘旋，很难发现其狭窄弯曲的河道。它独特的山光水色、绝壁凹缝、幽深河谷、石门古桥、悬崖栈道和深渊洞府堪称奇绝，集幽、险、奇、古于一体，融神化仙境于一炉。

沿着绿树掩映的"巴盐古道"，穿过一大一小的石门"大庭"，瞻仰过巉岩上的"施南第一佳要"刻字，走下2500级石板台阶，到了明朝天启五年（公元1625年）建成的独拱通济桥上，抚摸过灵气四射的马灵光树（紫薇树），再下涉50余米便进入地壳深处的石门河了。

峡谷河水

抬头仰望，两侧的高山被挤压成一条细缝，陡峭的石壁如刀削斧劈，拔地万丈直插云霄，遮天蔽日中隐约露出一丝神秘天光……一串珍珠八百景，五彩缤纷各不同：石门石虎神工鬼斧，百十岩洞神秘莫测，悬崖栈道步步惊心……

低眉四顾，一渠清流犹如天马行空，独自在窄窄的谷底中缓缓流淌，蜿蜒东拐穿过六座石桥铁桥，一路欢歌流入清江长江。河里的水比无瑕的翡翠还碧绿，比漓江的碧波还清澈。无数的墨客骚人为之倾倒，为石门河写诗作赋。

抬头一线天，低眉一条河，瞟眼一幅画，凝目一首诗。游一趟石门河，穿越在峡谷中，满目清新，一身清爽，如同在地球肚子里走了一遭，说不尽的惊险刺激，道不完的神界仙境。此景只应天上有，人间难得几回见！

石门河里全是景，最抢眼的数栈道。万丈绝壁上的5000米水泥板栈道，成为称甲天下的独特风景，犹如一条玉带系在半山腰上，或似一架天梯横亘在巉岩上，上接蓝天，下临深涧，堪称世界奇迹。行走在栈道之上，扶着栏杆向下望，即使那身经百战的体坛健将，腾云驾雾的武林高手，叱咤风云的人中豪杰，也要心惊肉跳，头晕目眩，不得不抬起头来轻手轻脚，慢慢前行。这万丈石岩上的天险栈道，是恩施本土企业家崔应朝投资，由比猴子还灵巧的工人攀悬绝壁修建的，着实令人惊叹。

崔应朝祖籍恩施崔坝，1995年高中毕业后到东莞打工，1999年在惠州办起佳音电子厂，2006年回到建始县投资2000万元修起一座电站，在擦擦坡的山腰里凿了一条5000米隧道，将东龙河水引到罗悬岩电站发电。2007年，他联合台商参股，在县城清江工业园建起奇来富电子公司，成为身家过亿的大企业家。2008年1月16日，崔应朝进京参加农民工表彰大会，在人民大会堂受到国家领导的接见。

2011年5月，湖北佳音旅游开发公司总裁崔应朝亮出大手笔，投资3.5亿元建设石门河旅游景区。于是，千百万年来养在深闺人未识的石门地缝终于露出"庐山真面目"，绝壁栈道横空出世，万千美景被一线串珠，用它的仙境灵气迎接千千万万的快乐游人，陶冶着万万千千的五洲嘉宾。

（原载《清江》2014年夏季号，后被转载于《恩施日报》2014年8月14日）

旅游见闻打油诗

一

2017年3月,在浙江省文成县百丈漈办工厂的侄儿张伟、侄女张蓉邀请其父,也就是我的四弟大麟过60岁生日。大哥、二哥和我决定乘高铁同往,一是为四弟祝寿,二是难得一次四兄弟一同旅游。大哥日子美好,儿子拿十多万为父母买了养老保险,经济富裕;二哥是退休干部,儿女都有工作;四弟办的酒厂和榨油厂,年收入十多万元。我可以自豪地说,我们四弟兄继承了祖先的勤劳美德和聪明智慧,都很优秀,经济富裕,而且胸怀宽广,兄弟妯娌亲密友好,隔三岔五就聚一起美酒佳肴饱餐同乐,是当地人人羡慕的和睦兄弟。

农历二月十九,在百丈漈一家豪华的别墅旅馆里,我们隆重庆贺了四弟的生日。此后便开始了快乐旅游。精明能干的张蓉既是司机,又兼全程导游,还是生活总管,负责一切开销。在饱览众多绝世美景之时,在心旷神怡心潮澎湃之际,我情不自禁吟出一串打油诗篇。

3月15日,我们被张蓉带到别墅群内的"滑清池"。在春寒料峭的季节里,在清澈碧绿的温泉中浸泡了一个多小时,说不尽的舒服快活,说不尽的新鲜刺激,说不尽的人生奇妙……

泡温泉

嘉南水滑结奇缘,筋骨酥软赛神仙。
黎民百姓大翻身,变成贵妃泡温泉。

3月16日，我们走进明朝大军师刘基故居。在长达两千五百米、宽约一千五百米的平坝子中心地带，坐落着刘伯温的故居。古柏苍松遮天蔽日，清澈溪水汨汨流淌。特别令人称奇的是，前面有一条小河，河与刘基故居之间的平田上，突兀立着七个大蒙古包似的小土丘，每个土丘相隔八九十或百米不等，用直线连接居然弯弯绕成了一把硕大无朋的勺子，酷似天上的北斗七星。看到如此风景，我思如泉涌，顺口吟诗：

刘基故居

一统江山刘伯温，胸怀奇谋握七星。
水清地灵育人杰，光芒万丈耀古今。

3月18日，张蓉驱车六百公里，将我们带进了浙江东阳的横店影视城，浏览了秦王宫、梦幻谷等拍摄电影、电视剧的诸多景点。在秦王宫，我们遇到一个画家正在给旅客画像，这是一个难得的机会，我便请画家花二十分钟为我画了一幅画像。费用一百六十元，被张蓉执着付了。我心中很是过意不去，只好把又一分感激藏在心底。

进入《清明上河图》中的宋都汴京，繁华的古城长街上出现了日本兵举着太阳旗招摇过市的一幕——原来是在拍摄抗日剧。横店是个造就影视明星的繁华胜地，一不小心成功了就会赚到别人一辈子也赚不到的钱。于是乎，成千上万（据说有二十多万）的年轻人揣着明星梦来横店当群演，每天拿着八小时五十元的薪酬，吃着泡面睡着大街，仍前赴后继乐此不疲，成功者亿里挑一，有趣有趣。

横店影视城

秦王宫中兵马俑，梦幻谷中跃海豚。
惊世繁华上河图，磅礴绽放影视城。

二

3月21日，在大哥儿子杨普的盛情邀请下，我们告别了张蓉、张伟，离开百丈漈，来到宁波。一行人被杨普安排在五星级宾馆住宿，早上有丰富的早餐供应。连续三天下雨，我们便蜗在屋里或打扑克，或下象棋。80岁高龄的杨普岳母为我们张罗着午餐、晚餐，而且十分丰盛，顿顿吃得香甜可口，舒心饱腹，令人难忘。

24日，天气放晴。杨普媳妇冯中慧开车把我们带到海边，我们领略了东海的浩瀚与深邃，然后钻进了距宁波市不远的佛教宝地天星寺（不收门票）。天星寺的特点用一个词概括：曲径通幽。幽深的林荫长廊，幽深的寺院古刹。成千上万磕头叩拜的善男信女，真诚祈求佛祖保佑。

天星寺

曲径通幽天星寺，千年古松展雄姿。
如来张口吐灵气，引来万众读佛诗。

25日，杨普一通飞驰，把我们引到杭州西湖。果然是个"山外青山楼外楼，西湖歌舞几时休"的人间天堂，我漫步堤岸，眼花缭乱：桂树葱茏，百花绽放；西子湖上游艇荡桨，三潭印月光芒万丈；雷峰塔里情侣缠绵，岳王墓前小丑沮丧……

醉西湖

雷峰塔下人欢腾，西子湖岸春潮涌。
暖风熏得岳王醉，世界首脑来寻根。

岳飞未能亲手驱逐金兵收复失地，如果他的英灵看到今天的中国如此强大，二十国首脑聚会杭州召开峰会主宰世界大事，一定会陶醉无憾。

"黄四姐"门前那条河

正是：世界首脑聚西湖，公祭勿忘告"武穆"。

三

2017年10月，在中山横栏办起科庆达灯饰配件有限公司的儿子春赛，把我们带进小榄万花园看菊展。那是花的海洋，方圆千余亩的城郊地，全是鲜花绽放：一望无垠的菊花，黄灿灿令人眼花缭乱；大片大片的向日葵，向游人频频招手；亭亭玉立的香花树，百十株粗如大肚佛；葱郁的青藤墙形成绿色长廊……

作者的两个孙子

游万花园菊展有感

赤成黄绿花烂漫，游人摩肩泡芬芳。
艳树万千争妖娆，心潮澎湃醉中山。

翌日，春赛驱车三个多小时，把我们带到世界上最美的村落之一——江门市开平碉楼。这里是著名侨乡，有七十五万人旅居海外六十八个国家和地区。广袤的田野上现存碉楼一千八百余座，分布在塘口、百合、赤坎等十五个乡镇。我们看到的是被纳入世界文化遗产的古村落核心区马降龙的"天禄楼"等四十座碉楼。

这里距海边近，从前是个"四不管"的地方，土匪猖獗。侨民便建碉楼自保，防洪水防匪盗。1925年建成的"天禄楼"

开平碉楼

耗资一万两千银圆（合人民币一百二十万元），雄伟壮观。

开平碉楼

开平碉群耸云霄，抵挡外敌防匪盗。
南洋挣钱筑铁城，百载沧桑更妖娆。

奔驰在长五十五公里、投资一千二百多亿元修建的港珠澳大桥上，我想到强大起来的中国人被誉为"基建狂魔"，即兴吟诗：

赞港珠澳大桥

南国蛟龙港珠澳，四大洋上第一桥。
乘驹半时飞千里，豪情万丈冲九霄。

2021年元宵节，春赛陪同我们登上六百米高的"小蛮腰"广州塔，坐在一百零六层楼的旋转餐厅里享受美餐，乘坐摩天轮（钻进观光球舱里）欣赏着珠江两岸的绚丽美景，我不禁赋诗一首。

登广州塔

广州塔俏分外骄，两个椭圆一蛮腰。
旋转餐厅摩天轮，环球亚军独风骚。
滔滔珠江细细流，茫茫群楼粒粒小。
中华崛起梦成真，心潮翻滚逐浪高。

（写于2021年5月）

"黄四姐"门前那条河

广州塔

羊肠水泥路

2019年9月9日，随着与南坡大道胜利合龙，一条长2600米的羊肠水泥路历时五载，终于建成。其间的一波三折可谓惊天动地，说来话长。

一、三级申请

2014年冬天，打工十多年的杨笋决定返乡创业，先是在何家坡村二组的小地方畈上建起一幢楼房，然后投资40多万元建起近500平方米的猪场。这里地处偏僻，红沙土厚，泉水叮咚，是办猪场的理想之地。但此地条件十分落后，水电路全然不通，基础设施几乎属于原始状况。

退伍军人杨笋在军营经过锻炼，拥有一身的血性和正气。他下定决心要改变一穷二白的现状，便联合爸爸老杨定下了两步走的战略目标。第一步向县电力公司争取到一台50千伏的变压器，并且雷厉风行地于2016年春天安装在二组、三组交界的红沙坡梁子山上。

电力公司副总经理冯中华组织十多人栽杆架线50多天，为表达谢意，杨笋宰杀九斤重的公鸡，用猪肉招待工人。通电这天（2016年3月28日），杨笋买了一挂万子头的大鞭炮，噼噼啪啪地响了半小时，隆重地向村民宣告：二组、三组进入了强大的电力时代！

当时经济条件十分困难的二组农妇沈桂英也燃放鞭炮一同庆贺。何永玖、何永照等乡亲们自豪地说："进入农户家的电缆线有大拇指粗，比许多主干线还粗。原先电饭煲都煮不熟饭，现在20台粉碎机同时开机也绰绰有余！"

当然，树林大了什么鸟都有。有人说："我不稀罕这个变压器，我要用老变压器的电！"因为施工人员给这人家田角栽了一根拉线，便如此发泄心中不满。不过，她全家人照样用电，后来又理直气壮地说："国家安装的变压器，我应该用电。"

"国家变压器"完全正确，但关键是国家的富民政策"电力整改"需要能人争取。没人争取，或者争取无果，全都是零。就因为没人争取，从1978年到2016年，整整38年，二组、三组人就一直过着煮不熟饭、开不动粉碎机的苦日子。就因为争取无果，村书记居住的七组（村委会办公楼所在地）一直沿用着初始安装的老旧变压器。

第一个目标达到，看到用三厢电带动的粉碎机一小时能加工饲料两千多斤，杨笋心情舒畅。他开始实施第二步计划：硬化水泥路。

何家坡村八个小组，2011年在省政协工作的毛红权找县交通局请求，修通了四组、五组、六组、七组联通乡政府的水泥路。唯有一组（2016年硬化了500米，剩下通往二组的900米没有硬化）、二组、三组共2600米泥巴路没有硬化。

面对如此实况，杨笋下定决心，努力向上争取。2015年10月，杨笋买圆盘皮尺丈量了三个组的泥巴路，造舆论发动群众修水泥路。2016年4月，他书写了一式三份的《硬化公路申请书》。

申请书

尊敬的建始县交通局领导、三里乡党委政府领导：

三里乡何家坡村一组、二组、三组是建始县最贫穷的地方（单是二组、三组的21户村民中就有15户受国家帮助建新房或换瓦）。这三个组有一段2600米的泥巴路（两端都是水泥路），是贫穷根源。这儿的百余名穷苦村民急切盼望县交通局、三里乡党委政府领导来现场实地调查，伸出扶持大手，帮我们拔出穷根，硬化水泥路，带领我们走上富裕小康路。

村民子子孙孙衷心感谢！

申请村民：杨笋、宋华艳、朱祖贵、沈桂英、杨何喜、杨年生、何枝远、杨鹏、刘福春、何辉远、杨万秀、何永照、何远英、陈新妹、何永久、杨万平、何永碧、何四清、何永平、何小平、王翱、杨年泽、杨年政、刘贵勋。

2016 年 4 月

2016 年 4 月 15 日，杨笋父子兵分两路，杨笋将《申请书》呈送给乡长，答复是转公路服务中心研究；老杨走进村书记家中，将《申请书》交给村书记。书记不看《申请书》，当场问老杨给他送《申请书》是什么意思，老杨说请书记向乡里申请修水泥路。

4 月 18 日，老杨走进县城，穿过玉皇阁，走进县交通局办公室，呈上《申请书》，直截了当说要找局长。办公室主任看了《申请书》及后面密密麻麻的群众签名，问："你是何家坡村的书记，还是主任？"老杨回答说是退休干部，想帮家乡努力争取修通水泥路，改变落后面貌。办公室主任说交通局局长在县政府开会，他一定将《申请书》转交局长，还说村里修水泥路不能由村民越级申请，而是应当先由村委会申请交乡政府审核批准再写申请报告，呈报县交通局审批，批准后公开招标实施。这就是程序，这程序首先得从村干部做起。可是，当时的村书记（仅读过四年小学）根本没这能力，或者说根本就没这意识，不愿意办这种麻烦事。如果有这意识，村书记就会在《申请书》上签字盖章上交乡里。老杨虽然"越级"向交通局申请，但幸好同时给村里、乡里先送了一份。

老杨深深地知道，《申请书》呈送上级领导，万万不能急于求成，必须耐心等待。在漫长的等待期间，杨笋发动村民集资 2 万元请挖机平整公路。但挖得再平实的路，只要连续下雨就会冲成深沟。特别是梁子上的半岩里、王嘎坦和畈上三处路段容易积水，车轮一碾便形成壕沟，淤泥十天半月不干，车子经常打滑或被陷住，让村民伤透脑筋。三组发生过多次翻车事故，杨笋盖猪栏拉机瓦，车行驶到路滑石窖里歪斜抖动摔碎二百余片瓦……数十次三轮车在泥路上挣扎、请很多人帮忙拖车的狼狈困境，至今令人后怕。饲料难进，猪车根本进不来，即或来收猪，也要等天气晴好，把每斤价格压低三至五毛。公路年年整，泥路月月烂，车子常打滑，村民苦难言。这种困境，何家坡村不贫穷都难。

杨笋的猪场开始步入正轨，十多个母猪陆续下崽，但由于道路情况糟糕，运输困难，猪价猛烈下滑。2017年5月，湖南猪商康老板将大架车停在一组中心村的水泥路口，以每斤5.4元的价格买走38头均重169公斤的猪。杨笋找两辆三轮车（每车一次装三头猪）运输六趟，另请五个大汉帮忙才将38头猪转入架子车。杨笋上车下车，累得骨头散了架，一身的憋屈无处倾诉，只好放声大哭一场，尽情释放因泥巴路而带来的心酸……

哭声令乡邻感到难过，这样的苦难究竟还要挨上多久？两个月后的7月21日，老杨找到乡党委书记的电话号码，冒昧地发了一条短信：

尊敬的乡党委书记，敬请您帮我们何家坡村一组、二组、三组修通2600米水泥路。三个组村民太苦了，卖头猪要少收入一百多元，购车沙子、砖等材料要多付一百多元……三个组的村民子子孙孙感谢您！

二组村民老杨

但是，老杨人微言轻，一腔热血化为泡影。

二、致信巡视组

时间匆匆，转眼便是2017年秋天。村书记因为在八组租种了10亩烟叶，便四处奔走找乡政府、财政所和县保险公司筹集资金，于9月份给八组硬化了一半的公路，剩余一半没有硬化。至于二组、三组的路，村书记根本没有提及。

2017年9月12日，老杨在网上看到了省委巡视组来建始巡视的消息，后面附有联系电话。他心中一动，便写下短信传给省委巡视组领导（至今也不知道姓名，仅显示"湖北武汉"字样）。

尊敬的巡视组领导：三里乡何家坡村一组、二组、三组是建始县最贫穷的地方。这三个组有一段2600米的泥巴路（两端都是水泥路），这儿的百余位村民恳请你们能来实地调查，帮我们修通2600米水泥路（村民已向村、乡领导反映十多次无果)。

村民子子孙孙感谢省委巡视组！

二组村民老杨

鼓打千槌不如雷哼一声。让老杨万分感动的是，省巡视组领导收阅短信后第一时间便转给县信访办，县信访办及时转达乡信访办。9月13日，乡信访办主任张雄带文金平、曾广爱邀请村书记来到杨笋家中，交给老杨一份加盖"中共三里乡委员会三里乡人民政府处理信访问题领导小组办公室"公章的受理告知书。

受理告知书
编号：2017046

杨大忠先生：

您提出的信访事项（信访编件号：4217091210105995），我们决定予以受理。按照《信访条例》规定，将于2017年10月8日前办结并书面答复您。在此期间，您以同一事实和理由提出同一信访事项，本级和上级行政机关不予受理。

特此告知。

（承办单位印章）
2017年9月13日

送达记录

送达人：文金平、曾广爱	信访人意见：无
送达方式：当面送达	信访人签名：
送达时间：2017年9月13日	签收时间：2017年9月13日
送达凭证：	

张雄一行送达《受理告知书》后，顺着2894米泥巴路走了一趟（村书记

"黄四姐"门前那条河

提议加上 294 米——意在联通四组村民何采远至三组石窖间一段路），把详细了解到的泥巴公路致贫落后的困境汇报乡里。10 月 8 日，朱祖贵接到张雄电话通知，邀请热心邻居沈桂英结伴到乡信访办领取一份红头文件。

建始县三里乡人民政府文件

三政发〔2017〕54 号

三里乡人民政府
关于处理何家坡村杨大忠信访事项的处理意见书

杨大忠：

你于 2017 年 9 月 12 日通过短信方式向省委第九巡视组反映："三里乡何家坡村一组、二组、三组是建始县最贫穷的地方，这三个组有一段 2600 米的泥巴路（两端都是水泥路），这儿的百余位村民恳请你们能来实地调查，帮我们修通 2600 米水泥路。"三里乡人民政府接到该信访件后，派出专班调查，现回复如下：

一、信访诉求

希望政府能尽早帮助三里乡何家坡村一组到三组的一段无硬化的公路进行施工硬化，此无硬化的公路共计 2.6 千米。

二、调查情况

三里乡何家坡村一共有八个组，全村公路共计 28.7 千米，其中已硬化的村级公路 6.3 千米、组级公路 2.7 千米，全村还有 19.7 千米组级公路未被硬化，其中包含的有何家坡一组通往四组的一段公路未被硬化，共计 2894 米，致使何家坡村一组、二组、三组的村民出行不方便。

三、处理情况

该段未硬化的组级公路，三里乡人民政府将积极争取，分年度实施公路硬化。
特此回复。

三里乡人民政府
2017 年 9 月 30 日

这份红头文件，终于以书面形式郑重确定了"该段未硬化的组级公路，三里乡人民政府将积极争取，分年度实施公路硬化"的大事。虽然"分年度实施"，但它定下了美好目标，使百余位村民有了明明白白、实实在在的盼头，令人欢欣鼓舞。接下来便是耐心等待，翘首盼望。这一等一盼就是20个月，600余天。

乡政府一边发文，一边安排公路服务中心撰写《三里乡何家坡村狮子口至大垭公路硬化项目报告》呈送县交通局。

三、村里决策

2018年5月的一天，村书记和村副书记来到二组刘福春家召开村民大会。村书记指示说："今年县里给三里乡安排了两千万元硬化公路，乡里给何家坡村安排45万元解决一组、二组、三组交通脱贫。三条办法供群众讨论：第一，不要村民集资出钱，硬化1000米公路，从三组南坡往二组延伸；第二，硬化1800米路面，但每户村民必须集资1500元平整路基；第三，45万元全部买沙子，2600米路面全部沙石化。"

村书记话音刚落，想到硬化1000米完全可以覆盖三组（全程670米），又不必出集资钱，能实现利益最大化，三组人都同意采用第一条办法。可是，二组人都不发言，平日里能说会道滔滔不绝的人都成了哑巴。当时老杨感到疑惑：乡里发了文件怎么又出这种政策？难道真是分年度分段实施？今年硬化1000米，明年再硬化800米？不管怎样，硬化1800米能基本解决二、三两个组的出行问题。剩下一组（已硬化500米）800米也就是小事了。于是，老杨便发言，而且语气十分肯定："必须照顾二、三两个组的整体群众利益，同意第二个方案，集资硬化1800米公路。"立时，三组的几个女人为集资大吵起来，呼天抢地闹得不可开交。二组也有人说没钱集资……

村书记看见局面失控，便宣布散会："既然求不成统一，那就下次再议。"散会后，村书记又安排村民何永玖、何永平六人拿皮尺从三组南坡丈量1800米，横穿二组到一组田家坪截止。其实，这正是村书记想要的最好结果：一旦二组、三组群众达不成统一，就可以将这45万元用于八组硬化公路。

村书记散会后就到八组开会，说："二组、三组不肯出钱又想修路，我把他们拖着。请八组每户人赶紧集资1000元平整路基，把去年剩下的1000米抢在二组、三组前硬化，再不硬化就没有机会了。"八组人心领神会，18户当场将18000元集资款交给村书记。7月22日，村书记便喊挖土机来八组轰轰烈烈地平整路基。

望着对面坡八组挖土机热火朝天地拓展挖路，三组老汉何永毕心急如火，拨打手机质问："村书记，你给八组一个组都修路，我们三个组为什么不修？这样搞下去，我们二组、三组老百姓都到乡政府找乡长！"村书记电话回答："三组人不出钱整路基，二组人要出钱修1800米。达不成统一，你让我怎么搞？你闹到乡政府也是这回事。真想修路，就赶快集资。"

毕老汉说："你快来开会，二组、三组人同意集资。反正今年要修路！"

7月23日，村书记三人第二次来到刘福春家开会，说："要想硬化1800米就赶快集资，集资的钱村里不能收，上面也不准村里收，由村民选个人收。"老杨便发言："政府拿大头45万元帮我们修富裕路，那是在小康路上拉我们。我们就应该出点小钱猛力一爬，一鼓作气爬上坎就好了。修好路下雨天走走多好，鞋上不沾泥巴；打工的人回家过年，也能把车开回家，不用停在野坡上！如果大家不愿意出钱，错过机会，45万元被别人抢走，那就吃亏大了！"乡亲们一想是这道理，21户除5户不表态，17户同意出1500元平路基，修1800米路。大家推选三组的何永毕、何永平，二组的何永照组成平整路基领导小组；推选老杨收钱，因为老杨大公无私，不贪占大家一分钱，前两年拿过一笔钱解决整路疑难问题。

接下来几天，二组的沈桂英、杨笋、何福远、杨军、杨年生、杨凤东、杨万兵、何永照（交了1000元，另500元抵了指挥挖路的工钱；后来因为差钱，何永毕和老杨都没要工钱）、何辉远、王孔建交给老杨14500元集资款，三组的陈兴妹、何永毕、杨万平、何四清、何小平交来7500元，何金远交600元，熊成元交500元（熊在路区以外，纯粹是爱心捐助），另有5户没交钱，合计23100元。这段路2600米，其中三组670米，二组1030米，一组900米（占35%）。一组因为不提集资，村民就"享受优惠"不交钱，一组后来平整900米的路基及修两条坎的8000多元钱全是二组、三组人的集资钱。

8月4日，老杨请来杨彪开动挖机猛干11天，何永毕、何永平、何永照和老杨四人分成两班轮流指挥挖路，二组、三组村民十分配合，占山占田挖树通通合作，于8月14日将2600米路面整得平坦大气，宽达4至5米，垒起5条大坎，安装了9根水泥涵管。

8月13日，老杨说服二组、三组群众"吃亏是福"，应以大局为重，指挥挖机进入一组，用两天时间将一组900米路基挖好。

与此同时，村妇联主任宋胜梅（村副书记妻子）建起一个"情牵何家坡"的手机群，向外出人士号召捐款，十余天内收到32位人士捐款17395元。其中何友远等30人给宋胜梅发红包捐款7395元（此捐款没有交到老杨手中，后来用于一组境内修坎等）。下面是"情牵何家坡"群里的文字——

何坡村里大喜事

何家坡村一组、二组、三组遇上了开天辟地的大喜事：三里乡政府争取到45万元硬化2600米水泥路！20多户村民自发投资投劳平整路基，缺口资金仍然很大。外出人士闻之欢欣鼓舞，纷纷踊跃捐款。援助名单如下：

何友远200元	何海荣200元	何远英200元	何兴发45元
何建华200元	何甫远50元	毛年雄200元	毛昌京200元
何建飞200元	何　艳200元	何建军200元	何辉军200元
卢显文200元	卢显章200元	何　芳200元	何兴明200元
何兴才200元	何双远500元	何华英200元	何刘艳100元
蒋世平200元	何雷元200元	何香远200元	杨建平200元
毛　爱200元	何永才1000元	杨　虎500元	郑玉华200元
杨　鹏300元	杨年科500元	杨　普2000元	杨春赛10000元

欢迎外出人士踊跃捐款，我们将陆续将情况公布于众。所有捐款数目公开，由村民监督，全部用于修整路基。

结果，宋胜梅手握的8000多元红包钱，没有用在二组、三组修路上。

老杨侄子杨普担心钱被挪用，便将2000元钱直接送到老杨手中，要老杨用在修建路基上。老杨小儿子杨春赛同意在群里亮出1万元捐款，他对老爸说，二组、三组挖公路的支出，最后差多少，由他全部承担，总之，捐的钱一定要用到路上，不能进入私人腰包。

8月14日，挖机收工。共耗费挖机工80小时，支出2万元。给何永平芋头田里边修坎、外边做柱子用砖和水泥850元，工钱380元；沈桂英清沟100元；吴宝太拉土37车填方1850元；大涵管12根2080元；2条芙蓉王香烟（招待挖机师傅等）460元；补偿占地10平方米800元——合计26480元（其中村民集资23100元，杨普捐红包2000元，缺口1380元从杨春赛捐款中出）。二组和三组有5户人，没交集资钱。

看到二组、三组热火朝天地开挖路基，看到外出人士踊跃捐助红包，村书记也令八组人建手机群号召外出人士捐赠，但无一人响应，没有收到一分钱的红包。村书记便雷厉风行地给八组硬化公路，不仅将八组1000多米通路硬化，还将连接外乡（高平镇木耳山村）的200多米也彻底硬化。听从村书记指挥，八组人家家户户燃放鞭炮庆贺。这是发生在2018年9月的事。

二组、三组整好路基，眼巴巴盼望修路。"指挥长"何永毕三天两头给村书记打电话问修路的事，但直到2018年12月20日，村书记还在回答"正在安排"。

老杨心更急，便于2018年8月20日发短信咨询乡公路服务中心主任何茂华："何主任，你好！何家坡村村二组、三组已筹集资金3万多元，平整好路基。就盼望你来实地检查，安排时间修路。"

何主任回复："杨老师好，感谢您对我工作的支持和关心。何家坡二组、三组公路我们将尽快和领导沟通、实地查看，尽到自己的责任。决策权在领导手中，具体施工时间要按相关程序办理决定。"

半个月后的9月3日，老杨再次发问："何主任，何家坡村二组、三组修路的事，什么时候施工？9月还是10月？"

何主任回复："您说的那条路可能乡领导班子会还没过方案，具体情况我不太清楚，我们只负责做事，不参与决策。"

9月25日，何主任又给老杨回复："招标公告还没挂网。"

"招标公告还没挂网"，这八个字彻底将老杨惊醒，如果网上挂出了"何家坡村二组、三组公路建设项目成交公告"才能证实修路真实，也就是说

"二组、三组修路的事"根本是子虚乌有，国家下发的 45 万元如果当真，那一定是转给八组硬化了路。

四、交通局批准

时间一晃到了国庆长假，10 月 6 日，老杨的侄儿杨普打来电话："三叔，县交通局的小崔（小崔是杨普妻的表哥）刚才电话告诉我，说县交通局于 9 月底给三里乡批准了两条硬化公路的指标：一条是石牌湖村的环湖公路；另一条是何家坡村狮子口至大垭公路——批了 140 万，包括路边带、护栏等……"

真的？放下手机，老杨久久沉浸在喜悦之中，"狮子口至大垭"不就是一组、二组、三组的公路吗？硬化公路是板上钉钉了，但是，还需要时间，需要程序，招标挂网到大包头招小包头，再到小包头联系沙子水泥招工人，再到村里具体实施，每一个环节都需要不短的时间，年内施工是不可能了，2019 年上半年能够施工就烧高香了！耐心等待吧。于是，老杨开始关注网上的信息，每天都要搜寻"狮子口到大垭公路"的招标信息。

五、招标公告

2019 年春天很快就过去了。4 月 4 日，"公路硬化的事"终于挂到网上了。

谢天谢地！何茂华主任的话才叫权威可信！县交通局权威批准，是公路硬化第一步；互联网挂出《招标公告》，是第二步；工程队动手施工，就是第三步了！寒冷的冬天快结束了，温暖的春天还会远吗？等待，等待，耐心等待第三步吧。

4 月中旬的一天，长期负责管理一组、二组、三组的村副书记问村主任："狮子口至大垭的道路中标挂上网了，听说是你承包？你存的钱还真多！没得三四十万的活款是不敢承包这活儿的。"

村主任哈哈大笑，脸色十分骄傲："何家坡村修条路，我不承包谁承包？

钱嘛，还真不是问题。何家坡的事没有我搞不定的！我也不瞒你，我的亲戚向家林负责施工，沙子、水泥等材料我负全责。"

村副书记说："你们什么时间施工？早点把路修了也了结个事。二组、三组群众天天都在问我，我都不好意思回答了。再说上头定的期限是5月底，一眨眼就到了，你们应该着手行动了。"

"乡里鼓儿乡里擂，将在外君命有所不受。一组、二组、三组的人不是很能吗，又会集资挖路基，又会打开手机收红包？把他们拖着吧！拖一天是一天，让他们等着吧。听说二组、三组还有6900元集资款没交，去开个会把钱收齐，把杨春赛那1万块红包钱也收上来，再修路。"

到乡里开完会的尖刀班长没同村主任私下沟通，就向群众宣传乡里决定："马上就动工修路，乡里命令'5月底必须交账'。"曾班长和村副书记按照村主任指示找杨笋收杨春赛1万元钱。杨春赛来电说："钱只能用在路上，路硬化时差多少就给多少，到时我打钱给老爸。"

六、施工三个月

二组、三组那几户也很顽固，无论村干部怎样登门动员都不肯交集资款。又拖延了两个多月，在乡政府的屡屡催促下，村主任才很不情愿地建起拌合楼，开着农用车拉沙子。

6月25日这天，二龙湾村向家林的施工队终于来二组修路。虽然向家林是包工头，但完全听命于村主任指挥，叫左不能右，说前不能后。村主任说三组有几户不交集资，就把三组的670米留着，拦腰从红沙梁子变压器往北面的二组、一组修路。三组人十分不满也只能嘀咕嘀咕。

盼望了几十年的美梦就要成真，二组人个个欣喜若狂。老杨更是打心眼里高兴，天天到工地上监督质量，与带班人"张小包"协商，多次纠正了装模工人将3米竹竿挂在模板上留出10厘米（底面不足3米能节省混凝土）的行为，要求挖机师傅必须刨平路基，杜绝中间凸两边低的现象。

向家林一般不在工地，聘请张小包带班。张小包很负责任，接受老杨的建议，嘱咐工人按3米宽、18厘米高的标准办事，十分尽力。看到10个工人在酷暑天挥汗如雨、任劳任怨地硬化公路，老杨心头一热，便发动二组杨万兵、王孔建、杨凤冬等做顿午饭招待工人（工人吃饭被安排在 2500 米外的拌合楼）。

7月7日，公路硬化到家门前，想起杨春赛"钱必须用在路上，不能进入私人腰包"的话，老杨花掉 3000 元（按每人 150 元标准）购买肉菜、啤酒、饮料、香烟等物品，协调家人煮了 30 多斤猪蹄，做了两桌丰盛的大餐（16 盘菜，比年夜饭还丰富）招待 19 名修路工人（司机 4 人、拌合楼 5 人、修路 10 人），给每位工人发一包芙蓉王香烟、一顶草帽、一个水壶、一条毛巾等。张小包万分感激地说："老杨，太感谢你们全家！我们修过 300 多公里路，群众供饭也很多很多，但像您家这样隆重招待，吃不完的肉，喝不完的酒，还发芙蓉王香烟等礼品，是大姑娘上轿——第一回！"

老杨笑着说："你们来给我们子孙造福，路修得好！应该的，应该的！再说，这钱是小儿子杨春赛拿的。"

后来在与杨笋家场坝交界的结合部多修了近 4 平方米，杨笋主动交了 300 元钱，坚决不能让向家林吃亏。

二组的千余米路面全部硬化，下了两天雨，施工队于 7 月 10 日进入一组。7 月 14 日，进展到田家坪下的树林大弯地。

行走在崭新的水泥路上，虽然路面窄了点，但 18 厘米的厚度、混凝土的浓度都令人满意，老杨心情舒畅，便写篇新闻，配一幅修路图片，于 7 月 16 日发表在建始网上。

"泥塘路"变身"水泥路"　村民作诗来点赞

建始网讯（通讯员杨大忠）7 月 15 日，三里乡何家坡村的公路正在铺设水泥路面。

三里乡何家坡村是贫困村，在县交通局和三里乡政府的帮扶下，终于于 6 月 25 日开始硬化狮子口至大垭的 2600 米水泥路，促使该村一组、二组、三组百余群众在决战贫困奔小康的路上迈出了关键大步，盼望了 20 多年的小康路梦圆成真。

"黄四姐"门前那条河

诗曰：

何家坡上硬化路，一、二、三组变通途。

施工人员负责任，路宽三米环境美。

感谢政府感谢党，送来重礼贺大寿（建国70周年）。

苦难群众笑颜开，驱逐贫困迈大步。

新闻一发，一组修路却出现停工状况。传说沙厂里不赊账了要拿活钱，村主任拿不出活钱，向家林的施工队便回到二龙湾村修大坎，这一去就是20多天。后来，传说村主任借到高利贷交了沙钱又继续修路。

8月16日，工人正在一组溜石皮顶端修路，一村民路过拌合楼，看到村主任拉的五车沙里混满了黄土（这种黄泥巴沙是在大牌老学校捡的，不要钱的），又听到向家林说"这种泥巴沙修路没用"，便用手机拍成图片传到QQ群里。堂堂的人民公仆怎么干出这种缺德事？网友们炸开了锅，骂拉沙人缺德。骂归骂，可是那五车泥巴沙已于8月16日下午被全部拌浆修了20米长的路，炸裂的细缝达数十条之多。想起自己刚刚发布的文章，老杨心中苦笑，写诗一首：

七月十六表扬路，八月十六妖蛾出。

泥巴和沙赚几千，管它豆渣或豆腐。

一网友也在QQ群里以《溜石皮趣闻》为题留言：

何家坡上高科技，泥巴黄沙拌水泥。

溜石皮上硬化路，炸口裂缝数十米。

愤怒之余，老杨将QQ群里的黄泥巴沙图片传给三里乡新任党委书记胡北平同志，附上短信："胡书记，您好。请您来何家坡村拌合楼看看，图片里是村主任拉的黄泥巴沙，为一组、三组硬化公路。祸害村民哟！"

本以为这条短信会石沉大海，没想到两小时后收到回复"谢谢关注"。第二天也就是 8 月 19 日 16 时,胡书记第二次发来短信:"已经安排专班和监理来纠错,谢谢!"

收到短信,老杨十分激动,便回复:"胡书记,村民们衷心感谢您!虽然泥巴沙硬化的公路已经炸口裂缝二三十米,木已成舟,但已不敢再拉泥巴沙祸害群众了。谢谢您!"为此事,老杨写诗一首:

乡党书记真英明,收阅短信察民情。
派出专班纠错误,糊涂村里吹清风。

乡里确实来了专班和监理纠错,此后在三组倒的 670 米路,村主任再也没拉泥巴沙了,全是优质沙子。群众赞扬说三组倒的路最好,最差的是一组。一组果然出了状况。

一组修路因为有村副书记坐镇指挥,老杨和村民们不便越组到现场乱管闲事。一组的溜石皮上头有一个急弯,如果在这急弯处建一个错车坝,加宽 2 米,就不会酿出悲剧。

10 月下旬的一天,也就是公路硬化结束的 44 天后,某妇女捎带 200 斤红辣椒送专业合作社换钱,她乘小老何的麻木驶到溜石皮上头急弯时翻下路坎,当场遇难。

村主任因"黄泥巴沙"受了点气,便停止拉沙,张小包只好停工。又拖延了半个月,直到 9

作者的小孙子杨宋文康

月 2 日,施工队才来三组修路,连续 8 天终于硬化了 670 米。石窖南端有个急弯,9 月 7 日,两个老何找张小包苦苦求了两个小时情,请求把急弯处加宽 8 米,原定的 3 米实在太窄,车子不好转弯。

张小包态度坚决地回答:"你们跟村书记说,只要村书记同意,修 10 米宽都行。村书记不同意,多修 1 厘米也不行。你们硬要加宽,先拿钱来,1 平方米 90 块钱。"

两个老何求情无果,眼睁睁望着宽 3 米的路面过了急弯,向前延伸。就

"黄四姐"门前那条河

新建的羊肠水泥路：王家坦路段

在此时，杨笋赶到现场，将经过测量的40平方米的3600元钱交给张小包。张小包退了100元收了3500元，说："两个老何说了半天，还不如杨笋这两分钟有用。"工人立时将急弯处加宽达10米，足足宽了三倍多。消息传开，震惊了干部群众。杨春赛来电说这钱他出。

2600米水泥路终于全部竣工，二组、三组百余村民终于迈上了富裕小康路。

那原本不肯集资的5户人，倒完后各有"觉悟"：一户把1500元交给了副书记；一户把1500元交给了村主任；一户交了600元就打算作罢，没想到2020年4月修自家路时，被乡邻拦住，补交了900元；另有2户不肯交钱，日子过得依旧非常滋润……

相信"吃亏是福"的杨笋迎来了明媚春天，养猪场办得气势红火，金猪之年把两百头猪娃子养得膘肥肉满，猪商乐呵呵上门收购，2019年纯收入30多万元。杨笋成为养殖户的主心骨。十多户乡邻也学杨笋养猪，增加收入80多万元，单是杨万兵一家就出栏生猪120头，收入40多万元。

羊肠路变身水泥路，勤劳善良的红沙坡百余村民终于搭上了精准扶贫的末班车，迈上了富裕生活的小康路！衷心感谢以习近平同志为核心的党中央！衷心感谢真心关注民生的省委巡视组领导！衷心感谢造福人民的建始县交通局！衷心感谢三里乡党委政府！感谢你们在新中国七十华诞之际，为何家坡送来这福泽万代的隆重大礼！谢谢你们，我们永远深深地感谢你们！

（2020年4月写于红岩镇开发区）

先锋人物篇

仁智马老师

我在建始县三里乡大牌小学读书时,马伯初老师从二年级起任我的班主任。马老师只读过小学,文化程度不高,但经验丰富,思想深刻,对学生倾注着满腔的爱。

那时,家里特穷。我的整个童年时代都饥寒交迫,由于穷困,每学期两元钱的学费也要拖到放假时才能交上,笔墨纸砚更是紧张。因为衣着褴褛,我总觉得矮人一截。可是,马老师并不看轻我。

说来奇怪,我在班上最穷,学习成绩居然拔尖。有天下雨,在教室里上体育课。马老师说了一个字谜:"两个蚂蚁抬一棍,一个行人路上走。"全班同学差不多猜了一节课,最后还是我猜出那是一个"六"字。马老师十分高兴地说:"忠娃子,好好用功,长大后会有出息的。"第二天开班会时,马老师提名选我当班长。我便成了"老班长",一直当到初中毕业。

此后不久,班上排座位,马老师把一个姓侯的女生安排与我同桌,我举手说我不同女娃子坐。马老师脸上便很严肃,说:"怎么了,当了班长就骄傲了?同学们都是兄弟姐妹,要互相帮助团结友爱,怎么就不能同位呢?"我脸涨得通红,同学们却嘻嘻地笑。

马老师对我既严格要求又关怀备至。有次写大字,背后的余同学忽然高声叫喊:"马老师,您看哟,杨大忠说要我借给他墨汁写字,他就天天准我抄数学作业!"余世华的爸爸是公社干部,家庭比较富裕,常有一种优越感。当时我羞愧得无地自容,等着挨训。谁知,马老师一脸温和地说:"余世华,你今后不抄作业了很好,让杨大忠用点墨汁也是好事嘛,团结友爱互相帮助。"这句话好有分量,周围前后左右立时有四个同学喊我用墨汁。我无比激动,一股暖流涌上心头。

  读四年级时，学校组织作文公开课，马老师用大白纸抄写我的作文《秋天》，挂在黑板上评讲。面对着教室里听课的十多位老师和全班同学，马老师用教鞭在白纸上潇洒游弋，肯定《秋天》是一篇好作文，通过对秋天的美景描写，表现了农民收获硕果的喜悦，中心突出，层次清楚，语句生动，意境优美，然后指出用波浪线标出的段落为什么恰当生动，用着重号标出的语句为什么精彩传神，用红笔添加的字词为什么很有必要，被删除的词句为什么重复多余，等等。那一刻，我无比快乐，从此对原本喜爱的作文更加热爱……

  多年以后，我成了一名宣传干部，发表了百万字的文学作品和新闻作品，出版了小说集《魔土》，加入了省作家协会。我真诚地感谢马老师，是马老师在我纯洁的童心里，注入了智慧、宽容、友爱和信心，这些品质会永远伴随我前行。

（原载《恩施日报》2002年9月8日，后被《湖北日报》2004年9月22日刊登，并获2004年10月《湖北日报》与省委宣传部联合举办的征文比赛优秀奖；后被《湖北人口》2011年9期转载）

"黄四姐"门前那条河

痴情只为稻花香

提起建始县农业局的农艺师王成，该县主要水稻产区的干部、群众都啧啧赞扬："王同志一片痴情就为稻花香啊！"30多岁的王成，平头，身穿灰色中山装，一双旧皮鞋上总是沾着新鲜的泥土。

这样的形象，平凡而又普通。然而正是这样平凡和普通的人，却拥有一种无私奉献的高贵品质和一颗农技推广工作者对事业的痴心。王成同志连续推广水稻栽培技术17年，成功地推广了杂交水稻两段育秧、三两栽培、旱育水寄、旱育早发、一早两高等栽培技术，将水稻单产从每公顷5400公斤提高到每公顷9330公斤。

1980年至1996年，整整17年，他没被提拔，没有调动，甚至连单位内部岗位的小调整也没有，只是从一个水稻产区到另一个水稻产区，从一个示范点走向另一个示范点。是没有机会吗？不。为推广农业科技，王成先后7次放弃了改行、调动、提拔的机会。17年扎根基层，辗转田间，需要付出多少心血与艰辛！

"要让农民相信你的技术，首先要让他们相信你的人。要得到群众的尊重与信任，就必须有扎实的工作作风，与他们打成一片，吃农民饭，说农民话，做农民事。"王成是这样说的，也是这样做的。17年来，他在乡村工作了3442天，平均每年202天，成了农业技术"信息库"，当地群众的主心骨。

1982年，是建始县推广杂交水稻的关键年。当时，绝大部分基层干部、群众对杂交水稻缺乏基本了解，农技部门掌握的栽培经验也十分有限。在这种情况下，为了加快杂交水稻的推广步伐，县农业局决定进驻三里乡河水坪村，兴办示范点。初出茅庐的王成承担了这一艰巨任务。他来到这个水稻产量每公顷 4500 公斤的山村，与农民同吃同住同劳动。他每天奔波在田间地头，做工作，讲技术。脚上打起了血泡，他忍着；患了重感冒，他挺着。一个多月过去了，农民得出了结论：这样的干部推广的技术，我们信得过！结果，河水坪村当年就收获杂交水稻 41.5 公顷，每公顷产量首次突破了 7500 公斤，在全乡、全县产生了轰动。第二年，三里乡杂交水稻普及面达到 60%。

1984 年，王成奉命进驻长梁区白云村，兴办杂交水稻两段育秧综合示范点，一去就是 4 年。他克服重重困难，引进新品种，推广新技术，使该村每公顷水稻产量由 1983 年的 6007.5 公斤提高到了 1987 年的 9330 公斤，增幅达 55.3%，成为全县水稻单产最多的村子。

1991 年，王成进驻长梁下坝，当年水稻增产 12%；进驻三里老村，水稻连续大丰收。

王成创造性地开展工作，为普及推广农业科技做出了贡献。他发布了全县第一张农技广告，建立了科技示范户、下坝乡植物诊所、小康工程服务中心，采取多种宣传形式宣传科技。他结合试点工作，首创农技小报，自采、自编、自发《农技推广》小报 52 期 28700 份，《小康工程》5 期 900 份；引进技术 8 项，完成示范项目 31 项；组织县、乡、村现场会 64 场次，到场 15600 人次；进行正规技术培训 31 场次 9500 人次，举行广播讲座 84 次，办技术专栏 19 个。他直接为农民解决技术难题 350 例，开出植物诊断处方笺 824 张，建立综合科技示范户 85 户……

"稻花香里说丰年，王成成功一大片"，人们这样赞扬王成。王成的突出贡献得到了群众和各级领导的公认。17 年来，他先后受到省表彰 4 次，州表彰 6 次，县表彰 19 次，3 次被评为县农业系统优秀党员。1996 年 7 月 1 日，他被评为州优秀共产党员，受到州委表彰。

(原载《中国农技推广》1996 年第 6 期)

刘承友剪报

中坦坪绿荫村有一位63岁的退休教师刘承友，他家里最显眼的装饰，就是书架上整齐排放着的五十六本剪报，这是他二十三年来积存的一笔巨大财富。

痴情写诗作文

20世纪70年代，刘承友就读于恩施农校，在学校里他就是爱好文学的优秀学生。他课外时间就泡在图书馆里，一边阅读书报，一边将书上的精彩警句抄写在笔记本上，常常阅读到深夜，成为最后走出图书馆的学生。

刘承友从大量的诗篇美文里，发现了一个美妙快乐的世界：书是真善美的结晶和人类文明的化身，它能驱走愚昧和丑恶，带给人们丰富的知识和智慧，能启迪人们克服困难和弱点，能改变人们的环境和命运。书是知识宝库，阅读书籍已成为刘承友最快乐的事。

三年农校生活养成了刘承友一生阅读书报的良好习惯。

阅读之余，刘承友开始写作诗歌文章。放暑假时，他回到家乡游览了望天坪山腰里的马王庙（明末清初一个叫马夫杰的农民起义首领，带领三百人与官军血战至全军覆灭的古战场遗址），心潮激荡，写出了第一首诗《马王庙》：

望天坪际陡峰峭，天设地造马王庙。
断垣残壁仙迹在，英雄豪士歌九霄。

刘承友经常将写的诗文投向报刊，但未能发表。他参加工作后一直坚持读书写作。

这些年来，刘承友写下的诗歌有二百余首，小说散文五百余篇，创作的对联有二百余副……厚厚的十多个笔记本，全是用工整的钢笔正楷书写，虽然没有发表，但他常常自我欣赏，或介绍给友人阅读，感到充实快乐。

痴情读书剪报

中专毕业后，刘老师回到中坦坪小学教了三十八年书，其中当了二十五年校长，将学校管理得井井有条。与此同时，他如饥似渴地阅读各种各样的报刊文章，并且将优美的文章剪下来，精心粘贴，然后订成一期一期的剪报，封面用红纸，写上标题，署笔名"文刃"。

他把剪报分四种类型编上序号各自成册：一是时事政治，包括本州本县本地的古今中外重大事件；二是文学、史料；三是科学常识，包括卫生保健、种植养殖等；四是图片。

中高年级学生上阅读课，刘承友安排老师们将适合于学生阅读的剪报精彩篇章念给学生听，而且是长年坚持，无形中培养了师生阅读课外书报的习惯，巩固丰富了课堂知识。

不幸的是，1984冬天，刘老师家中失火，房屋家产和他早年编辑的三十六本剪报全被烧毁。尽管如此，刘承友仍痴心不改。他每天对《人民日报》《湖北日报》和长期自费订阅的《恩施日报》《恩施晚报》《当代老年》等报刊仔细阅读，精心剪贴。由于中坦坪地处偏僻，邮递员只能每周五送一次报纸。于是，周五便成了刘承友特别期待的日子，报刊一到他就开始阅读记笔记，周六一整天就是剪报，这几乎成了他长期以来雷打不动的习惯。

虽然家里有五亩地需要耕种，但周六这天的刘承友是不会下地干活的。贤惠勤劳的妻子谭元秀开始还抱怨丈夫周六没有帮忙种地，后来见丈夫一根筋地痴迷读书剪报，也就理解了。

剪报的这些年里，还不断地有趣事在他身上发生。

2002年的一天，刘承友外出回家，直接进入书房剪报。不久，亲家来做客，一家人都以为他不在家。妻子做好饭，就直接请亲家上桌吃了。过了一两个小时，妻子到书房拿东西时，却发现他正在聚精会神地剪报。

2004年退休后，刘承友回到家里仍然自费订阅《恩施晚报》等五种报刊，痴迷阅读，精心剪报。目前，他已编辑剪报五十六辑，收录文章五千余篇。

剪报乐人乐己

刘承友生活俭朴，穿戴随意，但乐于助人。近十年来，他拿出一万多元帮助亲友邻居的三十二个孩子读高中上大学。侄儿吴云华考上了华师大，刘承友资助两千元；考取三峡大学的刘星，中南民族学院的王大兵，荆沙大学的李宗香、樊若飞，湖北民族学院的杨春荣、刘怀英，重庆理科大学的陈正杰，湖北工学院（现湖北工业大学）的鲁作兵等，都得到过刘承友数额不等的资助。

刘承友常将剪报中的知识传授给村民乡亲。比如味精、糖精等作料的用量，牙痛、流鼻血该怎么办等简单生活常识，刘承友背得滚瓜烂熟，常向家人和乡亲们讲解。报上的新鲜政策，比如独生子女父母每年可领到国家一千二百元补贴费，贫困户可享受农村低保，义务教育学杂费减免等优惠政策，他随时随地介绍给农民朋友。在喜事宴席上，村民们饮酒贪杯常喝得大醉，刘承友便用2002年的《恩施晚报》文章《岳父醉死女婿狗》的新闻故事，告诫大家饮酒适度。由于刘承友德高望重，村民们遇到难事或矛盾纠纷时，都主动找他协调。

退休后的刘老师身体健康，性格开朗，村民们修公路、搞基础设施建设，他买几条烟送到工地慰问工人，见人发一包。他快乐地说，要每年做几件益于群众的事。

三里乡文化服务中心发现刘承友爱书如命，便将刘家定为"农家书屋"点，计划送数百册图书，让刘老师成为义务管理员，指导中坦、绿荫两村两千多户农民借阅图书。刘承友高兴地说："很好，很好！我家也有大量书报。我要发动乡亲们掀起阅读科学文化书籍的热潮，为新农村建设献出余热。"

（原载《恩施晚报》2007年11月15日）

姐夫游台写诗篇

新春佳节，姐夫毛昌歇到台湾旅游，写下多首诗歌赞美宝岛的美丽风光，盼望两岸早日统一，在当地传为佳话。

今年70岁的姐夫毛昌歇只有初中文化，少年时代因家中贫穷未能读成高中，他将满腔的热忱倾注到四个儿女身上，花了二十多年时间，克服了许多难以想象的困难，陆续把四个孩子供到中专、高中和大学，都干上了满意的工作，过上了幸福优裕的生活。大女儿毛鸿雁在建始县某中学教书，大儿子毛红权在湖北省政协工作，小儿子毛羽恢在北京部队某师部工作，小女儿毛颖在浙江宁波超市工作，其丈夫是宁波市的建筑老板。

望着儿女们个个成材，姐夫深刻体会到是文化知识改变了孩子们的命运，对读书更加酷爱，经常阅读孩子们带回来的书籍报刊，尤其爱看《名人传记》《炎黄春秋》《今古传奇》等杂志。虽然70岁了，不戴眼镜仍然能阅读报纸上的文章。姐夫不仅痴迷着阅读书报，而且学以致用，常常触景生情写出很多顺口溜，其蕴含的美妙意境，令乡亲们刮目相看。去年中秋节游杭州西湖时，姐夫

姐夫游台湾

"黄四姐"门前那条河

在岳飞墓前写下感人诗篇：

> 西子湖畔思岳飞，慷慨悲歌洒热泪。
> 罪名定为"莫须有"，千古奇冤心破碎。

今年春节，应在宁波定居的女儿毛颖邀请，姐夫同女儿一家人前往台湾，进行了快乐的环岛旅游。游览日月潭时，姐夫即兴吟诗，将台湾地形十分贴切地比喻为甜蜜的红薯，巧妙地将三国时吴国卫温开发台湾的壮丽史实融入诗中，让女儿用笔记下：

> 阿里山景甲天下，日月潭水美如画。
> 宝岛好似一番薯，三国融入大中华。

登上阿里山顶，放眼阿里山的壮美景观，联想到千百年来无数仁人志士前赴后继为祖国统一做出的卓越贡献，姐夫感慨万端吟诗：

> 岳上绿葱四百旋，放眼世界思万千。
> 遥望三皇有归期，唐宗宋祖笑开颜。

姐夫以阅读书报为乐，以写顺口溜为爱，他游览台湾写下的诗歌，被当地人交口称赞。

（写于2010年8月）

正气院长杨高义

弘扬阳刚正气，便能带来一个时代的繁荣昌盛：唐太宗李世民弘扬正气、励精图治，开创了贞观之治；清圣祖康熙崇尚文治武功，开创了康乾盛世；一代伟人邓小平发出了解放思想、实事求是的时代强音，将神州大地变成了春天世界。大到国家，小到单位都是一样。今年8月，杨高义出任三里乡卫生院院长，短短四个月时间，便将卫生院从困境中解救出来，创造了翻天覆地的奇迹。

临危受命任院长

十年来，三里乡卫生院因正气不足，管理混乱，频繁发生事故。20世纪90年代，一护士因感情纠葛吞服安眠药卧床身死；接下来发生了"杜冷丁"事件，卫生院十分英俊帅气的A院长等多人遭遇重创，或服毒自杀，或被处以十多万元罚款；接任的B院长又因经济问题跳楼身亡；后来，由C副院长主持工作，遗憾的是，D妇女来住院分娩，不幸殁于手术台上，陷于绝境中的卫生院只好贷款给家属予以补偿，主持工作的C副院长无法承受泰山压顶般的舆论压力，写下遗书出走后便永远失踪……

三里乡卫生院职工人心惶惶，领导垂头丧气，病人敬而远之。有的人兴致勃勃前来买药，看到医务人员没精打采的冷漠神情，便转身去了私人药店。乡人谈及三里乡卫生院，便为之变色，听之摇头，嗤之以鼻。卫生院人心动荡，前途渺茫。有多位医生感到失望，准备外出打工。

面对如此困境，谁来接任院长？痛定思痛的县卫生局领导们千挑万选，决定任命高坪卫生院的杨高义挑此大梁。

拨乱反正扬正气

　　杨高义心情无比沉重——这种重灾区，他干不好会重蹈覆辙、身败名裂，要干好又谈何容易？再三推辞不过，他只好临危受命。走进卫生院，杨高义不发表慷慨激昂的豪言壮语，只是用一颗理智的心十分冷静地调查走访。他睁大眼睛，看到办公室、住院部及整座四合院大楼里里外外都是垃圾、蜘蛛网……杨高义惊呆了：以卫生命名的人民政府医院，居然还不如普通老百姓的住宅清洁卫生，这种混乱管理造成的糟糕环境，怎么能不让人们失望伤心？

　　肩负四万余人民身体健康重任的卫生院，头等大事便是搞好清洁卫生！第一次召开院委会，深谋远虑的杨高义就树立起"全新管理制度，细化优质服务，雷厉风行落实"的施政大旗。他果断决策，将卫生协会五间土墙瓦屋危房卖掉，盘活资金十万元，为院内三千平方米的房子彻底脱去陈旧衣服，换上现代时装：镶平整地砖，刷雪白墙壁，安灿烂灯具，整业务用房，设舒适病房。病房里添置了彩电、饮水机，换上新被子被套。新栽的两株中华蚊母，也洋溢出生机勃勃的春天气息。

　　房子变新万事新。眨眼之间，卫生院旧貌换新颜，展示出全新的"卫生形象"。技术骨干、业务副院长汪奉祥指挥医院职工脱胎换骨地端正服务态度，用热情接待、精心护理的优质服务工作，揭开了卫生院的崭新篇章。采购员采购药品必须从国家正规医药公司批发，在价格质量上严格把关，保证药真价优。

　　杨高义内强管理，外树形象，树立正气，克服邪气，大动真格。由于十多年管理混乱，正气不足，邪气仍有一丝残存。杨高义明文规定，医院内的门诊室、药房、病房等，在上班时间一律各司其职，各负其责，不得相互串门、聊天。面对这些规章制度，有些人一时难以适应。10月的一天，气温并不是很低，许多人忘了规矩，钻进药房里打开取暖器烤火，天南海北地闲聊。杨高义走进来伸手拔掉了取暖器的插头。药房人觉得杨院长当着大家的面扫了他的面子，不检查自身错误，后来又照样烤取暖器，杨院长第二次进药房又拔掉插头……

杨院长严肃地说："个别不遵守纪律、吊儿郎当、不愿意认真工作的同志，你可以到外面去另谋高就。愿意工作就必须遵守纪律，正儿八经踏实工作！教育不改还要耍脾气对着干，别再怪我不讲情面。能在一起工作，这是缘分。希望今后相互尊重，团结合作。"经过几次批评教育，医生们的思想受到震动，开始摒弃自由散漫习气，自觉遵守规章制度。正气开始成为主流。

全新管理带来了全新变化。业务收入与职工工资挂钩，奖勤罚懒，评优表模，能者上课、庸者下课等竞争机制，充分调动了医护人员的积极性。过去那种迟到早退、不负责任、对待病人冷淡等消极现象一扫而光，涌现出八方病人来看病就医、医生护士亲如家人、业务收入成倍增长的奇迹。杨高义8月上任，卫生院8月业务收入由7月的9800元上升到17000元，9月达到25000元，10月突破50000元。职工的平均工资由7月的320元上升到8月的570元，9月为780元，10月过了千元大关，最高者可达1500元。情绪低落的职工开始昂首挺胸、扬眉吐气了。

任人唯贤人气旺

除了科学管理，杨高义还有两招：一是重视人才，任人唯贤；二是技术过硬，声名远播。他安排能够独当一面的陈登国继续干卫生防疫工作，安排德高望重的黄正刚抓党群建设。

副院长陈登国年富力强，性格豪爽，正义感强，是非分明，坚持原则，顾全大局，任劳任怨，工作扎实。即使在那种长期动乱的时日里，陈登国仍然将自身负责的卫生防疫工作干得相当出色，从2001年到2003年连续三年被县卫生局评为"预防保健先进个人""抗击非典先进工作者"。他对杨高义的过人智慧、领导才能、出众医术从心里佩服。他觉得在杨院长领导下工作心情舒畅，浑身来劲，便竭尽全力支持杨院长的工作，不仅将防疫工作干得锦上添花，而且对新分配的办公室和其他工作也是精益求精。

母婴分娩是拳头业务。为了消除两月前D妇女母婴双双死亡的黑色阴影，重新将临产妇女请来分娩，杨高义绞尽脑汁，费尽九牛二虎之力，从官店卫生院"挖"来妇产科医生阳试菊。她做一台剖宫产手术全程二十五分钟，从持刀剖腹到宝宝出生，仅用五分钟。来三里乡卫生院二十五天，阳试菊就顺利做完十五台剖宫产手术。

勤政为民事业兴

杨高义是高坪镇石柱观村人，毕业于恩施医专，不仅练就一身过硬的外科医术本领，而且对中医特别精通。他在高坪卫生院工作二十多年，因医术高明人气特旺，治病买药的人川流不息。来三里乡卫生院后，巴东大支坪、望坪陈家湾、建始当阳坝、业州龙门子等地的人，纷纷来三里找杨高义治病。龙门子的刘老汉，长期流鼻血久治不愈，9月上旬，经人介绍来三里请杨院长治病。杨院长配制一服中药让他回家服用，三天过去，疗效显著，刘老汉再到卫生院，请杨院长一次性配十五服药，说是要连续服用六周，根除这顽固病。

杨高义的过硬医术和杰出领导能力在三里乡产生了巨大影响，在卫生院产生了前所未有的巨大凝聚力，使这所卫生院发生了天翻地覆的惊人变化，走进了良性发展的明媚春天。

杨高义制订了一系列远景规划，在三五年内将外护科医生护士陆续派往县、州、省医院进修培训，让他们更新知识，掌握最先进的医疗技术。

2007年7月，杨高义又争取到上级政府二百多万元资金支持，动工新建占地两千平方米的卫生院综合大楼。十四个月后，卫生院综合大楼投入使用，成为三里乡卫生院事业发展的里程碑。

杨高义的典型事迹，告诉了人们一个简单而又深刻的道理：一个单位，有一个公正无私、决策英明、德才兼备、勤政为民的领导，事业便会兴旺发达、繁荣昌盛，职工就会安宁幸福。

（原载《恩施日报》2007年12月16日）

潇洒委员何振丽

宣传委员何振丽是一位女干部，中等身材，脸蛋俏丽，大学本科毕业，有超强的理论政策水平和杰出的领导能力。她运用充沛精力努力工作，办事高效，令领导赞叹不已。2010年1月，乡党委召开会议，推举一位先进模范人物，班子成员异口同声地推举了何振丽。

2009年4月下旬，在县教育局工作的何振丽因工作出色被提拔到三里乡任宣传委员，由原先单一的教育工作转到纷繁复杂的行政工作，分管着一个乡镇的宣传、文化和政治理论领导工作。何振丽深感责任重大。5月至6月，何振丽被安排到州委党校学习。两个月的理论充电，使她的思想认识水平产生了质的飞跃，工作起来更是得心应手，如虎添翼。

科学活动出实效

2009年秋天，三里乡成立了深入学习实践科学发展观活动领导小组，由何振丽任办公室主任，全面启动科学发展观学习活动。活动工作千头万绪，归根结底落实在办公室这个关键核心上。何振丽不仅以身作则，而且对综合、秘书、宣传等三个小组的八名人员，严格要求，天天督导，掌握各地学习进展情况、主要经验和存在问题，及时编发简报，层层推进。对各单位呈报的各时段材料，她一丝不苟，严格把关，务必达到尽善尽美。

何振丽还多次指导中心学校、村党支部、广电中心等单位进行学习活动，引导党员干部认真阅读《十七大报告辅导读本》等理论图书，真正达到了"党员干部受教育，科学发展上水平，人民群众得实惠"的目的。乡领导面对这种大好形势，撰写了《注重五个结合，破解五大难题》的理论文章，发表于《恩施日报》，得到好评。

深入学习实践科学发展观活动取得了显著成绩，《三点一线抓发展》《爱心温暖学生》《三里教育走活三步棋》等多篇文章在《恩施日报》发表，成为乡镇科学发展观活动中的先进典型，得到了县委组织部部长的高度肯定。

抓活宣传结硕果

身为宣传委员，何振丽深知宣传思想工作的特殊重要性，既要为党委、政府的中心工作加油鼓劲，又要为经济建设提供强大的精神动力和良好的思想舆论氛围，因此雷厉风行。上任伊始，何振丽组建了外宣专班，给乡镇单位下达外宣用稿任务，鞭策、促进各单位努力创新工作，做出成绩。这种措施十分管用，充分调动了通讯员的积极性，派出所、计生办、中心学校、乡福利院、广电服务中心等众多单位都积极工作并完成了相关外宣报道任务。

与此同时，何振丽主持召开了两次通讯员培训会，邀请《恩施日报》和县记者等给二十多名通讯员上培训课，选送新闻工作者到《湖北日报》培训学习，请《恩施日报》记者罗文森、杨顺丕、胡毅等来三里乡进行新闻采访。

何振丽通过一系列措施建设了一支充满活力的通讯员队伍，一大批质量好的新闻报道见诸报端。2009年，何振丽等班子成员在县级以上新闻媒体发表宣传稿件共四百五十七篇。其中，《人民日报》等国家级报纸用稿四篇，《湖北日报》《农村新报》《湖北人口》等省级报刊用稿三十篇，《恩施日报》等州级报刊用稿一百六十余篇，创下了历史最高纪录，取得县委宣传部综合考核第一名的成绩，获得五千元宣传奖金。

何振丽等班子成员撰写的《发展特色产业的调查与思考》《新农村建设三种模式的调查与思考》《返乡农民工创业存在的问题与对策》等四篇理论文章分别发表于《恩施日报》和《鄂西民族》等州级报刊。

重头稿件《三桥飞架东龙河》《三里福利院好多稀奇事》载于《农村新报》头版头条，《〈黄四姐〉换新颜》载于《恩施日报》"文化旅游"版头条。这些深度报道，引起了各级领导和群众的广泛关注，且深受好评。《黄四姐故里——三里乡》《绩效管理转作风》全面反映了乡党委政府的中心工作，扩大了三里乡的知名度和影响力，《村支书的两张卡》《农民夫妻争电脑》被《恩施日报》评为"月评好新闻"。

一个乡镇取得如此显著的外宣成绩，这在恩施州极为罕见。

民族文化创佳绩

围绕国庆六十周年庆祝活动，何振丽挑选二十六名演员，请县文工团老师指导排练《四姐恋歌》。在二十多天的刻苦训练中，何振丽天天到场。时值盛夏，演员们练得汗流浃背、腰酸背痛、筋疲力尽，表情也显得呆板。何振丽便想出高招：每次排练时，抽出四人在前面当观众提意见，专找演员的动作和表情错误，直到改正得完美为止。如此循环往复，人人都给别人纠错，人人都被别人纠错。演员们本来排练时就一丝不苟，经过互相帮助纠错，动作和面部表情很快达到了和谐统一。这种精心指导下的勤奋训练，使《四姐恋歌》在建始县乡镇文艺展演中获得了一等奖。《恩施日报》"文化旅游"副刊以整版篇幅刊登了《黄四姐换新颜》的特稿文章。

何振丽还邀请州文工团、县文工团八次"送戏下乡"，与三里乡的民歌队互动，演出了二十多个精彩歌舞节目，有五千多名观众观看演出，丰富了群众文化生活。

工会工作有声色

何振丽分管的工会工作也有声有色。她发展工会会员两千余人，在蟠龙村办了村级工会试点，亮出了"农民工有困难，要维权找工会"的口号；又建起了农民工业余学校，培训了计算机、生猪养殖、柑橘管理、甜柿嫁接、电工、造纸等安全生产和劳

潇洒女委员

动技能人员一千二百余人，转移劳动力就业三千余人；发放了维权知识手册和联系卡，开展了金秋助学活动。该乡工会利用法律武器，为吴纪斌、崔建辉、吴华敬和七级伤残民工孙德槐等维护合法权益二十五次，从江苏、福建等地讨回各种补偿金二百二十万元，受到县总工会的肯定。

何振丽在不足一年的短时间内，将分管的思想政治、宣传文化和工会工作，样样做得顺风顺水，成绩显著，给三里大地带来了生机勃勃的行政新风，被干部群众誉为"潇洒女委员"。

（写于2012年12月）

走进航天研究院的陈普东

2005年1月20日，大学毕业的陈普东与中国航天科技集团第一研究院（以下简称中国航天研究院）正式签约，从事动力运载火箭研究工作，圆了航天梦。

儿时航天梦

陈普东是三里乡凉风垭村人，父母都是老实本分的农民。小时候的陈普东不像城里的小朋友能买得起很多玩具，但他特别喜欢搞一些小制作。他所制作的飞机模型、火箭模型拿到学校里，令同学们羡慕不已。小学六年级的自然课上，通过老师讲解，他对飞机、火箭、飞船有了一个模糊的概念，那时他就想，能在广袤无垠的蓝天上飞翔是多么令人自豪。

陈普东的家在海拔一千二百米的高山上，他每天都要步行四公里到山下的河水坪学校读书。上小学六年级时，下晚自习已是晚上十点多钟，陈普东独自一人打着手电筒，穿过擦擦坡一道道漆黑的树林，爬上雀笼垭一座座陡峭的山坡，回到凉风垭家中往往已是半夜。直到现在，儿时上学的艰苦情景令他记忆犹新，那段不堪回首的岁月，已成为他一生中宝贵的记忆，也成为他勤奋读书克难攻关的无穷动力。

从小学到初中，虽然家庭条件很艰苦，但陈普东在学习上从没有放松过，成绩一直在班上名列前茅。读小学四年级时，哥哥陈普亮（现在恩施州政府工作）中考分数远远超过了重点高中的录取线，但为了让弟弟读书，不得不忍痛割爱，报考了恩施州农校。有了哥哥做榜样，陈普东更发愤了，并为自已定了近考恩施高中，远考首都大学的目标。

高考进北航

1998年，陈普东以中考全县第二名的成绩被恩施高中录取。走进城市读高中，看到城里的同学穿着讲究，经济宽裕，陈普东感到很自卑，不和同学打交道，把全部精力都用到了学习上，期中考试学习成绩进入全班前五名。

班级民主选举三好学生，当老师公布选举结果时，陈普东简直不相信自己的耳朵：全班六十人竟有五十多人选他为三好学生。陈普东吃惊自己当选的同时，更多的是感动，觉得同学们并不因为家境困难而瞧不起他。从此之后，他对学习、生活充满了信心，性格也变得开朗多了，积极参加班里和学校组织的一切活动。

陈普东一直记着爱迪生"天才是1%的灵感加上99%的汗水"的话，从来不觉得自己的天赋有多好，只相信勤能补拙。有一次物理单元测验不及格，物理老师何向前和他一起找原因，想办法，促使他的物理成绩突飞猛进，名列前茅。读高二时，陈普东在全国奥林匹克物理竞赛中获湖北赛区二等奖。

高中三年是他家经济最紧张的时期，父母一年靠卖一点白肋烟、苞谷等交他的学费，生活费还是靠刚参加工作的哥哥陈普亮支持。平时除了购买必备的学习用品和生活费外，他从不乱花一分钱。高考的前一个月，为了保证必要的营养，哥哥特意给他送了三百元生活费，他坚持退回一百元。

十年寒窗苦读，终得丰厚回报。高考时，陈普东以638分的高分名列全班第二、全校第六，被北京航空航天大学录取。全家人还没来得及分享升学的喜悦，就为每年六千多元的学费发起了愁。父母卖掉所有值钱的东西，开学时也只凑齐了三千元钱。带着父母的希望和对美好大学生活的憧憬，陈普东独自一人来到首都北京，在路上他心里还在嘀咕，没有学费学校不让报名怎么办？还好，学校为贫困学生制定了一些优惠政策，他通过学校办理助学贷款的绿色通道，申请了四年的助学贷款。

签约研究院

进了大学，他并没有同学们那种轻松感。周末同学们要么休息，要么结伴出去郊游，陈普东却利用双休、假期勤工俭学做家教，来补贴生活。他想只要能在北航读书，什么苦都能吃。

小时候只知道天上飞的有飞机，航空航天还是懵懂的概念。大一时，通过学习公共课航空航天概论，陈普东才知道航空航天除了大气层以内的民用飞机、军用飞机等飞行器航行，还有大气层以外的火箭、卫星、飞船、探测器等进行飞行活动，更感到航空航天工作的神圣和美妙。

陈普东理论知识学得扎实，诸如力学、控制理论、轨道理论等航空航天的基础学科成绩一直在班上排第一，也因此获得了高额的奖学金。同时，他还积极参加学校组织的实践课，大二、大三暑假，分别到航空一集团的成都飞机工业集团公司和沈阳飞机工业集团公司实习半个月。

2003年10月16日，神舟五号载人飞船航天成功。一面被带上载人飞船、在太空遨游了一圈的北航校旗，被送到神舟五号飞船的总设计师戚发轫、总指挥袁家军的母校北京航空航天大学，极大地鼓舞了北航师生的士气。陈普东从那时明白，作为一名航天工作者是多么骄傲和自豪。

大四上学期，是应届大学毕业生找工作的高峰期。当时陈普东面临着很多就业机会，沃尔玛、联想、首都国际机场、亚都等国际国内知名企业都向他发了面试通知。与此同时，他也参加国家公务员、北京市公务员的招考，均通过了笔试，但最后所有这些他都放弃了。他觉得，因为喜欢航天选择了北航，当时最大的愿望就是能进国内航天领域最好的科研单位之一———中国航天研究院工作。

刚好这年，中国航天研究院面向全国高校招生，陈普东凭着扎实的理论基础、技能，以及良好的政治素质，经过笔试、面试和综合素质考核，一路过关斩将，从四十多名北航、北理工、哈工大、南航等国内名牌大学毕业生中脱颖而出，成为2005年应届毕业生中中国航天研究院正式签约的第一人。

（原载《恩施晚报》2005年2月3日）

"黄四姐"门前那条河

刘孟飞架铁路桥

质量是桥梁工程的生命,中铁十二局宜万铁路龙王庙特大桥技术主管工程师刘孟,用智慧和汗水练就过硬的桥梁浇铸技术,出色地架设了一座"空中走廊"。

跑在时间前面

2007年10月18日,龙王庙铁路大桥11号至15号桥墩顶端,长达320米的连续梁顺利合龙,标志着龙王庙特大桥的施工完成了最艰巨的一步。

龙王庙特大桥位于三里乡村坊村,全长922.59米,是麦子山隧道出口和吴家湾隧道进口的连接点,全桥共计23个墩台,其中最为艰巨的工程当数高106.5米、位列宜万铁路全线桥梁工程第四高墩的12号桥墩。中铁十二局集团公司于2005年3月18日开工,历时26个月,完成了总工程量的75%。

2006年初,施工队在麦子山脚为龙王庙大桥的桥墩打桩基时,意外发现一处高30米、宽50米的山体出现滑坡迹象,29岁的技术主管刘孟经过仔细勘测、设计,严格组织施工,在桥墩后面筑起挡墙,打下了8根抗滑桩,为桥墩撑起了"保护伞",为龙王庙大桥后来的施工奠定了坚实基础。总体的施工进度也因此比预定工期提前了4个月,刘孟被项目部领导和同事们称为"跑在时间前面的人"。

创新高墩翻模

辽宁大学毕业的刘孟与张春燕走进了中铁十二局,成为工程技术人员。

他俩参与了兰州小西湖黄河大桥、武汉天兴洲长江大桥等重点工程的技术施工，在多年的摸爬滚打中，积累起了较为丰富的技术经验。

龙王庙大桥开工后，他们首先面临的是一项艰巨工程——建设12号桥墩。这个桥墩设计墩高106.5米、直径2.5米，需用20吨钢筋、10万吨混凝土合成一根擎天大柱。经过分析研究，刘孟决定对12号墩采用群桩打基础，用16根长25.5米、直径2.5米的水泥桩奠基，这样才能承载规模为2008立方米的大方量承台。

浇筑水泥桥墩是难度大、技术复杂的活儿，过去都采用1.5米或2米翻模技术，这对矮点儿的桥墩施工倒无所谓，但对龙王庙特大桥12号墩这样达100多米的高墩，如果还采用老技术、老办法，那么不仅接缝多，影响美观，而且太浪费时间。

怎么办？勤于思索、善于创新的刘孟萌生了一个大胆的设想：能否把翻模的高度由2米增加到3米？他想，如果能成，将大大缩短施工时间。同时，刘孟又深知此前国内尚没有先例，于是怀着试一试的想法，找到了铁道第五勘察设计院高级工程师蔡鸿，请求指教。蔡鸿查阅了大量的铁路建设资料，根据龙王庙特大桥所处的特殊地理环境，同意了刘孟增加翻模高度的设想。接着，3米型液压平台翻模技术被应用到12号墩的施工中。第一次采用3米新型翻模技术，刘孟心中忐忑不安。在施工现场，他小心翼翼，全神贯注，目光紧紧地盯住现场。第一模下来，十分顺利，4小时浇筑了200多立方米；但是随着翻模渐渐爬高，桥墩出现了意外的扭曲，急坏了的刘孟立即叫停施工，再次请来高工蔡鸿，现场解难揭谜。经过分析，原来是因工人操作失误、翻模移动的火候不对造成的。刘孟再次对施工人员进行了培训，要求大家严肃认真，不能再出一丝一毫的差错。接下来的3米翻模施工连连成功，12号桥墩顺利封顶。

专家评价，3米翻模技术在国内属于首创，是国内铁路建设高墩施工中一个新的里程碑。

浇筑连续长梁

刘孟和张春燕在工作中互相支持、互相帮助、互相体贴，比翼双飞，爱情不断升华。2005年春，双方父母要他们在"五一"长假回陕西老家结婚。想到桥墩正处在紧张施工阶段，刘孟做通了双方父母的思想工作，决定不回西安，就在工地上结婚。同时，技术员苏中华和吴建娥、张常青和赵月两对新人，都决定在工地上结婚。消息传出，工友们交口称赞。"五一"这天，项目部为三对新人举行了隆重的铁路工地集体婚礼。

他们的蜜月仅仅过了一周，就重新投入了紧张的大桥连续梁浇筑战役。

贯通高空连续梁大桥中央，要由5个墩支撑着总长达320米的4个连续梁，这是又一块"硬骨头"，施工任务非常艰巨，被称为龙王庙特大桥建设的"第二大战役"。

从2005年7月开始，经过15个月的紧张施工，到2006年10月中旬，这个长320米的连续梁，已经在建设者们的手中全部完成。在这15个月里，刘孟和工友们没日没夜地装模板、轧钢筋、浇筑混凝土，一丝不苟，任劳任怨。

浇筑连续梁，是难度较大的技术活，容不得丝毫差池。为了保证质量，刘孟常常就守候在工地上，吃、住都在工地上，有时甚至是几天几夜不睡觉。

刘孟和他的伙伴们，用绚丽的青春和辛勤的劳动，绘就了龙王庙特大桥这道美丽的风景。现在，远远望去，在23根高高的桥墩上，这个320米的连续梁已经连成一体，像一条宽敞的"空中走廊"，横亘于群山之间，东向荆楚，西望巴蜀。

（原载《恩施日报》2007年11月24日，原标题为《青春绘风景》）

"神医" 程正宏

治愈脑肿瘤

蛇年秋天，小屯村村民罗统翠到县医院做CT检查，得到一个天大喜讯：患了三年的脑肿瘤已基本康复，这是她长期服用中药创造的医疗奇迹。

36岁的罗统翠，长得漂亮水灵。2008年，她与文化名人荣先祥结为伉俪，成为一对幸福夫妻。不幸的是，罗统翠2010年11月在中山打工时患上了脑肿瘤（胶质细胞癌），经常恶心呕吐或剧烈头痛昏倒，最后右侧肢体偏瘫，先后被丈夫送往北京武警三医院和中山医院进行扎针、拔罐治疗，花费十多万元却没有效果。

2012年4月，精神萎靡的罗统翠回家养病，怀着与命运抗争的心情走进三里乡卫生院接受治疗。主治医师程正宏了解到罗统翠的病情，极力劝她到恩施附属医院动手术治疗，然后服用中药调理，并主动借她五百元医疗费。

程正宏今年48岁，1989年毕业于医科大学，从事中医研究二十七年。他听到一位老中医说"一般性头痛发热，服用中药就可治愈"，很受启发，就买了《中医基础理论》《方剂学》《中医学》等书籍潜心钻研。干工作废寝忘食，忙于门诊治疗，与病人聊药效，向老中医请教，准确掌握了每一味中药的基本性能；对每一个中医药方都反复研究，掌握用药剂量。他采用"望闻问切"四步疗法，诊前不要病人说病，靠把脉判断病因，对每味药分量做到精准掌控。在长期的医疗实践中，他练就了精湛的医术，对脑血栓、脑梗死、癫痫病、颈椎病和各种不明原理的疑难病症颇有研究，善于配制中药，治愈

"黄四姐"门前那条河

程正宏

过一百多例患疑难杂症的农村病人。

在丈夫的全力支持下，罗统翠进入恩施附属医院，花十二万元做了手术，取出了脑内瘤子。没想到五个月后病情复发，罗统翠右眼失明，全身无力，心情极度沮丧。她心中明白，脑肿瘤是绝症，自己已到了晚期，生命进程已进入倒计时……病情加重的罗统翠精神已经崩溃，心情十分郁闷，万般无奈时又一次走进三里乡卫生院请程医生打针止疼。

其实，程正宏医生也在时刻关注着罗统翠的病情。针对病情，程医生开出了六十服（每次五服，连续十二次，根据病情加大剂量）活血化瘀、软坚散结和扶正的中药，指导罗统翠科学服用。经过长达七个月的连续服用（每天三次六杯），罗统翠病情逐渐好转，居然发生了康复奇迹——她右眼复明，偏瘫的右侧肢体活动自如，不仅能做饭洗衣，还能到地里干农活，后来干脆到超市上班。

久违的笑容重新回到她俊俏的脸蛋上，像一朵娇艳的鲜花在艳阳天里重新绽放，罗统翠心情快乐得像树上的鸟儿，蹦蹦跳跳无比幸福。她觉得自己遇上了天大贵人，程正宏医生好比神医华佗，是名副其实的当代"神医"。

怀着无比崇敬和感恩的心情，罗统翠和丈夫给程医生送上一面"技术精湛，医德高尚"的锦旗。

"远程治疗"送锦旗

笔者将程医生用中药治愈罗统翠脑肿瘤的事发到网上，在河北、湖南等地激起强烈反响，有数十人慕名前来就医，发生了"千里送锦旗"的感人故事。

2015年9月，湖南省益阳市南州镇的丁芝兰上班途中意外被车撞到臀部，被一串钥匙硌了一下，感觉很疼，但当时既未出血，也无骨折。不料几天后臀部却疼痛不止，经省市四家医院诊断为"神经重度损伤"，住院四个月，仍然半身麻木，站立困难，不能行走。

丁芝兰在网络上查到"罗统翠被程医生用中药治愈脑肿瘤"的信息，无奈之下，她抱着试一试的心情拨通程正宏的电话，讲述了病情，并将病历资料微信传给程医生。程医生针对病情，采取远程治疗配药方，给丁芝兰邮寄了五服中药。十五天后，丁芝兰电告程医生，疼痛大幅减轻。程医生及时调整药方，每隔一周询问一次药效，不断地调整药方配药，又陆续给丁芝兰寄去五十服中药。长期服用之后，丁芝兰的疼痛渐渐消失，恢复到病前活动自如状态，丁芝兰由最初的将信将疑变成了完全信任。

2016年4月24日，完全康复的丁芝兰，与丈夫孩子一家三口乘车千里来到三里乡卫生院，将一面"医术精湛，当代神医"的锦旗送给从未见面的程医生，表达她的真挚谢意。

如今的程正宏被提拔为卫生院副院长，被评为湖北省乡镇名医。

（写于2016年9月）

风云校长向绪逵

35岁的向绪逵被任命为三里初中第十七任校长,三年间办成十多件实事,大幅提高了教育质量,编写的校史《育英塑才古树包》,客观公正地记录了三里初中五十五年办学历史,好评如潮,成为三里初中空前绝后的风云校长。

猛干实事变面貌

2010年3月,向绪逵走进三里初中时面临七大难题:一是人心不稳,教师情绪低落;二是学校硬件条件极差,全是黄泥巴操场;三是住房紧缺;四是遗留问题多,各种欠款达四十九万元;五是学校管理不规范,没有留存任何档案资料;六是基础设施特别落后;七是教育质量差,中考成绩起伏大,偶尔一年上重点线五十人左右,接下来好几年又降到个位数,尖子学生大量流失。

针对困境,向绪逵首先对涣散软弱的教学秩序进行整顿,出台多项关爱师生措施,以零利润原则办好了学生和教师食堂,然后猛干实事。

向绪逵曾在建始县实验中学任过多年副校长,以乐于助人、宽容诚信的美德凝聚了较高的人气,朋友满天下。来到三里初中后,他四处奔波,前前后后找领导、朋友争取到五十多万元资金,统统打在三里初中的专用账户上,办成了一件件看得见、摸得着的实事。

这年5月上旬,向绪逵找到县水利水产局争取到一万八千元资金,架设了一条长一千米、直径三百毫米的专用水管,解决了一千多名师生因管子细供水不足而用水不便的难题。6月中旬,向绪逵又找县财政局领导争取资金,购买了五十台电脑,将光纤电缆拉进校园,实现电脑网络化办公,电教室教学,开通了"校讯通"。8月,向绪逵筹集资金二十万元,将校门外的公路场坝全部硬化,修建了学生集中活动的大讲台。10月,又维修了七百八十米院墙,院墙向外延伸了八十多米,将两棵四百年的古枫树圈入校内。领导群众都对他赞赏不已。

2011年,向绪逵紧紧抓住发展九年义务教育的良好机遇,向上级领导争取到近四百万元资金改善办学环境:硬化校园场地三千八百平方米;十六位教师住进安居房;修建功能齐全的综合楼(配有标准化的物理、生物、化学实验室,音乐、美术室,图书阅览室,微机室)并投入使用;学生餐厅里添置了大冰柜和蒸饭车,用电锅炉替代了煤锅炉;配制了功能齐全的多媒体教室"班班通",安装了多媒体网络教学系统、多频道卫星电视教学系统、智能广播系统以及校园安全监控设备。

2012年,"绿化工程"大放光彩,新增绿化(栽种花卉、铺建草坪)面积五千平方米,打造了两个半圆形草坪,培育了一个苗木基地,修整了一个圆形花坛,移栽了十二棵桂花树,修整了院墙和古树周边的绿地。镶嵌在满天星丛中的"明礼诚信、格物致知"校训,在绿草丛中格外醒目。今日的三里初中校园变成了春有花、夏有荫、秋有果、冬有青的立体花园式学校,40%的校园面积被绿化,三里初中因此被湖北省教育厅、林业厅、绿化厅联合评为"2012年度绿色文明校园",前前后后有十余批县内外兄弟学校来参观学习。

教学比武结硕果

说一千道一万,教学质量是衡量一所学校的关键因素。此前的十年中考,三里初中有八年排名倒数,如何扭转中考成绩长期处于低谷的局面是摆在向绪逵面前的最大难题。苦苦思索后,他认为"打铁必须自身硬",以身作则调动全体教师的积极性,开展"学、教、练"教学"比武"活动,提高教学质量。他还派出老师上门做家长工作,让优生到学校读书。《三里初中教师教学常规及成绩考核量化细则》等一系列教育教学管理制度开始发挥威力。

向绪逯亲自带毕业班语文课。他说只有亲自带课才能深入教学一线，随时了解教学实情，扬长避短，创先争优；还说只有带好一支队伍，发挥全体教师能量，才能夺得教学胜利。副校长王友才、伍齐国也以身作则，各带一门主课。

2011年秋季，向绪逯派王友才、郑开举等三位骨干老师到全国著名的江苏省洋思中学取经，感知并领悟了洋思中学教育精髓——"学—教—练"课堂改革教学模式，即上课时先由学生在老师启发下学习新课，再由老师画龙点睛式地指导学习，后由学生当堂训练掌握知识。这种生动活泼的教学模式能改变课堂上"一言堂"和教师厌教、学生厌学的现象，激发学生自主学习的热情和潜能，强化其自觉学习的内驱力，令学生主动积极地投入紧张的学习中，并且感受到成长的快乐和幸福，为一生的成功奠定基础。

学校拨出专项课题研究经费两万元，在王友才、郑开举等六十多位老师的创新实践中，兴起了一股比教学成绩、比教学本领、比教师素质的热潮，形成了一种良性循环。老师们整天就干四件事：改本子、出卷子、想点子和爬格子（写教改论文），为提高中考教育质量起到了决定作用。2012年中考，三里初中摆脱全县倒数第一的尴尬局面，位居全县十六所初中的第六位；全校上建始一中重点线五十九人，600分以上四十二人。2013年（此届小升初前一百名优生流失四十人，前五十名优生流失二十六人）上建始一中重点线四十六人，最高分675分。相信未来两年，势头一定会更好。

编写校史示后人

2012年9月，向校长组成专班编写校史，请笔者会同张小平老师专项联系新老校友上千人，登门采访了一百多人，本着"尊重历史事实、客观公正、实事求是"的原则，写成校史《育英塑才古树包》，从不同侧面真实记录了三里初中五十五年的发展足迹，全面展示了学校取得的各项成就，也记录了失误和教训。向校长在五十五周年校庆活动时将书分发给校友，校友们热血沸腾地说："感谢三里初中做了一件功德无量的大好事，写成校史！" 72岁的姚传朝老人捧读校史，泪水长流。

建始县教育局局长谭良奇在校史《育英塑才古树包》序言中写道："全书史料丰富，秉笔直书，公正客观，文笔流畅，文史相得益彰，展示了三里初中发展的原生态，不失为一部介绍、宣传三里初中和全县教育发展的珍贵资料，是我县教育的一笔宝贵财富。"

（写于2013年6月）

建始名师杨海霞

年近四十、拥有大专文化的女教师杨海霞，长期在偏远的农村小学——三里乡槐坦小学任教数学、德育等课，同时兼任班主任、教研组长、少先队大队辅导员等职务，每学年有六百余课时（近三年的平均数）的工作量。如此繁重的教学工作，却给了杨海霞无穷的动力和饱满的激情，她一丝不苟、精益求精地备课教学，刻苦研究，取得了累累硕果，成为全国闻名的高级教师和州、县表彰的优秀教师，受到国家、省、州、县、乡等各种表彰，获荣誉证书三十八个。其发表于中国人文社会科学核心期刊《教师教育研究》2014年第4期的学术文章《浅谈小学数学期末考试改革与评价》，获得《教师教育研究》编辑部全国性教研成果评比一等奖。

关爱学生勤读书

杨海霞是辛勤的园丁，慈爱的母亲，更是传道授业解惑的先锋。她将全身心的爱都倾注在学生身上。来自高峰村的一年级学生刘华敏，其母亲难以忍受穷苦离家出走，父亲只好外出打工。长期被奶奶抚养的小华敏，养成了孤僻内向不敢说话的性格。杨海霞一边在班上号召同学们关心帮助小华敏，下课与小华敏一起跳绳玩游戏；一边给小华敏买书包等学习用具和零食，鼓励小华敏走出阴影努力学习。半年后，小华敏性格大变，学习进步很大，而且爱说爱跳，成了小组长。全班三十八个学生有二十九个留守儿童，其中的张祖程、陈卜望家离校八公里，必须住校，裤子、鞋子坏了，杨海霞就把儿子的衣服、裤子、鞋子给他俩穿。事情传开，家长们感动地说："杨老师无微不至地关心教育孩子，比亲生父母还好！把孩子交到杨老师班上，是孩子们的福气啊！"杨海霞有一本《妈妈教师》手册，记满了对女生进行安全卫生教育及对留守儿童关怀和辅导功课的事例。

杨海霞在教学中注重调动学生的积极性、主动性和创造性，课堂教学特别活跃，鼓励学生动脑动手，充分展现自我、体验成功。她用严谨的教风、精湛的教艺和创新的意识将学生培养得聪明、阳光、活力四射，使学生养成了勤奋好学、刻苦钻研的良好习惯，在各类统考、抽考中名列前茅（2011年期末抽考，杨班数学成绩居全县第一；2013年，杨班学科在全州监测考试中居全乡第一）。2012年，学生刘泽莲的美术作品获得省级优秀奖，杨海霞也因此获得省教育厅、文化厅联合颁发的辅导优秀奖。

交流"两课"显威力

在"课内比教学，课外访万家"的城乡教师交流活动中，杨海霞如鱼得水，游刃有余。她精通教育教学理论，采用最新式的教学思想和风格积极参与，精心备课，取得了一连串佳绩。比如在"比教学校际交流促教研""联片教研暨城乡交流"和"课内比教学"等活动中，杨海霞主讲的"孩子，你就是一朵花""特别的爱给特别的你""谁爬得快""三角形的特性"等一大批示范课，倾倒了无数听课老师，征服了众多上级领导，对促进自身专业成长、带动同行的教学水平提高起到了良好的引领作用。

杨海霞还在2011年、2012年、2013年连续三年的全县数学教研活动中，担任比教学课和优质课评选的评委。2013年，杨老师被县政府、县教育局评为"优秀学科带头人"，予以表彰。

杨海霞特别重视"课外访万家"活动，手机中存满了家长电话，特别是留守儿童家长的电话一个不少；她经常走访"问题学生"家庭，或通知家长面谈，或电话长谈，共同探讨行之有效的教育方法，促进了教师、家长和学生的三方互动，为学生的健康成长奠定了坚实基础。

辅导教师结硕果

杨海霞以最大的热情投入数学教研和课程改革试验中。她多次在乡内兄弟学校和县实验小学教师一起参加课程改革的学习培训中，大胆发言，抓住机会向专家教师提问请教，学到了很多宝贵经验，领会了很多新鲜理论，掌握了很多秘诀要点。杨老师逐渐由一个"被培训者"向"培训者"转化，青出于蓝而胜于蓝，指导帮助中青年教师不断提高授课水平，对形成优秀教学教研团体和梯队做出了重要贡献。

杨海霞发挥教研组长、学科带头人的作用和这种培训优势，活跃在县、乡教师培训会及青年教师辅导会上，用自己学习来的新理念新思想，加上多年积累的实践经验，进行了无数次的精彩讲座：2011年，全县教师暑期培训，杨海霞作的《计算教学与解决问题的有效融合》专题报告，博得了数百名教师的热烈掌声；同年5月，她辅导蟠龙小学青年教师何建军主讲的《游戏公平》，参加全县数学优质课竞赛，获得县级二等奖；2012年10月，她在三里乡培训活动中作的专题辅导报告《先进教师职业道德和教学业务》，获得"辅导奖"；2013年，全乡教师进行暑假培训，杨海霞对数学课程标准进行解读，被授予"优秀辅导教师"光荣称号。

2013年秋季开学，杨海霞对秦壮等二十五名新录用的中小学老师进行职业道德、教育教学方面专题培训辅导，她独到的见解，新颖的观点，成功的经验令参训者刮目相看，对教师这个神圣职业，认识更加深刻。河坪老师李来珍、邹登芝，新华老师吴建琼等在杨海霞的辅导下，参赛都得了奖。

杨海霞在长达十八年的教学生涯中，将忠诚党的教育事业的诺言变成了坚实的足迹。她的"口算乘法""分数的意义"等课程获州成果奖；研究的课题《数学教学中有效情景的创设与利用研究》《课堂教学实效、高效性研究》被认定合格结题；《新课程下计算教学与解决问题的有效融合》《小学数学教学应重视动手能力》等三篇论文获国家级奖励，《如何构建有效的小学课堂教学》论文获省级三等奖，多篇论文获州、县奖励。

2011年，杨海霞被推选为建始县第八届政协委员；2013年，县教研室聘请杨海霞为"低段数学兼职教研员",参与县教研室的教研活动,连续负责小学低段的十二套数学试卷出题,反响良好;2014年,杨海霞被评为湖北名师;2016年,杨海霞考入建始县实验小学任教。

潜心教坛讲奉献,桃李芬芳结硕果。杨海霞是建始县一位名副其实的教坛名师。

(写于2016年5月)

作者附记:杨海霞是我在大牌小学教书时的尖子学生,也是我唯一为自己优秀学生写的"实话实说"表扬文章——2014年春天,教育界评选"名师",三里乡中心学校请我写下此文。

"偏方"引出的受孕故事

3月的一天，姚佳突然来到计生服务站找卢雪莲。卢雪莲是妇科医生，有精湛的医术和独特"偏方"，被称为育龄妇女的贴心人，穿白大褂的"观音菩萨"。

姚佳身材苗条，五官端正，是个漂亮女子。她是四年前结的婚，丈夫是村里的花菇种植大户，因为是大学毕业，文化水平高，科技能力强，将大棚里那三万多个菌棒子伺候得有声有色。姚佳是丈夫的好帮手，天天在菌棚里采花菇、护菌棒，里里外外忙得不亦乐乎。

"佳佳，你可是个大忙人啊，今天怎么想起来服务站了，有什么事情需要我服务吗？"卢雪莲和姚佳早就认识，一见面就开门见山发问。

姚佳腼腆一笑，见门诊室里有三四个人，便凑到卢雪莲身边小声说："卢医生，我倒真是有件大事请你帮忙，不过要单独给你说。"

"行，随我上楼吧。"卢医生将姚佳带上二楼寝室，泡杯热茶递给她，说："有什么难言之隐，这里没有外人，说吧。"

姚佳接过茶杯，脸上浮出红潮，略带羞涩地说："卢医生，说出来你别笑话我。我和丈夫结婚四年多了，关系很好，就是一直没有怀上孩子。为这事，我和丈夫还到县医院检查过，医生说我俩身体都没问题，就是丈夫的精子不是很多。你是医生，你说说看，有没有办法让我们怀上小孩？"

哦，原来是这么回事。对恩爱夫妻来说，没有孩子的确是一个遗憾。但对这种不孕的治疗卢医生又没有十足把握，想起医书上的知识，卢雪莲便问起姚佳丈夫的生活习惯。姚佳很坦率地说，丈夫是个工作狂，白天在菌棚服侍菌棒子着了迷，夜里上网往往要到凌晨才睡觉。而且，他每天要喝半斤酒，抽两包香烟。

"这问题应该是出在你丈夫身上，我有个偏方，可以试一试，但不能保证有奇效，而且需要你丈夫积极配合。"卢医生说。

"卢医生，你快说。"姚佳显得急不可耐。

卢医生说："这偏方包含四方面内容。第一，烟酒伤身。请你丈夫减少烟酒数量，每周喝三餐酒，每餐不能超过二两，一两为佳；烟每天抽十支，逐渐戒掉。第二，请你丈夫每天坚持吃水果。水果能增加男性精子数量，增强精子活力，特别是西瓜、葡萄、番茄、猕猴桃、荔枝、香蕉、苹果、柿子等水果，有助于保护前列腺，还含有丰富的营养，能改善机体状况，对提高精子质量有很大帮助。第三，养成良好生活习惯。一天三餐合理，不暴饮暴食，鸡、鱼、牛肉轮流吃，每顿不能缺少蔬菜，尽量不要熬夜，作息规律。第四，一周两次性生活，要有规律，事前尽量创造一下浪漫气氛，调动双方的情绪。"

"哎哟，这个偏方还蛮有意思哟！"姚佳听罢笑了起来，要卢医生将四条偏方写在纸上，带回家中照章办事。

在姚佳的认真努力下，丈夫终于被彻底改变，半年内戒掉了烟酒，改掉了不爱吃水果、蔬菜的毛病，每天坚持晚上11时睡觉。

半年后，姚佳给卢医生打来电话，话语中充满了银铃般的笑声，说她怀上了宝宝。姚佳还说等自己生了宝宝，就和丈夫来感谢她这个"偏方"医生。

注：人物为化名。

(原载《中国人口报》2011年8月16日)

"黄四姐"门前那条河

日机轰炸下的幸存孤女

88岁的刘培先，1928年冬月生于天门县多祥镇红星村里汉江岸边的严家垸。她10岁时在日本飞机的轰炸下变成孤女，随着逃难的人流逃到建始；后在新中国的培养下，十分幸运地成为一名桃李满天下的人民教师。看到电视中党中央决定隆重举行抗日战争胜利七十周年纪念大会的消息，她心潮澎湃，百感交集。日本侵略中国的滔天罪行罄竹难书，给她的父母兄妹带来了灭顶灾难，给她的苦难童年留下了惨痛经历，不堪回首的往事历历在目。

逃难鄂西

美丽的汉江一路滚滚东流，流到了天门县多祥镇。美丽的严家垸俨然一颗珍珠镶嵌在鱼米满仓的汉江之畔，刘培先便出生在这个美丽富饶的垸子里。

刘培先读三年级时，正是1939年春天，日本的飞机天天飞到沙洋上空盘旋，乱扔炸弹，沙洋城里乱成一团。一天，学校打响紧急铃声，要全校学生到操场集合。五百多名师生站在操场上哭着喊爸爸妈妈。校长脸色凝重、沉痛地说："日本人是一群野蛮强盗，每到一地就实施野蛮的'三光'政策。所以要想活命，只有逃命。今天，我郑重地托付各位班主任老师，我把学生交给你们，你们就是孩子们的父母，请你们千万带领孩子们往恩施方向逃命。"

沙洋城里浓烟冲天，燃烧的房屋噼里啪啦炸响。大街上，河岸上挤满了逃难的国民党士兵和普通百姓，公路上黑压压的伤兵、难民、车马，人山人海，呼天喊地，人挤人，人踩人。汉水上搭成浮桥，人们疯狂逃命，被挤落进江里的人到处都是。胡老师拉着小培先逃难，许多同学在逃难途中被踩踏死了。一位教五年级语文姓黄的女老师奔跑中被挤掉眼镜,她俯下身子寻找眼镜时被后面的人群冲倒,被活活地踩死。

逃了十多里路,胡老师把学生们引出沙洋城,带到一个名叫小驾湖的湖边休息。日本强盗的飞机又在上空丢炸弹,逃难的人群又乱成一团。"快走啊——快走啊——不能在这里停留——"有人大声喊叫。后面的人太多,国民党的大部队从后面蜂拥而来,破货车、迫击炮、客车也从后面逃过来。一路上流弹横飞,火花飞舞……

刘培先和老师同学们一天一夜走了五十里路,来到厚港。教务主任余主任吹口哨集合清点人数,五百六十四人只剩下四百八十一人,炸死或走失了八十三人,老师和同学们都哭了起来。几位老师找到当地五户鲁姓人家,请求他们煮粥让每人喝一碗。夜里在院子里放上稻草,师生们就人靠人坐在稻草上挤了一夜。

第二天,余主任号召同学们继续往宜昌走,说走出去几个是几个。沿途都是逃难的人群和拄着棍棒的国民党伤兵。没有粮食,师生们又饿又累,河里的水捧着就喝。很多同学病了,净拉肚子、打摆子(疟疾)吐血。没有药治疗救命,又死了好多学生。老师们含着泪把他们草草掩埋,然后带着学生赶到鸦雀岭。鸦雀岭设有一个难民所,难民所设在一个有钱人家的空屋里,由当地政府组织人员煮稀饭给难民吃。学生们在这里住了三天,以前活泼天真的同学们变得沉默寡言,没精打采,个个面黄肌瘦,时不时就哭喊爹娘。

鸦雀岭是最令他们痛心难忘的地方。在这里又死了五个同学,其中就有刘培先的同桌赵建明,一个好少年,拉肚子吐血死了。班主任胡玉莲老师也得了疟疾,打摆子打得十分厉害,死在鸦雀岭。胡玉莲和五名学生被埋在鸦雀岭后面的黄土坡上。学生们又向宜昌前进,人人脚下都磨出了血泡,许多人拄着棍子艰难前行。九十里的路程,师生们走了两天,走进了宜昌难民所。难民所设在宜昌西坝——现在的葛洲坝。

刚到西坝,日本人的飞机又来轰炸。紧急警报一拉响,老师和同学们就往防空洞里躲。防空洞里呼啦啦一下子挤进三四百人,个子小的和走得慢的没有挤进去,听到头顶上呼啸吼叫丢炸弹的飞机,只好一头扑进麦地里和草丛里。刘培先当时趴在一棵桑树下,轰隆一声响,她被巨大的气浪推上了桑树杈……敌机一阵狂轰滥炸，丢了几十颗炸弹后飞走了。警报解除了，同时扑在草丛里的余主任爬起来抖掉身上的泥土，集合学生清点人数，只剩下三位老师和三十五个同学。挤进防空洞的三四百人全部遭到了灭顶之灾——敌机的一颗炸弹掉在洞门上，炸塌洞门将洞门封死，里面的人给活活闷死了。

余主任带着他们三十几个人往巴东走。巴东是长江岸边的一个小县城，地处峡谷，一条独街，是通往恩施的咽喉要道。四面八方逃往巴东的难民太多，小小的巴东县城一时间人满为患。虽然敌机经常来轰炸，但因为巴东城小地狭，被两旁的大山罩住，飞机在上空看不清地面情况，扔下的炸弹都丢到江里或山里去了。屋顶偶尔落几颗炸弹，损失比起江汉平原要轻微多了。

余主任找到了天主教堂，请他们把三位女老师和三十五名学生全收留了。学生们就在巴东天主教孤儿院的益智小学里开始读书。几个月后，他们被转移到建始县龙坪乡西沙河小学就读。至此，他们彻底摆脱了日本飞机的轰炸。

十八年后的1957年，刘培先回到江汉平原的多祥镇和沙洋城寻亲，幸存的大哥看见她惊叫起来："培先妹子，你是人还是鬼？你不是被日本飞机炸死了吗？怎么还活着？"

在那场日本飞机的大轰炸中，成千上万个家庭被毁灭，成千上万的同胞被炸死。沙洋城被炸成了一片废墟，百分之八十的居民遭到灭顶之灾。刘培先的家人除大哥外全被炸死。

日本强盗侵略中国犯下的滔天罪行，令人发指，罄竹难书。

颠沛读书

益智小学是美国人和比利时人办的一所天主教小学，专门收养逃难孤儿。校址位于巴东县城的半山腰里，由于经常遭到日机的轰炸，于1939年春天迁到巴东黄家湾一民房中。

这里条件异常艰苦，孤儿白天在民房堂屋里上课。唯有一个男老师，只教《百家姓》《三字经》之类的语文课内容，夜里就睡在四面通风的木楼上。刘培先有次生病发烧，从梯子上摔到地上，右手骨折，病了三个多月，加上蚊虫叮咬，头发不能梳理，衣服破烂无法清洗，苦不堪言。在这种困境下，她坚持用左手提水扫地，用左手写字，坚持用功读书。

1940年秋，天主教堂搬到建始县高坪镇麻扎坪村。因麻扎坪地势平坦，交通便利，是通往恩施的咽喉要道，人流众多，便在麻扎坪开办了医院和学校。这所小学便是麻扎坪小学的前身，医院于新中国成立后迁到了高坪乡集镇上。

修道院的院长见十二三岁的刘培先聪明伶俐，诚实善良，做事可靠，像个十七八岁的青年，且具备了一定的文化知识，个儿也不矮小，便让她进入修道院女子部，在麻扎坪小学里带课。小学里开设六个班级，算是一所完整的乡村小学。刘培先在这里带一、二、三年级的音乐、体育课。星期天，刘培先便帮修女们背药箱下乡发药，和她们一起传教。在修道院，刘培先认识了男子部的青年谭文烈，谭文烈是建始县高坪镇黄口坝村十组人，其父母是当地富裕民户。

1941年冬天，由修道院的天主教会会长做媒，刘培先在天主教堂里和谭文烈订婚。谭家见刘培先聪明漂亮有文化，便十分开放地培养她继续读书。

1942年夏天，在未婚夫家人的鼓励下，刘培先考取宜昌市长阳县枝坪中学读书，后来又考取恩施屯堡联合女中，于1945年冬天取得巫山铜鼓初中毕业证书，毕业证书上还印制着孙中山先生的像。因为当时的教育本身就十分落后，又处于特别艰苦的抗战时期，初中学校十分稀少，往往是一所县城也很难有一所像样的初中，所以，三年的初中，刘培先硬是东奔西走颠沛流离了三个地区四个县市的四所学校才完成学业。

投身教育

1945年正月，刘培先在建始县高坪镇阴坡同谭文烈结婚。这年8月，日本人投降。从此，刘培先便与丈夫一同走上了教育战线，在几十年的风风雨雨中，她与丈夫谭文烈携手成长为优秀的人民教师。

此后五年中，刘培先先后在高坪镇的望坪村石柱观小学、麻布溪村小学、广福桥小学和石垭子小学等地教书。这期间，刘培先的双胞胎女儿也呱呱坠地，来到人间。

1949年10月，中华人民共和国成立，刘培先的生活翻开了崭新一页。1950年春天，刘培先在广福桥小学教书。记得那时的她深受改天换地的鼓舞，对共产党领导的新中国十分有激情，成了学校教师中最活跃的积极分子。1950年下半年，共产党新政权逐步建立，高坪镇百废待举，乡村学校处于解散停止状态。刘培先便回到黄构坝村的阴坡家里种地糊口。

1951年，人民政府开展清匪反霸运动，政府领导知道刘有知识文化，便通知刘培先收集地主恶霸的反动材料，随后她参加了土地改革运动，当农协会的记录员。1952年5月，镇里召开胜利大会，高坪镇区长关松长在台上宣布刘培先任文化教官，要她负责把学校办起来。不久，上级领导徐复兴通知刘培先到建始县城培训学习一个多月。秋后，领导调刘培先到龙坪乡中心小学教书，白天在学校教书，晚上又参加当地的土地改革运动。龙坪乡领导见刘培先工作认真负责，办事稳妥踏实，便培养她加入共青团，刘培先于1953年5月成为共青团员，任机关团支部宣传委员。

第二年，领导安排刘培先到恩施、建始学习苏联的"五年一贯制"、学生成绩"五分记分制"，培训结束后，刘培先回到龙坪小学搞试点。1957年9月至1959年7月，组织上又培养她到建始中师带薪读书，毕业后回到龙坪小学继续教书。

刘培先工作干得有声有色，生活上却十分节俭。鞋子自己做，衣服自己缝，一有时间就穿针引线缝缝补补，或者开块地自己种蔬菜改善生活，或者养猪养鸡，自己打柴背煤炭解决燃料。她用每月三十三元的工资维持九口人的生活。

刘培先自尊心极强，处处以身作则，用行动教育感染学生。每每想起逃难鄂西时的困难日子里，那些给予她很多帮助的人，她便心生温暖，不知不觉地将这种大爱精神加以光大传扬，也给予许多困难的农民学生无私帮助。那时经济特别困难，大部分学生连每学期两元五角的学费也交不起，刘培先便用微薄的工资垫付。在龙坪小学教书时，为了给学生节约一点笔和本子钱，刘培先利用星期天步行到巫山县购买便宜五厘钱的本子和笔。

钱不够，贫穷困难的学生又特别多，刘培先就用自己的钱垫付。记得在大甸子小学教书时，有年腊月初八，刘培先四个月的工资都被总务扣了抵学生学费，她只领到十四元回家过年，连一家九口人的粮油也难买回。但刘培先毫无怨言，仍然乐呵呵地唱歌回家。

在此后的四十多年教学工作中，刘培先先后在建始龙坪小学、小水田小学、干沟小学、郭家小学、三元坝小学、阴坡小学、大店子小学、向午光明小学、石垭子小学、清山小学、广福桥黄口坝小学等十余所学校任教，陆续对高坪干沟的女学生杨慈元、刘菊英，大红坡学生黄玉珍、黄玉平姐妹，外侄子李莫俊、李莫清、李莫杰等三百多名学生给予过各种无私帮助。

教育世家

刘培先和丈夫谭文烈一生钟情于教育事业，桃李满天下，他们教书育人的理念和精神还深深地影响着后辈子孙。在市场经济飞速发展的当今社会，他们的子孙们都淡泊名利，热爱教育，以爹妈为榜样，投身教育事业。刘培先家成为当地美名远播的"教育世家"，一家四代人共有十六人是光荣的人民教师。

大儿子谭明耀任小学校长三十多年，大女儿谭维萍、小儿子谭建军都是响当当的人民教师；幺姑娘谭和平在红岩中学工作至退休，幺女婿孙绍柏是中学高级教师，任中学校长多年；孙女婿吴耀平是建始县一中的中层干部，大孙女姚新华、孙媳妇邓开华都在建始一中教书；二孙女谭佑英在洪湖高中教书，孙女婿吴福奎在湖北民院教书，孙女苏特、孙女婿科文在恩施职业技术学院教书；孙女婿杨万喜和孙女谭志慧在海南大学工作；小孙女吴月在建始二中任教，孙女婿柳玉辉在建始职高任教；小孙子谭志鹏今年研究生毕业。

俗话说"大难不死，必有后福"。当年逃难恩施的五百多名儿童，百分之九十以上被日本飞机炸死，剩下的又有好多病死饿死。从死人堆里爬出来的刘培先，却能幸存下来，而且开创出一个人人羡慕的"教育世家"，她感到特别幸运、特别自豪。

人逢盛世精神爽。刘培先今年88岁，虽是耄耋之年，但身体硬朗。在石门河栈道上行走，健步如飞；在施南要塞古石梯上攀爬，一身劲头；到重庆游玩乐不思蜀；到建始朝阳观登山，轻松自如；游八达岭万里长城，把年轻人甩在后头……

（原载《茨泉》2015年7月，为庆祝抗日战争胜利70周年专稿）

作者附记：2015年3月，刘培先的女婿——红岩镇中学校长孙绍柏请我采访刘培先，写就此文。

万象人物篇

"黄四姐"门前那条河

斗殴即将发生

6月中旬，已过了"芒种打火也插秧"的宝贵时节。可是，老天爷今年特别喜欢干旱，自5月以来就不肯下场透雨，致使一千多亩地未赶上水插秧。为引水浇地，一场群体械斗差点发生，幸亏信访办两位老陈火速赶赴现场制止，才避免了一场血案。

这天中午，东龙河水从万米长渠中缓缓而来，穿过二龙湾赶往下游姚家坝浇地。姚家坝60多户人家的108亩地早割完小麦，都急巴巴等水耕地插秧。

可是，人们万万没有想到，当渠水流经五组村民姚吉书的责任田边时，却冲出了三尺长一段缺口，水便灌进姚吉书田中，将田中秧苗冲坏了一小片，水很快漫了田坎。

正在给族弟姚吉本帮工栽秧的姚吉书父子，急匆匆地拿挖锄跑到缺口上游十余米地方，挖开渠堤，将渠水拐弯放进河里。

下游姚家坝正忙着驱牛耕地的王山田，发觉水不流了便沿渠而上，碰上姚吉书父子正在挥舞锄头毁渠放水，就质问："姚吉书，你为什么做缺德事把水放丢了？我们姚家坝有百多亩水田正等水插秧呢！"

姚吉书也火气冲天："你长了眼睛没有？水把我的秧都冲完了，我晚来一会儿田坎都要垮了！为什么不该放水？你想吃饭我也想吃饭！"

"堤冲垮了补好就是嘛。你不该把水放到河里，河里又不栽秧！"王山田反驳说。

"不行！今天说什么也坚决不准从我田边放水，要放水就先补偿青苗损失费，不说多的，我这八分地收1000斤谷子，只补500块钱。拿出钱来就允许

222

放水！"姚吉书一手握锄把，一手叉腰傲气十足。

"放狗屁！水冲垮缺口，又不是我放的水，凭什么给你赔钱？死不要脸！"王山田火冒三丈地骂道，"你不准放水，我们姚家坝水田插不上秧，就找你姚吉书！"

"你放狗屁哟！不给我姚吉书赔偿500块钱，哪个敢放水，我就和他一命拼了！"

"拼命就拼命，你不怕死，我又要命当皇帝呀？姚吉书你来，怕你就不是人养的！"

"王山田，我怕了你就不在阳世间为人！"

双方互相辱骂。王家族人听说姚吉书不准放水，肺气炸了，成群结队拖棍举棒拥来。雇了八个劳工插秧的姚吉本见哥被人欺负，便停止插秧，让八人都拿锄头棍棒扁担过来帮忙。双方剑拔弩张，械斗一触即发。

片区杨主任得知后，一边派人给乡政府送信求援，一边邀村干部飞车赴现场。满头大汗的杨主任刚到缺口，姚吉书劈头就问："杨主任，你给我送赔偿来的吧？给500块钱我就让你们放水！"

"姚吉书故意挖开缺口好骗黑心钱，挖起坑儿害人，天理不容啊！"王山田认为自己有理，就高声指责。

"杨主任，你亲耳听着的，王山田辱骂冤枉我，我就是想放水也不放了！赔1000块钱也不放！哪个敢来放水，我就和他一命拼了！猪长千斤也要过刀，人活百岁也是一死！来呀，要放水的就来呀！"姚吉书摇头晃脑，手舞木棒杀气腾腾，姚吉本也弄棒助威。

"不准王家人放水插秧，心太歹毒！动手砸死姚吉书！"王山田一声吆喝，王家人群情激愤，挥棒扑来就要动武。

"不能动武，问题会慢慢解决。"杨主任极力制止，但无济于事。

"慢慢解决，慢到几时？要到夏至了还慢得呀？"一个年轻娃子嚷叫起来，"姚吉书不准我们栽秧，我一棒砸扁他，让他只活到今日！"

"慢着，不得胡闹！"随着一声吼叫，乡信访员陈国尧、陈宏彪停住自行车，挤进人群。

陈国尧声若洪钟，正气凛然，足以慑人："王山田，你这是在聚众斗殴！

王家人听着，赶快回家整田整坎把牛喂饱，我陈国尧保证，渠水天黑前流到王家坝。"

"只要有老陈同志一句话，行！"呼啦一下，王家人全线撤退了。

"姚吉本，你栽你的秧，谁请你带一群人来火上浇油？"陈宏彪见已撵走王家人，便呵斥姚家人。两个老陈早已定下对策：分化瓦解，各个击破，最后攻克"碉堡"姚吉书。

陈国尧严肃批评说："姚吉本，你不问青红皂白，就带八个人聚众闹事，准备打架斗殴破坏农业生产，如果打出个七死八伤严重后果，你负得了责吗？"

"陈同志，不是我聚众闹事，是他们喊我，说我哥受王家人欺负，我便走过来看情况的。"姚吉本辩解。

"不是你聚众闹事？我问你，这些人在给谁栽秧？持棍拿棒准备干什么？你说姚吉书受王家人欺负，人家百把亩水田等水栽秧，捏起螃蟹等火烧，你们却不准放水，到底是谁欺负谁？这些都不说了，今天到此为止，幸好没有坏大事。走，都回去栽秧！"陈国尧句句在理的话让姚家人哑口无言，怏怏而退。

此刻，闹嚷嚷的水决口安静下来，姚吉书一屁股坐在地上，脸色黑如铁锅十分难看。

"老姚，走，我们到村委会去坐坐。"陈宏彪口气软和地说，并递给他一支苗家香烟。

"走就走，反正不赔偿损失就不准放水。你们看，我的秧苗坏了好大一片。"姚吉书勉强接了烟，用手指指秧地，然后走进不远处的村委会里。

"老姚，你先听着，什么话不说，我给你念几条法律。"陈国尧拿出湖北省司法厅编印的《三五普法通读课本》，打开154页念道："《农业法》第二十六条，各级人民政府和农业生产经营组织应当建立、健全农田水利设施的管理制度，禁止任何组织和个人非法毁坏农田水利设施；《治安管理条例》规定，依法对水事活动进行监督检查，对违反水事法规，破坏水土保持，破坏水利设施，敲诈勒索他人财物等行为依法做出行政裁定，处以罚款或拘留收容审查……"

念完，陈国尧将《三五普法通读课本》递到姚吉书手中说："你不是要求赔偿500元青苗损失费吗？这上面有《赔偿法》，写得清清楚楚，好好对照条款学习吧。该赔就赔，不该赔也要赔就是敲诈勒索他人财物；擅自挖垮渠堤把水放进河里，这叫作破坏水利设施。老姚，你是个懂道理的人，今天怎么糊里糊涂？"

一言未发的姚吉书气呼呼地说："那我的一块秧就该冲毁？"

陈宏彪劝解说："水渠垮堤，这是天灾，是人所不愿的事，怎能要下游人来赔？去年冰雹把中坦村烟叶砸烂了千把亩找谁赔偿？地震、水灾使许多人无家可归，妻离子散，又找谁赔偿？水把你秧冲坏了一些，你拿秧苗重新栽上嘛，把决口垒好加固，有好大个事嘛！为什么要惹麻烦？"

姚吉书终于低下头说："我不要赔了。"

陈国尧说："知错就改，这正是我们的心愿。现有三条处理办法：第一，顽固坚持错误立场，拒不认错，聚众斗殴，由派出所拘留 15 天，并处以 500 元罚款；第二，能认识错误，但不恢复水渠原状，罚款 200 元，还要恢复水渠；第三，能认识错误，短期内彻底恢复水渠原状，畅通渠道，就写一张书面检查，张贴村委会墙壁，以诫村民。"

陈宏彪说："现在正是香港回归倒计时的非常时期，全国上下必须无条件地保持安宁稳定，谁肇事破坏农业生产就将谁先拘留教育。派出所所长准备开警车前来，被我们劝住了。我们说先去做老姚工作，如果老姚一味蛮干坚持错误，就在村委会打电话，让派出所再来不迟。但我们知道老姚深明大义，一时糊涂但会认识错误，民事纠纷不能搞成刑事案件。但如果姚、王两族人真打起来，成了流血事件，其后果不堪设想。到时候万不得已，也只好喊派出所所长带民警来抓人了。"

"老陈同志，我就按第三条办，喊儿子帮忙加固渠堤。"姚吉书说。

"那就抓紧时间干，保证天黑时水流王家坝！"陈国尧脸上严肃，心中却很高兴，他拿出金芙蓉香烟给满座人一一散发说，"杨主任，你和村干部商量一下，协助老姚把缺堤尽快恢复。"

一场即将发生的聚众斗殴就这样被两位老练的信访员化解了。天黑之前，渠水欢畅地流到王家坝；五天之内，百余亩田都插上了秧苗。

（原载《湖北信访》1997 年 9 期）

父子相残之后

1996年3月，三里乡信访、司法联合办公室里热气腾腾，充满欢声笑语。一场长达59天尖锐对立、复杂棘手的父子官司终于以平等协商原则自愿达成和解，皆大欢喜。

罗孝坤将2.3亩责任田交给儿子罗顺武耕种，只要求罗顺武每年给爹娘600斤苞谷。可是，罗顺武夫妇认为爹每月退休金400多元日子好过，便软拖硬抗年年不称足粮食。天长日久，父子之间便磕磕绊绊结下疙瘩。

去年腊月十五，79岁的罗孝坤老人又要儿子儿媳称点苞谷好喂猪。罗顺武两口子不仅不予理睬，反而擅自挖开屋后一块地——这地是罗老人精心为自己的老伴选择的坟地。

此时此刻，如同在伤口中撒了一把盐，新仇旧恨涌上心头，怒气填胸的罗老人拖起一把斧头，闹嚷嚷追到田头要同儿子拼命："罗顺武，你来，老子要一斧子宰死你这个黑良心的，老子横直要死去了……"

见老子来势凶猛，46岁的罗顺武先发制人。他以敏捷的动作闪电般夺下父亲手中斧子丢一旁，两手牢牢抱住父亲腰身用力一摔，将罗老人压在水田里。见男人得手，媳妇袁幺姐便扬起锄把向公爹身上打了二十多下。可怜老人浑身是伤，右手四指被打断，左手小指断落地上，手腕上的表也被打坏了。

罗孝坤老人被送进医院治疗，伤好以后，他就跑到派出所报案，强烈要求惩办凶手。派出所所长说："你先找信访、司法解决，解决不了我们再来抓人，反正凶手暂时不得逃跑。"精明的派出所所长有心当和事佬，他深知信访办的老陈身怀绝招，对付民事纠纷，能将大事化小、小事化了。他想起前不久一件事情：河坪村76岁老人何得照有六子六媳，个个像将军威风凛凛，都推排球一样不肯赡养老人，幺儿子何从远一气之下还将父亲的一亩油菜、六分小麦拔掉。乡村干部调解多次伤透脑筋，嘴唇磨出了茧壳也无济于事。老人无奈找到信访办，信访办陈宏彪硬是登门两次召集六个儿媳开会，以理服人，说得大家哈哈大笑，心甘情愿每人每年出十个工帮父种地，出 50 元钱为父亲搞生产投资，老人去世时每家出 200 元联合安葬，小儿子何从远另外赔偿青苗损失费 115 元。

于是，罗孝坤老人走进了信访办公室。他详细讲述了事情发生的前因后果，还咒骂儿子："老子供他念大学参加工作，他翅膀硬了就把老子打成这样，畜生不如！"

陈宏彪做完记录后问："你有些什么具体要求？"

"我有三条要求：第一，要罗顺武补偿全部医药费用；第二，我收回 2.3 亩责任田租外人种，今后断绝一切父子关系，死了请人拖上坡埋掉就是；第三，要公安局逮捕打人凶手袁幺姐，秉公执法。如果他们包庇凶手不治罪，也行，那我就找机会砍死他两口子，放一把火把房子烧得一干二净……"

"老罗，"陈宏彪语重心长地开导说，"这种事情发生在你们这种家庭让人吃惊、痛心。你们父子都是国家职工，思想觉悟和道德水平都应比一般百姓高，应该宽宏大量给乡邻做出榜样才是。你那三条，第一条合情合理，二、三两条就不敢恭维了。儿媳妇打你，按轻伤判她坐三五年牢也不稀奇。如果儿媳真去坐牢，你儿子也就家破人散了，谁为几个孙子洗衣做饭？就算你道理全部正确，告赢了儿子媳妇，世人又会说你罗孝坤最狠啦，搞得赢后人。至于断绝父子关系，即使法院按你意愿判决，但你从内心里能真正否认罗顺武是你的骨肉吗？而且，你只有罗顺武一个独生儿子。你年近八十快进土的人了，今后百年真无后人抱灵，清明节真无后人上坟插青，你在天国里的灵魂能安然吗？老罗，我劝你平心静气与儿子和解。常言说，田要深耕，儿要亲生。父子无隔夜之仇，虎毒还不食子嘛！"

听了这番话，气势汹汹的罗孝坤软了下来："他两口子心太毒啊，往死里打我。我留一块坟地不该挖哟。"

"牙齿和舌头合得好，有时也咬一口。哪个牛儿不抵母？人一糊涂就干傻事。他们是一时糊涂。只要你肯宽恕，我们一定做好你儿子工作，顺你一口气,让他们保证今后赡养你们二老。莫说坟地不能再动,今后还要给你打碑呢……"在老陈的耐心劝说下,罗孝坤终于放弃了抓儿媳坐牢的立场。

接着,老陈又找罗顺武夫妇谈话。他板起脸严肃批评说:"罗顺武,你两口子也在养儿喂女,怎么如此糊涂?仔细想想你们身从何处来。把亲生老子打成重伤,这块地方还有没有第二个?你罗顺武读过大学,身为国家干部,做下这种丑事怎么面对世人?现有两条路供你两口子选择:一是彻底向父亲认错,补偿医药费用,尽孝赡养父母。你父亲每月有退休金日子好过,你们做后人的就是要顺老人一口气。二是继续坚持错误立场,惹父亲生气,恶化关系,断绝父子公媳关系进班房,说不定你罗顺武还会受到行政纪律处分……"

毫无疑问,罗顺武夫妇选择了前者。两口子恍然醒悟,回家就给老人磕头认错。

第二天,由司法公证,父子儿媳三人在《调解协议书》上签字,并当场交清了700元医药费。《调解协议书》写着:从即日起,罗顺武、袁幺姐自愿赡养父母三年,每年种父母2.3亩地,交纳稻谷600斤,玉米120斤,红苕100斤,洋芋100斤,猪肉100斤;付安葬费1000元;当场交清700元医药费。

(原载《湖北信访》1996年6期)

酗酒悲歌

随着人们生活水平的日益提高，烈性白酒堂而皇之地登上了餐桌。于是，一幕幕酗酒悲剧接踵而来。为了提醒广大人民群众注意适度饮酒，笔者在此叙述几则酗酒酿成的悲剧故事。

花好月圆赴黄泉

正月十五，是全国人民最为看重的元宵佳节。亲人团聚，火树银花，狮灯采莲船，耍尽风流。

这天下午，野三河畔一脸络腮胡子的财政员何某，未能回到50里外的家同妻儿团聚，却应邀到知心朋友家中做客，欢度良宵佳节。宴席上的丰盛佳肴，玻璃杯中的浓烈美酒，主人的热情好客，使何某开怀畅饮。酒逢知己千杯少，这餐饭，何某足足喝了一瓶古井贡酒。

元宵夜的灯火炫目，高楼礼花灿烂。凌晨3时，仍然烂醉如泥的何某起身小解。他跌跌撞撞走近阳台栏杆，谁也没有想到，他突然眼前一黑，上半截身子翻越栏杆倒栽了下去。一层楼的混凝土栏杆也被他的头颅撞开一条裂缝……

八口酒坛闹邓弯

东龙镇邓家弯村的"铁公鸡"邓长远于10月18日娶儿媳，左邻右舍抬嫁妆（当时农村公路不通，娶亲就请二三十人抬嫁妆）的年轻人认为邓长远一辈子吝啬，就暗中商量：新娘进门，下午吃饭，"八个酒坛子"坐一桌整邓老板一顿。于是依计而行，瘸子麻老二上首坐定就高声大嗓地叫："远哥子，今天不是我开硬腔。你儿子花果团圆，我们抬的嫁妆完完美美。大伙都说要把酒喝好啊！"

"一斤酒下盐不咸，远叔拿八瓶酒来！"左侧席上的"彪黄牯"也随声附和。

贺喜送礼的四亲六友都拥到堂屋里看稀奇。在众目睽睽之下，邓长远心中极不情愿，满脸尴尬地说："喝吧，开了饭店还怕大肚汉呀？"他忍痛叫人拿出八瓶酒来。

眨眼间，八个方形高粱酒瓶立在八条汉子面前。"规规矩矩，一人一瓶也不扯皮。"右侧的"凤舀子"摘掉瓶盖，"来，一口喝清。干瓶！"

"痛快！"八个瓶肚咣当一声，在桌心匆匆一碰便扑向八张大嘴，咕嘟咕嘟一口气底朝天了。满屋人从未见过这等场面，看得呆了。

"来酒啊！"下席的"胖发槌"叫道，"老子今天还要喝一瓶呀！"

"上酒，还要上酒啊！"满桌人齐声催喊。

邓长远心疼极了。他知道再上多少酒也是肉包子打狗——有去无回，就悄悄溜了。

"新郎官，快上八瓶酒来，菩萨保佑你媳妇生个宝贝儿子当大官发大财！""彪黄牯"见老子溜了就激将儿子。

新郎官就叫人再上八瓶酒。于是，又是一声咣当，瓶子摔在地上。

接着上饭，还未吃上半碗，麻老二冷不防仰八叉倒在地上，把身后英姑娘端的饭盆砸在地上打转转。"凤舀子"晃晃荡荡钻进猪圈方便，裤带一松就倒在圈板上脚酸手软。

"彪黄牯"回家倒在水田里成了落汤鸡，他女人找邓长远大吵大闹："你把我男人灌得七死八活的，为哪样？人坏了事是不行的！"

"胖发槌"酒后撒酒疯，女人责备他喝得太多。"你敢管老子喝酒？""胖发槌"操根柴块子砸过去，把女人额头上砸个大洞。女人一气之下跑回娘家，拼死拼活闹着要离婚……

新婚初夜丧新郎

某银行职员小袁,恋上了初中的女老师小谢,婚期定在 12 月 8 日。

这天夜里,小袁最要好的八位同学吃了喜糖仍不肯走,每人进一杯酒祝福小谢早生贵子。铁哥们的美意盛情难却,小袁一一碰杯,连饮了八杯酒后,来不及送走客人就醉卧床上直出硬气。

一室两厅里陈设讲究,高低组合家具,彩电洗衣机一应俱全。两颗爱心筑起小巢,充满着温馨、甜蜜和喜气。夜深人静,小谢终于脱衣上床,她要用火热温柔的芳心去拥抱夫君。

谁知,小袁一副"铁石心肠",任凭娇妻百般抚弄全然纹丝不动。极度疲劳的新娘渐渐失去耐心合上眼睛。一觉醒来,小谢才发现夫君已全身冰冷!新房变成丧房,小袁因饮酒过多,心脏病突发而亡。

木匠醉酒死他乡

王坡村有个远近闻名的王木匠。他脑瓜灵活,手艺精巧,打的高低柜、穿衣柜、梳妆台和桌椅板凳等嫁妆,光滑细腻,精巧别致,特别是在穿衣柜、梳妆台上雕刻的美女花卉、飞龙舞凤和鱼虾鳖蟹,栩栩如生,令人叫绝。

王木匠生意特别好,邻近四五个村谁家有女儿出嫁,都找他打嫁妆。王木匠有个喜爱喝酒的习惯,特别是遇到别人在饭桌上赞扬他的木工手艺时,便得意忘形,不醉不休。

木耳山村的村主任请王木匠给女儿打一套嫁妆,王木匠和两个徒弟花了一个多月终于完工。收工这天晚上,村主任眼见"天女散花"和"嫦娥奔月"一左一右雕刻在衣柜的两侧门,形态逼真,心中大悦,便拿两瓶白酒招待王木匠。

火锅里煮着热气腾腾的猪蹄子肉,五盘炒菜香喷喷直扑鼻孔。肉一坨一坨地夹着吃,酒一杯一杯地接着喝,两个徒弟早吃饱放碗,王木匠也已酒足饭饱。此刻的村主任陪着饮了三杯酒,头脑发热脸上红润,拿起第二瓶酒劝:"王师傅,看在衣柜上的两幅美画,我佩服你王师傅是个高明木匠,可比鲁班。就凭这点，咱俩把这瓶酒干完，这叫作酒逢知己千杯少!"

"行！喝！"王木匠听到夸奖，热血沸腾，频频举杯一饮而尽。由于喝得急，王木匠未下桌子就醉倒地上。两个徒弟把他扶到椅子上头仰坐着，一人端着煤油灯（当时没有电灯）走近给他擦脸。突然窗风一吹，灯火一闪，一丝火苗蹿进王木匠的鼻孔，居然点燃了王木匠鼻孔里喷出的股股酒气，变成两股火苗子呼呼乱窜，约莫持续了十秒才熄灭。

半小时后，52岁的王木匠当场死亡。

（原载《脱贫与致富》1995年2期）

鞭炮血泪

鞭炮的威力巨大，它有时给人们带来欢乐，有时又演绎出一幕幕血泪惨剧，让人们心惊肉跳，扼腕叹息。

黄师傅身首分离

1994年10月4日，是一个阴霾密布的黑色日子。

这一天，獐子坝村的一流鞭炮师傅黄大然清早起床，就乐呵呵忙乎起来。头天在市场上卖定购粮，姚乡长找他定做300元的鞭炮，说是准备为重病的父亲料理后事。

那时300元钱的生意可是一宗大买卖啊！黄师傅美滋滋地盘算起来。他将一小袋有颗粒的火药放进堂屋右侧的石碾槽里，然后双手抓住头顶的横木，双脚踏在碾盘两边的木把上来回推碾。黄师傅就这样在这张先人留下的一米长的石碾槽里，碾碎了无数火药，碾过了38年光阴，碾得了无数钞票，把一个山里农户的小日子碾得富裕美满。

可是，黄大然没有想到，他今天碾着碾着，却碾出了轰隆一声巨响，檩子断裂，瓦片哗啦啦纷纷坠落……

门前菜地里的妻子胡春英被这声炸雷惊得魂都掉了，她看见一团浓烟冲天而起，染黑了半边天。

"大然，大然，大然……"胡春英急急忙忙跑进大门十分焦急地呼喊。然而，满屋子浓烟弥漫，什么也看不清，一片死寂。等烟雾散尽，黄大然却已尸首分离，惨不忍睹……

林老板厂毁人亡

东龙镇个体户鞭炮厂林老板怎么也没有想到，在事业如日中天的时候，他却走进了人间地狱。

43岁的林老板脑子灵活，他开办的鞭炮厂红火兴旺得让人生妒。五间木瓦厂房里布满了20多万元的原料器材，招收了六个工人，供吃住月薪300元，个个尽心尽力，干得热火朝天。经过十余年苦心经营，林老板已成为镇上富得流油的百万大户。

这天下午3时，太阳突然钻进厚厚的云层，天便露出了阴阴的暗淡的脸。

林老板的小舅子领着四个姑娘聚在中间屋子里，边给五块大案板上的鞭炮筒子饼里灌火药，边说说笑笑。

此刻的俊俏姑娘乐海艳和老板的大儿子林小艾正合力做一件活儿——将200斤硫黄、洋硝放在一个大盆里分批搅拌均匀。这是个极细致的活儿，林、乐二人以前就顺利地拌过数千公斤的硝磺药。林小艾嘴里同乐海艳调侃着电视里男欢女爱甜甜蜜蜜的事，右手拿着铁瓢和药。也许是林小艾用力过猛，使火药摩擦升温，瞬间轰隆巨响，在一片震耳欲聋惊天动地的连续爆炸声中，五间木房分崩离析，在漫天大火中化为灰烬。可怜的一男五女当场被炸死，老板小舅子命大，那一刻他出门小解，被飞来的木板砸成重伤。

林老板痛失爱子，直接经济损失达14万元，又因是重大恶性事故责任人而被公安部门收审。

"140"途中罹难

1993年8月某天，火辣辣的太阳将大地晒得滚烫冒火，一辆驶往重庆黔江的"140"卡车在途中爆炸。

这是重庆某供销社运输从湖南浏阳采购的各类鞭炮的专车。车里装有60多箱鞭炮在急速奔驰，采购员习惯地点燃一支香烟抽着。他娴熟地用手指夹着香烟，从驾驶室车门上敞开的玻璃窗伸出去轻轻一弹。采购员这一弹，弹出了一个致命的错误。

　　一股轻风扑来，将他烟头上的火星掠进了油布的缝隙，牢牢地钉在纸箱上。异常酷热的天气使火星很快燃着了纸箱，一会儿便点燃了鞭炮。先是噼噼啪啪地响，三五秒钟后满车爆竹一起爆炸。采购员和司机来不及刹车，便同车子一起被巨大的爆炸力抛向四面八方，残骸散落在附近的田园山坡。

　　据报载，近年来北京、上海、广州、武汉等全国许多大、中城市已经禁止燃放烟花爆竹。这的确是功德无量的大好事，既净化了环境又保护了人民的生命安全。如能普及到广大农村，则天下幸甚。

（原载《脱贫与致富》1995 年 6 期）

教　训

　　太阳落山时，王二哥美滋滋地来到村小学接电话。他万万没有想到，拿起话筒就听到一个令他魂飞魄散的惊天噩耗。王二哥眼前一黑，一米七六的高大身子断了脊椎一般，瘫倒地上。

　　"宝儿，我的心肝宝儿啊——"好半天了，王二哥苏醒过来，撕心裂肺地号哭一顿，才按照对方嘱咐，于翌日起程，同妻子、一个村干部三人冒着酷暑，心情沉重地踏上了赴江苏的客车。

　　王二哥养育了一双儿女，男孩宝儿刚满17岁，由于家庭特困难交不起学费，宝儿读到小学二年级就辍学回家帮父母干农活了，他勤劳听话又肯吃苦。去年宝儿随幺叔外出打工到枝江卖煤球，老板见宝儿高高大大一表人才，征求爱女同意后想招他做上门女婿。可惜，宝儿墨水太少，写一张销售发票居然不敢动笔，老板父女只好作罢。

　　今年阳春二月，宝儿跳槽来到江苏一家开毛厂干弹棉絮的活儿，他任劳任怨，很得老板信任。不幸的是，就在昨天下午，宝儿弹棉絮弹得汗流浃背，看见转得正欢的落地扇没有关闸就停住了，随手捡根打棉花捆用的铁丝，戳弄电线接头，不料电流直扑心脏，宝儿当场身亡，手心被铁丝烙出一条深槽……

　　王二哥夫妇看到宝儿的遗容，心如刀绞。刚刚贷款建厂的陈老板，开工不足半年，就遇上这等祸事，雄心勃勃的锐气也消失殆尽，接近崩溃。经过精明的村干部王主任讨价还价，陈老板退掉厂房，变卖机器，东借西借凑齐5.8万元，按《劳动法》条款规定补偿了家属。

　　双方签字交款时，老板沉痛地说："王二哥，事已了结，我要送你一句忠言：养了孩子一定要让他念书！你痛失宝儿，我毁掉工厂，教训太深刻了！市电视台昨晚已播发一条通知：全市所有的私人企业老板，立即将没有初中以上文凭的外地劳工全部清退，杜绝王小宝事件再度发生……"

这席话犹如一阵重锤砸在心尖上，王二哥愣怔了好久好久，那颗悲恸的心受到强烈震撼。

王二哥活到43岁，手头从来没有捏过1000元钞票，最多的一次也就是4月里宝儿汇过450元钱。此时揣着5.8万元，王二哥的心情沉重复杂。让王二哥奇怪的是：过去十分冷清的家门一时却热闹起来，许多人出谋划策要他用钱盖一幢楼房，工匠、司机主动找他承包工程拉砖料。不断有人找他借钱，少的几十几百，多的上千元……

王二哥心乱如麻，痛定思痛后想起小女玉儿。七天后，王主任登门找他给村里借3万元修村委会办公楼。王二哥说："王主任，很对不起，我已将钱存入银行了。这钱雷打不能动，专款专用，是供女儿玉儿返校重新从五年级读书，读到高中、大学的费用。王主任，玉儿前年没钱交学费，我借了八户人家没借到一分钱才停了学啊！我不能让玉儿再走她哥宝儿的老路啊！"

王主任悻悻而退。

（原载《农村新报》2000年12月13日）

七拐五傻子

汽车司机王春宝驾驶技术特好,开车时特别细心谨慎,在坑洼不平的乡村公路上开了五年车没出过事故,可是这天,却在宽阔的国道线上"撞"出了车祸。

说是撞人其实也不算撞人。春宝将长安牌的小四轮开到国道线上一个叫葫芦湾的地段,看见前面驶来一辆卡车,便习惯地换成慢挡,驶向右侧边缘缓慢前行。谁知,此时此刻,一个名叫"五傻子"的汉子,从卡车前面一跳闪到王春宝小四轮车左前端,被车厢前角带到地上。

王春宝心中一惊,立马停车扶起五傻子看伤情。五傻子挽起裤腿,用手摸了摸说:"不碍事,就膝盖上擦破块皮。再说,这事不能怪你,是我想躲避大车跑急了点,不要紧的。"

王春宝紧张的心情才平缓下来。看到五傻子虽然脚穿草鞋,衣着褴褛,头发胡子老长老长的样子,心地却很善良,春宝心生同情,当即掏出200元钱给五傻子,说让他买两套衣服鞋袜。

五傻子没讨媳妇,家境贫困,从没有一次收入过200元钱,顿时激动不已。他说:"师傅,你真好,惦记我们苦命人。我活了45岁,才遇见你这个活菩萨,腿上擦破点皮,就给我200元钱,我受之有愧呀!"他千恩万谢地接过钱准备回家。

如果事情就这么了结,也是一段爱心佳话。偏偏此时,从半路杀出个程咬金,让事情变得异常复杂起来。

五傻子正要走时,他弟弟"七拐子"驾驶的三轮车戛然停住。七拐子跳下车气势汹汹地夺过五傻子手中的钱,往王春宝手中一塞,高声吼叫:"呃

——你是哪路大侠，好大气派？把我傻哥哥撞成重伤，拿200块钱打发叫花子呀？见我哥哥傻里傻气好欺负呀？不行！"

"七拐子，"五傻子阻拦说，"你别瞎怪人家！他给我200块钱我还惭愧呢，是我自己躲大车跑急了摔倒的。再说擦点皮一点小伤都谈不上，没事。你少打歪主意。"

"不行！"七拐子暴跳如雷地说，"这歪主意我是打定了。春宝，你知趣就赶快把我哥哥送到大医院检查治疗。骨折腿断了，他又没个女人照顾，你屁股一拍跑了，最终害的是我这个老弟。"

王春宝万般解释，又将钱加到500元，请七拐子网开一面，放他走。七拐子坚决不依，硬逼着王春宝将五傻子送进乡医院，打吊针输液买药，花了486元医疗费；又逼着王春宝支付2000元补偿费。王春宝万般无奈，为了花钱买安宁，只好一一照办，最后又掏100元包辆面包车，将五傻子送回葫芦湾里头二台坪家中。

王春宝走后，七拐子教训五傻子说："爹妈怎么生下你这么一头蠢猪？今天要不是我，你坐得成面包车呀？一辈子麻木车都没坐过。把王春宝补的2000块钱分给我1800块，是我挣的。"

五傻子将1800块钱扔给七拐子说："人要讲良心，黑心黑肠子要不得。善有善报，恶有恶报！"

"屁话。"七拐子接钱走了。令葫芦湾人万万没有想到的是，三个月后，七拐子出了车祸。他拉车煤球驶到一个叫作薄刀岭的险段，栽下了悬崖。

（原载《恩施晚报》2005年2月18日）

"黄四姐"门前那条河

"魔鬼" 肖珊珊

这是一个真实的案件,出于某种考虑,文中所有人名均为化名。

25岁的肖珊珊有一张漂亮的面孔和一颗魔鬼的心。三年前,她和丈夫罗州、姐姐、姐夫一同赴孝感应城,给徐老板的糖果厂打工。

肖珊珊一张甜嘴和一股认真干活的劲头博得了徐老板的信任,徐老板将其月工资逐渐上涨到800元,还让爱女徐丽娜同肖珊珊结拜成干姐妹。徐丽娜掌管着财政大权,经常开着小四轮联系业务推销糖果。她年长两岁,珊珊喊她姐。

珊珊干了三年积攒了一笔钱,掌握了制造糖果的技术,便向徐老板提出辞工,要回乡自办糖果厂。通情达理的徐老板结清了全部工资,还安排女儿徐丽娜用车送珊珊四人回鄂西,说是走走亲戚将来好同珊妹联系。

一清早,徐丽娜驾驶小四轮疾驶十多个小时,于傍晚时分来到318国道一个名叫乌龟岩的地段停了车。珊珊请娜姐五人下车到乌龟岩下喝泉水,说乌龟岩的泉水含着丰富的硒元素,十分甘甜,比娃哈哈矿泉水要好喝十倍。此时已近黄昏,天上的黑云将西下的夕阳遮蔽得迷蒙阴沉。

"珊妹,天快黑了,距你家还有多远?快点赶路吧。"徐丽娜想早到终点休息。

"还有八公里路,十来分钟就到了。娜姐,山岩后的天坑边有一块活灵活现的乌龟石,我引你看看,好有意思哟。"肖珊珊拉着徐丽娜转过一个小弯,果然看见一块乌龟石,下面是大天坑,洞口四周长着树木杂草。

"风景不错,该把相机带上留张照片的。"站在乌龟石旁,徐丽娜遗憾地说。

"娜姐，这天坑里掉进去过一头大水牛和三男一女呢。"珊珊神秘的介绍使得徐丽娜有点害怕，但又忍不住弓腰俯瞰着黑洞洞的天坑。就在这一刹那，肖珊珊伸出双手猛力一推，徐丽娜"哎哟"一声扑进天坑。

　　肖珊珊招呼罗州上车飞快地开回了黄桥村。第二天，罗州将小四轮开到湖南桑植县龙洞坪以18000元转手卖掉了。原来，肖珊珊探听到徐丽娜带着6000元现金，准备在红岩寺买150公斤魔芋精粉带回应城，便策划了这场恶毒的谋杀案。肖珊珊还打好算盘，准备第四天上午给徐老板打电话，称娜姐已于上午9时返回应城……

　　可是，徐丽娜命不该绝，她扑进天坑时落在了半岩的一块岩石上，心惊肉跳，浑身发抖，脑子渐渐清晰后明白了自身所处险境，内心由恐惧变为镇静。直到第二天中午听到洞口有人讲话，才大声呼喊救命，被人用绳子救了出来。她满脸伤痕地走进派出所报了案。很快，肖珊珊和罗州落入法网。

　　"肖珊珊，你这条美丽的毒蛇！真歹毒！"见到被手铐锁住双手，耷拉着脑袋缩成一团的肖珊珊，徐丽娜感慨万端地说："我们全家怎么交上了你这种毒蛇朋友？嘴上喊姐姐，背后捅刀子？教训深刻啊！"

（原载《恩施晚报》1999年10月25日）

"黄四姐"门前那条河

弟媳妇还钱

王红福是乡里的公务员，近年入了党，为人正直，助人为乐。他在月亮镇上买了房子，对家乡王家台的乡亲们厚道友善。

周末这天清早，表弟媳妇黄英给红福哥还钱。黄英去年盖房找红福借了800元钱，红福同表弟素来关系不错，便借给了她。黄英坐在客厅里的沙发上，拿出八张蓝色百元票子，扇形一般散开交给红福。红福点完钱便揣进衣袋，弟媳黄英立马笑盈盈地提醒说："福哥，你可要清点仔细啊，这八张钱是我刚从邮电局取的汇款，没有假钱啦。"

红福坦诚地说："弟妹你都给我还了假钱，那天底下也就没有好人了！"红福还热情留下黄英吃了午饭才走。谁知，这八张钱中还真夹有两张足以乱真的假钱，其颜色、厚度、长度与真钱一模一样，只是币质稍微粗糙，币面用指头一擦就起毛毛，连连晃动，声音也不脆响。

第二天，刘副乡长儿子考取大学办升学酒，王红福前往祝贺，随手摸出一张钞票写人情账。记账收钱的是财经所的崔出纳，崔出纳接钱后手指两捏，笑脸上露出意味深长的狡黠笑容，然后又公事公办地说："王同志，你这钱有鬼啊！怎么是假币？"

"不可能啊，是我族房里的大伯儿媳黄英昨天还给我的！"王红福心中一急，面对着团团围紧的写账客人十分尴尬，脸急得涨红，恨不得找条地缝钻进去，免得丢人现眼。他接钱后细细比较，发现那钱果然有假。王红福慌乱中又掏出另外七张钱，取一张再给崔出纳，崔指头轻捏后说还是假钱。王红福索性将另外六张钱一并让崔选择。崔检验后说这六张都是真钱，还幽默地说："你开始就从这六张里拿一张多好，免得让人看笑话。"王红福羞愧得无地自容，高档的酒席也不吃就偷偷溜了。

当天下午，窝着一肚子火气的王红福骑着摩托车直奔表弟家，质问表弟两口子："你们怎么干这种坏事，真的给我还来两张假钱？"

表弟铁青着脸一言不发地闷坐着，黄英却气势汹汹地反问："我说你福哥怎么当国家干部的？我昨天当面提醒你细细看过，有假钱还敢在你家待半天又吃午饭？200元钱事小，你莫坏我名声！"

王红福浑身是口也抵挡不住黄英的尖牙利嘴，无法辩解就撂下一句话："200元钱数目不大，你们要钱，告诉我一声，我给你们200元就是。你们不该利用我的厚道善良，害我在大庭广众之下丢人出丑！"

黄英仍然一口咬定还的钱绝对没有假钱，她阴冷地说："常言道，事情不过当时，你红福哥接钱时也仔细看过，过了一天多时间又来扯皮，不像个当干部的！如果我是个当干部的，天大的委屈也忍了，不值得为200块钱丢人现眼！"

王红福忍无可忍，走出大门时又回头教训黄英："黄英，希望你们两口子正道挣钱，夜晚睡觉也踏实安稳！"

黄英却尖声嚷叫："我们怎么挣钱，是我们自己的事！用不着你来教训！"

王红福事后得知，这假钱是前几天夜里表弟打牌时，从刚回家的打工娃手中赢的。

十五年后，被王红福不幸言中，黄英26岁的儿子，还没有娶上媳妇就参与抢银行事件，在广东惠州落入法网，被判刑十八年。黄英两口子果然睡不着觉，日焦夜愁。

（原载《恩施晚报》2002年8月23日）

袁厨师绝活

月亮村的袁厨师声名远扬，乡亲们谁家遇上婚丧嫁娶、老人过寿、生小孩打喜等红白喜事摆酒席，都请袁厨师掌勺当头。二十多年间六百余次红白喜事的下厨掌勺，将袁厨师的烹饪技术锻炼得很是高超，同时也让他练成了一个"顺手牵羊"的绝活。

袁厨师每次给乡亲们下厨办十六盘美菜酒席时，一直有这样一个习惯：酒席前后三到四天，无论离家远近，就是十里八里，他每晚必须回家过夜，雷打不动，从未在老板家留宿。原因是袁厨师练就一个秘密绝活，他在烧肉切肉的过程中，尽管常常面对着三四个下手帮厨，每每以快如闪电的手法切二三斤瘦肉，用黑方便袋包藏严实后塞入被长衣罩住的裤袋中，晚上携带回家让妻儿老小打牙祭。袁厨师"顺手牵肉"的手段高明得作案千余次没有出现过一次闪失，而且他是什么都牵，牵白糖、牵盐蛋、牵蹄膀、牵啤酒、牵饮料……

看到丈夫回家解开长衣掏出"礼品"，妻子乐呵呵心花怒放，称丈夫的长衣裤袋是个红红火火的"食品店"。得到妻子称赞，袁厨师更是心花怒放，买了一辆三轮车如虎添翼，"生意"也越做越大……

大姨姐在十公里外的集镇上买了新房，搬家这天请袁厨师用三轮车拉十麻袋玉米。袁厨师路过自家门口时停车，麻利地抱起两麻袋玉米放入家中，然后风风火火地开到大姨姐新房，卸下麻袋，又风风火火地进厨房掌勺炒菜。天黑收工，袁厨师从厨房穿过耳门，看见堂屋桌上大纸箱里摆放着黄鹤楼香烟，便顺势一转，屁股对着一群打牌的人，闪电般迅速地拿一条黄鹤楼香烟塞入肥大的罩衣袋里，大摇大摆地扬长而去。

三天后，新房主人发现少了一条香烟，想来想去，以为是镇上的小混混做了手脚，做梦也没想到是妹夫"顺手牵烟"。半月后，大姨姐搬弄麻袋粉碎玉米，左看右看只看见八袋，少了两袋，左思右想不得其解：真是出了活鬼？还有两麻袋玉米到哪里去了？不过，谜底最终还是被揭开了。

大姨姐有天到妹妹家买土鸡蛋，无意间发现妹妹家的杂屋里堆着乱七八糟的东西，其中的墙旮旯有两条麻袋——那不是自家装玉米的口袋吗？她惊得目瞪口呆，但她未说破，只是从此断了与妹妹家的来往。

近年来，形势发生了变化。村里半数人外出打工，红白喜事大大减少。袁厨师一连四个月没有下厨生意，腰上的"食品店"一直停业。这天，妻子到信用社领了粮食补贴款买回五斤肉，要丈夫下厨。袁厨师很久没切过肉了，忽然看见砧板上躺着猪肉，两眼便放出灵光。他穿上蓝布长衣磨快锋利菜刀，开始切割猪肉。切着切着，他眼珠子骨碌碌扫描四周无人，便麻利切下一块瘦肉，装进黑胶袋直往右边裤袋里塞。

恰在此时，妻子拔萝卜回屋看见，疾步上前捉住丈夫右手，大声问："你把自家肉偷给谁呀？要送给野女人啊？"袁厨师猛然惊醒，涨红着脸说："我糊涂了，以为是在别人家里下厨呢。"

（原载《恩施晚报》2005年11月8日，后被吉林省《故事报》2005年11月30日刊出，改标题为《不良习惯》）

"黄四姐"门前那条河

郭氏姐弟

汪家村的汪二寿生得五短身材,读书不多脑子迟钝,32岁时娶个媳妇郭五妹。她见丈夫致富路窄,爱抽烟喝酒,便使出"妻管严"的狠招,财权握得死紧,不许二寿沾手。二寿结婚15年,日子过得窝心。

去年3月,郭五妹患上妇科病,她让丈夫找邻居汪贵成老师(族房里的大哥)借钱治疗。汪老师待人宽厚,乐于助人,立马借给二寿2000元钱。汪老师要二寿写张借条,怕二寿媳妇凶悍将来不认账。谁知,汪老师的担忧果然变成现实。

苦命的汪二寿春天里患了肝癌,倒床只有个把月便丢下郭五妹和10岁儿子走了,咽气时嘱咐郭五妹一定要还清汪老师的借款。五妹把二寿安葬后,想到未来日子孤儿寡母好生凄凉,娘家弟弟郭步顺上门安慰,要五妹想开一点,天要下雨,娘要嫁人,二寿短命,是无法的事,今后需要帮忙,找他郭步顺就是。郭步顺是个无赖,他的女人感到日子苦闷,半年前与人私奔,一直杳无音信。

7月高考,汪老师儿子考入武汉大学,上学要交1万多元学费,便找郭五妹讨还借款,五妹说:"汪老师,你放心,二寿借你的钱,我会还的,我若不还就是亏良心!没有好结果的!你儿子上学还有二十多天,我来想办法,还不齐2000元最少也还1000元。"

汪老师走后,五妹回娘家找郭步顺借钱,请步顺千万想点办法帮她渡过难关,说汪老师儿子上大学要钱用。郭步顺眉头一皱献上一计:"五妹,你好笨呀!现在这世道搞市场经济抓到钱就是本事!汪老师一月1800多元工资,肥得流油,就给你帮扶资助2000元也是应该的。汪老师再来讨钱你就说是二寿借的，找二寿要去，只要二寿说他借过钱，砸锅卖铁也还！现在二寿死了两个多月了，他想来敲诈孤儿寡母？没门！"

"步顺，"五妹心中一颤说，"这可是骗人赖账！我一辈子良心都不会安的！"

"五妹，赖2000元钱，算个屁！"郭步顺一声冷笑，"现在那些贪官，行贿受贿三五十万元、百万千万的眉头都不皱一下。虽说汪贵成教书贪不到污，但一年有2万多元工资，还不是拿的国家的钱？别怕，你心里一横，照我说的话回他。"郭步顺还给姐姐讲了一件赖账的事，郭五妹听着听着肚皮上都起满了鸡皮疙瘩——

五年前的一个秋天，郭步顺邻居郭贵山在景阳河修公路，差工人把郭步顺邀约同去。干了42天倒水泥路的活，收工时包工头说要年底才能结账。腊月二十四，郭贵山要给别人立碑，就托郭步顺找包工头结工钱。当时修路工钱按天计算，每人每天30元。郭步顺便代为签字帮郭贵山领下1260元工钱。郭贵山晚上来郭步顺家拿钱，郭步顺说钱已经花了，买了电视机和电冰箱，明年挣了钱就还。前后五年时间，郭贵山讨过二十多次，郭步顺一直搪塞不还，而且这辈子也不想还。

郭步顺说："姐姐，钱到我手就是财，神仙皇帝也要不走！"

儿子上学前，汪老师又来找五妹还钱。五妹果真哭天抢地："你汪贵成是什么老师？畜生不如，欺负我孤儿寡母啊！我几时借过你的钱？"

汪贵成十分气愤，心头火起说："郭五妹，你指天发誓说你男人没借汪贵成的钱，我2000元钱不要了！"

郭五妹继续号哭："汪贵成，你教的什么学生？教学生讲迷信赌咒？你有本事去把汪二寿扶起来，他承认借了你的钱，2000元我还你3000元，你莫拿张假借条来骗我，逼我瞎赌咒！"

哭闹声引来了围观乡邻，汪贵成心想同这种寡妇吵闹不是办法，为2000元钱打官司上法庭准赢，但太费心伤神。面对围观人群，汪贵成将借条扔给郭五妹，说："请你把这借条拿到二寿坟前烧了，就说汪贵成与汪二寿的2000元债务清了！不过，请你告诉你那个读小学的儿子，要多读点书，将来莫像你昧着良心缺德赖账！"

  郭五妹病了，一连在床上躺了三天。她万般无奈地走进石匠师傅何二牛家，十分委婉地请何师傅借她 200 元钱，买点药治病。何师傅是当地有名的大善人，街坊邻居请他帮忙有求必应，热心热肠人人敬重。此刻何师傅却严肃地说："郭五妹，你去找郭步顺借吧。我手头没有钱，昨日接账的 2000 元石匠工资，要给娃娃交读书的伙食费。只好对不住你了！"

  郭五妹心中发堵，只差吐血，径直回到娘家给弟弟一顿臭骂："账是赖掉了，我却得了'缺德昧良心'的骂名，邻居们像躲避瘟疫一样躲我！我儿子都骂舅舅不是东西，出的馊主意比强盗棒老二还坏！"

  "舅舅不是东西！出的馊主意比强盗棒老二还坏！"郭步顺心里一炸，口中喃喃自语："我比棒老二还坏？这小外甥说话还真准确！强盗棒老二靠偷靠抢，担惊受怕才能得到一点钱物。我郭步顺不偷不抢，就能赖账得钱！良心？良心能值钱吗？"

（原载《恩施晚报》2005 年 5 月 17 日）

村主任招商

月亮村的村主任甄玉宝是个雁过都要拔撮毛的人物。有一天，他忽然心血来潮，花2000元在村头大湾里竖起一块10平方米的大招商牌：月亮村有丰富的青石群山，适宜办大型沙厂；月亮村处在铁路和高速公路交会的中间地带，沙子十分紧俏；月亮村以最宽松的环境，最诚信的姿态，最优质的服务，欢迎外地客商前来办沙厂……一行行充满激情的广告词在空中金光闪烁，诱惑得福建老板贾友福驱车来到了月亮村，闪电般地与甄主任签订了《沙厂协议书》。

贾友福老板42岁，在福建莆田办有运动鞋厂，18年的打拼，让他积累了2000万元资产。他从电视新闻中了解到湖北恩施正在修筑铁路和高速公路的消息，心中一热，命令妻子管理鞋厂，自己携带500万元现金来西部投资。在车窗里，贾老板看到月亮村的招商广告，心动地下了车，果然受到了甄主任的热情接待。甄主任连续两天大摆酒宴招待贵客，隆重欢迎，贾老板特别感动。

第三天，在甄主任的"热情介绍"下，贾老板选中一座叫作"青石包"的山，以10万元的价格租得10年期限的开采权。青石包是甄主任承包的责任山，上面没有一棵树，全是裸露的石头。贾老板见石头质量好，容易开采又邻着公路，心里十分高兴。30天内，贾老板办好了沙厂手续，架起了电缆专线，安装了变压器，又花300万元从武汉购进两条流水线机器，建起2000平方米的工棚，招收12名工人开山放炮，轰轰烈烈地粉碎沙子。

看着沙子从碎石机的大口里汹涌而出，被传送带送到山一般的沙堆上，又被大铲车送进大卡车里，运输到铁路高速路工地，贾老板美滋滋地想：一卡车沙子能卖1000元钱，机器开动，干10小时可出30车沙，收入可达3万元。一年收回成本还有赚头，明年纯赚300万元没有问题。一眨眼就过去了50多天，青石包被打沙机掏空了3万立方米，贾老板心中却愁起来：沙子被卖掉了一千余车，没有结到一分钱，钱全被赊着。而他荷包里的500万元本钱，已所剩无几了。

偏偏在这节骨眼上，麻烦接踵而至。村里的"五歪扯"开着破烂的摩托车跟在沙车后，突然跳下车将摩托推到路上，然后找到贾老板要赔偿5000元撞车费。贾老板百般解释他都不依账，只好付钱讨了平安。甄主任又找贾老板说，大卡车把村民集资修的公路碾压坏了，要补偿30万元修路钱。贾老板焦急地说："手头没钱，卖的沙子年底才能结钱。等结了沙钱就付30万元。"

"贾老板，"甄主任严肃起来，"不行啊！昨晚38个村民质问我，问我是不是暗地里得了你贾老板几十万元好处费？沙车把村里的路碾烂了也不找你维修，我无法向村民交代啊！"就在此时，一群人蜂拥而来高声叫喊："不补钱，就滚蛋！我们把变压器、挖掘机、大汽车卖了修公路啊！"

其实，甄主任将村公路被碾坏的事向乡里汇报了，乡里为了创造宽松环境，给村里下拨了5万元维修费。贾老板不知内情，已被一大群村民的咆哮惊得目瞪口呆。他长叹了一口气：瞎了眼啊，本以为月亮镇是个光明的村庄，谁知是这样黑暗！焦头烂额的贾老板无计可施，电召妻子汇100万元救急。精明的妻子从福建赶来，了解详情后愤怒地说："你三个月时间就丢了500万元，这里是个无底洞，不能再扔钱了！你回去给我吃香喝辣的，享福！"

贾老板听了妻子的话，悻悻地离开了月亮村，走时将全部机器抵给村里修路。贾老板离开的第二天，村头上空的招商牌用红漆重新刷过：月亮村以最宽松的环境，最诚信的姿态，最优质的服务欢迎外地客商前来办沙厂……

广告没有请来第二个客商办沙厂，甄主任一阵考虑，索性以村主任身份兼任月亮村沙石厂厂长，将自己注册为法定代表人，将贾老板的沙厂机器设备车辆等全部掌控，轰轰烈烈运转起来……年底又从铁路和高速公路指挥部领到200万元沙子钱，变成了月亮镇空手套白狼的风云人物。

（原载《恩施晚报》2007年4月5日）

庄二禾收猪

庄二禾是个精明的猪贩子，他瞅准生猪价格上涨之机，买了辆四轮车钻山越岭贩卖生猪。连续三个月的奔波劳碌，初出茅庐的庄二禾没有做赔本生意，而是赚了15000多元钱。他每天回到家里就乐呵呵地向妻子炫耀，说是想赚钱，就要不怕苦和累，专钻偏僻的穷山沟买肥猪。

偏僻的穷山沟虽然山高坡陡，虽然那村组公路太烂车子难行，但商机比集镇附近的水泥路地区要多得多。山沟里的青年男女大多外出打工，留下的老年人心眼儿比较实，在价格和过秤斤两上容易让步，不像集镇附近人思想坚定，一根筋地喊高价，难以成交。庄二禾每买一头猪再转手卖给肉联公司，一般能赚到200元左右。

每当这时，妻子便劝丈夫："为人做事要讲良心，老年人喂几头猪不容易，要吃不少苦头，莫把他们的钱赚得太狠。"庄二禾不以为然地说："良心，良心能当饭吃？现在是市场经济，只要能把别人身上的钱拽进腰包，就是本事。"庄二禾收猪认钱不认人，特别爱在秤砣上做手脚，短斤少两大耍秤。有次到赵家湾收赵学才的猪，两头猪共重569斤，庄二禾458斤就称走。赵学才的哥哥赵学文在医院里当医生，知道这事大骂庄二禾不是东西。庄二禾不仅收别人的猪耍秤，连他亲爹的两头猪也被短了65斤秤。

庄二禾不听妻子劝告，继续开着四轮车来到15公里外望天坪山脚的马王寨买猪。马王寨住着三户马姓人，庄二禾从马大伯和马二叔家买了4头百余公斤重的肥猪，正要返程时，52岁的马三娘跑来恳求说："庄师傅，我一头猪一个月前过秤有275斤，我想喂到350斤再卖，没想到昨天喂食时看到猪的一只后脚有点疼，一跛一跛的。您帮我收了吧？"

"让我看看再说，"庄二禾走进猪圈，蹲下身子细细查看猪后脚，惊叫起来，"马三娘，您这猪得了口蹄疫病。肉联公司不收病猪，我买了没法脱手啊！"

"庄师傅，您做个好事吧！帮我收了吧？"马三娘恳切地说。

庄二禾想了想，假发慈悲地说："看到您老人家喂猪喂得辛苦，这样吧，300块钱我就收下，猪子死了算我亏本。"

"庄师傅，一斤猪5块钱，300斤猪能卖1500元钱，你给300块太少，给我1000块吧。"马三娘枯瘦的脸上满是愁云，后悔上个月别人出1200块钱不卖，一个劲儿恳求庄师傅多给点钱。

"马三娘，您的病猪怎么能同好猪比。说实话，300块钱我还不愿意买呢。买了如果卖不出去，我就要倒贴300块钱。这样吧，您认真想想，是300块我就赶猪上车，多一块钱你就卖给别人。"庄二禾说完就坐上驾驶台，故意启动油门，打火发车。

"庄师傅，你给500块吧，我这猪子拖久了就会掉膘掉肉。"马三娘快要哭了，揪住车门直说好话。

"多一块钱您卖别人，我不要。收病猪风险大啊！肉联公司知道了要罚我的款。"庄师傅开动机器，车子轰隆轰隆响了起来。望着庄师傅马上就要走人，想到这穷山沟里很少有司机来收购生猪，假若猪真的死在这八月热天，一分钱不值啊。心急如焚的马三娘哭丧着脸说："庄师傅，就300块卖给你，破财免灾。"

3小时后，庄师傅将猪卖给肉联公司，单是马三娘那头猪（153公斤，每公斤10.6元）就卖了1621.8元——净赚了1331.8元。

庄二禾心花怒放地走进餐馆吃肉喝酒，二麻二麻（形容半醉）地开车回家。车子开到月亮镇水泥路上，庄师傅隐隐约约看到一头大肥猪在左前方晃动，便将方向盘向右前方扭动，没想到车子一晃栽进水沟里，身受五处重伤，在医院治疗二十多天，碰巧遇上赵学文当主治医生，花掉医疗费28000多元钱。

（原载《恩施晚报》2007年9月13日）

"扫帚星" 当家

葫芦村的高香银是个精于算计的厉害女人。与乡亲邻居交往，大事小事她都要占点便宜，人们送她一个绰号"高想赢"。她在家中十分霸道，是个地地道道的"母老虎"，她男人得娃子却说她是个"扫帚星"。"扫帚星"当家，便有了传奇故事。

得娃子发现葫芦村虽然偏僻落后，一条村公路弯弯绕绕，乡亲们盖平房的热情却十分高涨，全村135户村民思想都很保守，没人买台沙机。得娃子欠信用社1500元贷款，5年未还，他知道自己找信用社贷不到款，便请邻居高建老师帮忙贷4000元钱，说是买沙机打沙，方便村民盖平房。乐于助人的高建老师虽然深知得娃子两口子为人狡诈，但为他们劳动致富方便乡邻的行为高兴，便以自己名义从信用社贷款4000元交给得娃子。

得娃子买台柴油打沙机以粉碎一方沙子（老板自找小工）15元的工钱，40天内便给12家乡亲打沙380方，收入5000多元。两口子乐呵呵笑逐颜开地想，再打5个月沙，就要赚2万多元啊！正在这么想着，高建老师找上门来，请得娃子打10方沙，说是建沼气池改造猪圈、倒院坝要点沙。得娃子半天就给高建老师完成任务。算工钱时，"高想赢"花言巧语地说："建哥，柴油涨了价，若是别人最少也得18元一方。你建哥就给16元一方，10.2方沙，零头就算了，给160元钱。"

高建前脚刚走，邻组玉娃走进门来，开门见山地说："我要打200方沙，石头都筹齐了。你们两口子都在，就说个单价。"

不等得娃子发话，"高想赢"便嗲声嗲气地说："玉娃，我们坡上坎下住着，未必还有个隔外价？这么着，现在柴油涨价了，若是别人一方沙20元工钱，你玉娃要打沙，一方18元。"玉娃心中一颤，觉得贵了点，便笑着说："我打200方沙，是桩大生意，你要少点。"

得娃子觉得玉娃打200方沙的确是桩大生意，心想16元一方也能净捞3100元，就说："玉娃你先把沙机拉去，加工费可以考虑降点，坡上坎下住着，早不看见晚看见的，好说。"

玉娃要得娃子说个准价，他好做计划安排。"高想赢"心想，这村里就我一家有沙机，价格再高你玉娃也要打沙，就用不容商量的语气说："18元一方再不能少了！现在油价飞涨，机器磨损厉害！你愿意就拉沙机，不愿意就去找别人。"

玉娃说："行，那我去找别人。"他一口气跑到10公里外的阳光村请刘师傅拉来沙机，8天时间就粉碎沙子200方，按14元的价钱当场结清了2800元加工费。

得娃子气得大骂"高想赢"是个扫帚星，一句话"扫"丢了2800元活钱——一股银水活生生从怀里跑了！更让得娃子生气的是，刘师傅受到村民的普遍欢迎，在葫芦村一连打了5000多方沙，赚走了7万多元钱。而他的沙机，一堆废铁似的待在那里，无人问津。

（原载《恩施晚报》2005年7月15日）

胖瘦街坊

月亮镇新村路的赵昌荣夫妇为人宽厚，与街坊邻居相处十分融洽。街对面的周达、鲁松林两人都开着玻璃店，他们面对面地住着，开门就见面，天天谈家常，你递一支烟，我沏一杯茶，他抓一把糖，友爱得像亲兄弟一样。

赵昌荣盖了新房，三间楼房六个大窗足足48平方米，清一色地要安装铝合金落地玻璃窗。他想到周达、鲁松林和自己都亲密友好，若给哪一个人做窗子都必然得罪另一人，不如两人对半分着做，各做三个铝合金玻璃窗。打定主意，赵昌荣走进周达店门，请老周做三个铝合金玻璃窗和24平方米的窗帘。

"没问题，赵哥要做玻璃窗，我周达就这么说吧，铝合金、玻璃和窗帘布用最好的，样式最新潮，保证你十年之内仍然不落后！"周达精瘦的脸上堆满笑容，口中乐呵呵地说着，心中却一怔：你赵哥不是有六个窗户吗？怎么只做三个？

赵昌荣听着老周答应爽快，喜上心头，说："亲兄弟也要明算账，价钱多少你尽管说。"

"赵哥，难道你还信不过我周达？我们又不是今天才打交道！我给你帮个忙就是，材料按照批发价算钱，三个玻璃窗的做工安装算三个劳工60元（当年劳务工资为每天20元）。怎么样？够朋友吧？"周达笑着说。

赵昌荣递给周达一支黄鹤楼香烟说："那就谢你了！"他乐滋滋地走出周达店门，又乐滋滋地走进鲁松林店门："鲁师傅，请你帮忙做三个玻璃窗。"

"给赵哥做玻璃窗，没问题，材料价格包你满意，谁让我们是街坊邻居。"鲁松林肥胖的大脸上笑逐颜开，心里却纳着闷儿：赵哥你还有三个窗户干吗不做？

"那就感谢鲁师傅了！"赵昌荣递给鲁松林一支黄鹤楼香烟，转身回到家里美滋滋地想：最好的铝合金材料和优质玻璃批发价一平方米65元，窗帘布最好的一平方米25元，48平方米要4320元，加上六个做工工钱120元，4440元完全能成！

第四天上午，周达走进赵家安装好三个临街楼窗，鲁松林下午走进赵家安装好后面三个玻璃窗。望着六个铝合金玻璃窗户整齐排列，在粉红、天蓝、翠绿等六种窗帘的映照下，灿烂华丽，赵昌荣喜上眉梢。

赵昌荣乐滋滋地走进鲁松林店门，开门见山地说："鲁师傅，你做的玻璃窗不错，结账，要多少钱？"鲁肥胖的脸上笑逐颜开，说："还是那句话，给你赵哥干活，材料最优质，价格最优惠。铝合金玻璃窗一平方米120元，窗帘布一平方米50元。三个窗户24平方米合计4080元，零头80元免了，你给4000元。若是别人最低也要4500元！"

天哪！这么贵？赵昌荣火热的心忽地一冷，他鼓起勇气问："听说最贵的铝合金玻璃一平方米90元，窗帘一平方米35元，你的怎么就高出了几十元？"

"不错，75元一平方米我也做过，但那是劣质材料！给你赵哥做那种次品货，我亏不得这良心！"鲁松林情真意切的神态，令人不寒而栗。

"那就谢了。"赵昌荣眼见多说也是徒劳，自认倒霉吃个哑巴亏，便付给鲁4000元结了账。赵昌荣万万没有想到，他走进周达店门结账的过程完全同鲁家一样，几经交涉后以4000元结账。

赵昌荣闷闷不乐地回到家里，百思不得其解：自己对周鲁二人不薄，为什么他俩却狠宰了他3600元钱？

（原载《恩施晚报》2005年9月27日）

水 货

　　葫芦村的张生铁常以自己的姓名感到自豪，说他是一块生铁造就的，如同钢一般坚硬，爱把别人的事物说成水货。比如猫子偷吃肉时带翻盘子摔碎了，张生铁说是"水货盘子"；邻居寿爷不小心绊倒伤着了腰，张生铁说是个"水货寿爷"；村主任36岁死于肝癌，张生铁说是"水货村主任"。张生铁常常做出意外举动，令人费解。

　　张生铁见堂弟张文明在镇上开店经营电机，灵机一动就走进堂弟店里说："文明老弟，把你的电动切草机卖我一台。"

　　张文明深知张生铁喜欢扯皮闹事，一个针孔儿也要说成个大窟窿，心中不悦，但仍然满脸堆笑说："我的电机切草机，卖给你铁哥有点不好，我怕落下个'水货'名声。"

　　张生铁心里一惊，正儿八经地说："我看你文明老弟怎么变成了水货男人，水货不水货是由时间来证明的。你的机器又不是你造的，是工厂造的，半年包换，一年包修，别人不怕，我怕什么？开个价吧。"

　　张文明说："铁哥真要，大行大市一套500元，电机220元，切草机280元。"

　　张生铁说："文明老弟，我不赊账，你少点价，一套机器450元，就算你帮我带了一套。给你嫂子帮个大忙，让你嫂子从剁红苕萝卜的劳动中解放出来。"

　　见铁哥说得恳切，文明就以450元的批发价卖了他一套电机切草机。

　　张生铁回家使用切草机，效果特别好，一筐洋芋红薯只需八分钟便粉碎完毕，而且进料斗特别安全，一下子便将妻子从每天剁个把小时猪草的劳动中解放出来。张生铁笑着说："水货机器只要跟定我张生铁，也变得钢铁般坚硬了。"

两个月后的一天，张生铁从邻村打工回家，忽然心血来潮，不听妻子反复劝告，一意孤行地请罗木匠花四天时间打了台切草机，除开木料，花去轴心、刀子、螺丝材料费和工钱240元。鬼迷心窍的张生铁先是将电机拆下安在木制切草机上，拉闸粉碎红薯，效果也好；又将先前电机切草机开闸旋转，拿半截斧头丢进切草机，只听见轰隆轰隆的火花闪冒，刹那间电机烧毁，切草机腹中钢刀断成废铁。

张生铁用三轮车将电机送回店里，说是"水货电机切草机"，半年时间不到就坏了，要求退货。堂弟张文明脸色难看地将450元钱退给铁哥。

张生铁万万没有想到，他到吴店要花250元方能买台电机安在木切草机上。因为飞腾的饲料碎块从进料斗里喷涌而出扑打脸面，妻子要他喂料。张生铁摩拳擦掌地用右手拿把苕藤放进斗里，吱的一声，不幸被切丢了四根指头，花去了2000多元医药费。

妻子又气又急地骂他是"水货生铁"。

（原载《恩施晚报》2005年7月26日）

王大发领证

王大发花 10 万元钱，买下月亮镇月亮村八组陈老九的三间房屋和三亩地。他利用交通优势，买辆三轮车跑客运，每月挣上千儿八百，小日子滋润红火。但是，为领取土地使用证的事，他很闹心。

五个月前，王大发将村干部及新邻居六人请到红月亮餐馆，办理了买房买地协议书，又请了一桌 500 元的酒席，酒足饭饱后，每人还得到了一包 10 元钱的红金龙香烟。

喝得红光满面的村支书汤二龙，点燃一支烟吐出一口烟雾，说："大发啊，你从贫穷的大坡村搬到我们经济发达的月亮村，是一步登天进了福坛子呢。不过，能请乡亲们吃饭喝酒，说明你这人还知道感恩。虽然办好了协议书，但彻底将陈老九的宅基地使用证、土地使用证写成你王大发的姓名，还要找镇财经所办理过户变更手续，还要到县经管局、县国土资源局一一办证，麻烦事多得很。请问，是你自己去办，还是我帮你办？"

王大发回答："当然是请您汤书记帮忙办。"

汤二龙爽快地说："那我就帮你办证。不过，办证中的一些吃喝开支你要承担啊。"

王大发也很爽快："没问题，要多少汤书记尽管说。"

汤二龙又吐出一口烟雾，说先给 500 元，最后算账，多退少补。王大发当即拿出 500 元交给汤支书。

转眼到了年底，王大发看见邻居们都到信用社领取了粮食直补款，就找汤支书要过户的证件，好领粮食直补款。

汤支书说："你是外村人，搬迁到我们村要变更户主十分麻烦，要查找资料核对名册改换户主姓名，要亲自到田块丈量土地面积。为你家办土地证，我花了三个夜晚。到县里交材料，我请县里领导吃饭，花了3000元招待费。"言下之意是暗示王大发补上2500元招待费，再送点烟酒犒劳感谢他。俗话说：人往哪方走，须交哪方狗。堂堂月亮村的汤大书记，你王大发怎么也得意思意思。

谁知王大发是个木头疙瘩脑子不肯开窍，就按照汤支书的话又加补了2500元招待费，没有表达送点烟酒的意思。

汤支书接过2500元招待费，说："十天后你到我家来拿证。"

十天后，王大发走进汤支书家拿证。汤支书见王大发两手空空没拎东西，直截了当地说："明话告诉你，我给你家办证没少操心，狗屁没得一个？"说完就出门转悠去了。

王大发等了半天不见汤支书，便回到家中，寻思一计，当晚拨通电话："汤书记呀，我是王大发。你上午的话提醒了我，特向您赔礼道歉。我脑子糊涂不明事理，得罪怠慢您了。请您大人不记小人过，原谅我。您操心劳力办土地证，给我帮了大忙。我决定明天捎点薄礼来您家致谢，也就是3000元一个红包，还有一点烟酒……"

汤支书满脸堆笑说："知错就改，就是我的好村民！欢迎光临！"他被王大发180度的大转弯刺激得心花怒放：这种铁公鸡就得拔他两撮毛！现在什么形势？两三千块钱就能改变你一辈子的住处，你得到了土地证，管子孙万代呀！

翌日上午，王大发走进汤支书家门，将手中鼓鼓囊囊的黑方便袋（里面有两条香烟和两瓶稻花香酒，还有一个鼓鼓的大红包）放在客厅桌上，诚心地说："汤书记，我给您赔礼道歉了！"

"哎呀，大发老弟，带什么礼品吗？请坐。"汤二龙目光快速扫描着醒目惹眼的方便袋，乐滋滋地递来了一支红金龙香烟，然后从手提包里取出土地使用证交给大发。

王大发左手接过土地证，右手顺势一揽，将桌上的方便袋提起来，迈出门时丢下一句话："汤书记，谢谢您了！我走了。"

望着王大发开着三轮车一阵风似的消失在公路上，汤二龙呆若木鸡。

（原载《恩施晚报》2005年10月21日）

爱心大奖赛

开学了，绿树镇小学四年级班主任王青春，看到穿着漂亮衣服的尹小琴和四五个少年在操场上吃着蛋糕，说说笑笑，玩得开心，便愁眉不展，心中苦涩不是滋味：全班四十八名学生中有五个特困生，因家长残疾、住址偏僻、家庭贫穷等原因，几年来已欠学费1168元，全由自己用工资贴着。开学一周了，家访了两次，家长都说交不起学费就不读书了，非要上学只好麻烦老师帮忙全免学费，家长实在拿不出钱交学费。不能眼睁睁地看着穷孩子成为新文盲啊！如果将五个学生苦口婆心地劝到学校，长久贴学费也不是个办法啊。恰巧此时，王老师眼睛一亮，她发现尹小琴很是大方地将一个面包送给赵玉娇吃，心中豁然开朗：何不开展"爱心大奖赛"活动来解决这个棘手的问题？

铃声响了，王老师满面春风地走上讲台，神情严肃地说："同学们，我们班上还有毛超、谭莉、车艳平等五位同学因家中困难没有上学，我决定在班上开展献爱心活动，举办'爱心大奖赛'。具体做法就是请各位同学根据自己的经济状况，捐献三五十元数目不等的钱，帮助毛超五人解决学费。班上将对捐献多的同学颁发'爱心杯'奖状，以鼓励他们助人为乐的高尚品德；当然，家庭特别困难的同学就不要捐款，或者捐五分、一角也行。千万不能找家长强行讨要。"

"王老师，我同意。"坐在中间三排二位的尹小琴首先响应。尹小琴家境优越，她在学校遵守纪律，态度端正，但成绩中等偏下。看到同学们得到"红花少年""三好学生""体育标兵"等各种奖状，尹小琴羡慕极了，睡梦中都盼望得奖。妈妈也天天鼓励她要努力学习，争取得一两次奖励。

"我明天就奉献爱心，捐200元钱，包下毛超五个同学的学费！"尹小琴红扑扑的脸蛋上洋溢着从未有过的喜悦,"王老师,您可要给我发一等奖啊!妈妈说过,我得了奖状,她暑假就带我坐飞机去张家界、广西桂林和海南岛旅游。"

捐200元钱?捐钱——得奖——旅游坐飞机?王青春怀疑自己的耳朵听错了:"你捐200块钱?哪有这么多钱?"

"我家多的是钱。"面对着全班同学惊奇的目光,尹小琴自豪地说:"我爸爸是财政局干部,每年管着8000多万元,随便摸一把就有三五万块钱。而且每年春节,许多叔叔阿姨来我家拜年,都抢着给我送红包压岁钱……"

王青春的心一阵颤动,这不就是贪污腐败吗?还理直气壮?她说:"尹小琴有钱是好事,但每人最多也只能捐200元,多一分就不发奖。"

第二天,小琴妈来到学校,交给王老师200元钱后批评说:"小王老师,希望你今后少想些加重学生负担的歪点子。"王老师虽然挨了批评,但仍将"爱心杯"冠军授予了尹小琴。

王青春老师万万没有想到,十多年后,尹小琴的爸爸尹县长因贪污腐败受到处分,被判无期徒刑。

(原载《恩施晚报》2005年1月25日)

特色美食篇

炒红广椒

辣椒是一种蔬菜，也是一种佐料，是湖北、湖南、重庆、四川等地区人民必不可少的美味食品。它因其辛辣特色能制作出丰富多彩的菜肴：比如红辣椒能制成多种麻辣粉，放在炒菜汤菜里，能辣出滋味增添鲜色；面广椒炒腊肉诱人馋涎；辣椒粉包豆豉百吃不厌；还有油炒枯焦红广椒、炉火爆烧青广椒等，样样味道鲜美，各具特色。

老家村里有两个与广椒同名的人物，一曰"红广椒"，一曰"青广椒"，十分有趣。

"红广椒"的姓名里有一个"红"字，是生产队里的贫下中农，后来当上了大队书记。他每餐能喝一斤酒，常常喝得满脸红光，倒下鼾声如雷，但真正出名是在我家吃了一盘红广椒。

20世纪70年代末期，"红广椒"到我们生产队指导工作，坚持要我父亲给他做盘炒红广椒（炒红广椒是父亲的绝活）。热情好客的父亲便用湿毛巾将五十八个晒了二十多天太阳的长红广椒一一擦去灰尘，放进锅里热炒。先是用锅铲反复搅动，直到锅里热气将红广椒中残存的水分蒸发干净，铲动得广椒哗啦啦发响时，倒一匙菜油加少许食盐拌匀，便盛入盘中上桌，焦而不煳，红光闪亮，特别惹眼。用筷子夹送口中咬下小小半截儿慢慢咀嚼，又脆又香，又辣又酷。我当时吃上半截便辣得满脸发红，流出眼泪，急匆匆扒口饭驱逐辣味。一般人吃上三五个便是大量。

"红广椒"书记的嘴舌、肠胃十分特异。在进餐的半小时内，在半斤白酒的慢饮之间，在吞食米饭猪肉坨坨的缝隙之内，他将盘中的红广椒，一个个夹起来送进口中，像吃炒黄豆一样嚼得脆响，有时连续吞下七八个红广椒，一溜儿滑进胃里不喊辣，脸不变色心不跳，一个劲儿喝彩："好吃好吃真好吃，有味有味特有味！"父亲被惊呆了，傻愣愣地望着书记大快朵颐，痛吃广椒。

　　这盘炒广椒我们全家只吃了七个，余下的五十一个全被"红广椒"消灭了。从此，"红广椒"每到一地就宣传父亲做的炒广椒是菜中极品，说他某年某月吃了父亲做的一盘炒广椒，那滋味绝了：脆嘣嘣的，咬得牙齿唱歌；火辣辣的，润得舌头跳舞；红殷殷的，染得大嘴巴成了红嘴唇……吃一次便终身想吃。从此，人们便给书记取了个"红广椒"的绰号，也有人喊"红广椒书记"。随着"红广椒"的名声越叫越响，父亲的炒广椒也出了名，许多人仿效其法炮制，便流传开来。至今仍有许多人炒红广椒吃。

　　炒广椒虽然辛辣好吃，但过量会伤身体。"红广椒"喜好白酒广椒，且常常饮食过量，导致身体藏病，不幸在改革开放的80年代末病逝。

（原载《恩施日报》2006年9月29日）

烧青广椒

烧青广椒是一道饭桌佳肴，是炒红广椒的姊妹菜，喜辣的人特别爱吃。它流行的时间是夏天秋天，也就是辣椒生长的旺盛期。乡间还演绎出许多关于烧青广椒的有趣故事，常常令人捧腹大笑。笔者所居住的老家何坡村，就有一个闻名遐迩的"青广椒"，给人们带来了许多欢笑。

"青广椒"的姓名末尾是个"青"字，为人朴实软弱，有点怕女人。他娶的媳妇黑黑胖胖，有点霸气专横，诨名"魔芋豆腐"。"青广椒"因爱吃青广椒而得名，还因吃青广椒吃出了一个名厨妻子。

20世纪70年代一天，"青广椒"帮我家修猪圈。父亲做饭时，往火红的灶洞里扔进三十个青广椒，爆烧三五分钟后用火钳夹出来放进冷水中浸泡，然后将每个广椒撕碎成三五块，用水洗涤干净再放盐拌匀。由于拿准了火候，盘中的广椒颜色依然青翠欲滴，像刚从田间摘回一样，味道也清脆爽口。吃饭时，青广椒夹起大箸大箸的烧广椒送进嘴里，咀嚼几下便咽进肚，嘴里连声夸奖："这碗青广椒烧得好吃，颜色很鲜，味道很脆又不太辣！"

第二天在家中吃饭时，"青广椒"看到老婆烧的青广椒黑乎乎一片焦煳，夹一箸咀嚼，疲软疲软地粘在舌头上辣得生疼，一时辣出了眼泪，便抱怨女人："你人黑黑胖胖成了魔芋豆腐，烧的广椒怎么也成了黑不溜秋的黑炭头？总是放了火药，舌头辣得生疼不说，还把肚子里的胃都辣得生疼！"

"魔芋豆腐"一听火冒三丈地骂："你以为你是什么人？就是个又黑又煳的青广椒，吃不得就莫吃，再说风凉话，我就把你当成个青广椒烧了撕着吃！"

平时见女人发威就噤若寒蝉的"青广椒"，这次居然变成了孙悟空大闹天宫："你今天是吃了火药还是生米？你二天到老杨哥家去学学先进技术，人家一个大男人烧的广椒那么好吃，颜色青翠，嚼半天一点不辣，像你烧的全是黑炭头，吃起来辣死人！"

"真的？""魔芋豆腐"后来到我家学走了父亲的烧广椒技术，她运用"猛火短时爆烧"的方法，烧出的广椒在色、香、味上果然上升了两个档次。受到启示，她脑子开窍逐步创新，现在烧煤球做饭，右手将熊熊燃烧的煤球用火钳夹起来，左手麻利放进四五个广椒或一两个茄子，再将煤球放进去压住广椒茄子，噼噼啪啪烧三五十秒钟后夹进水中浸泡，最后将广椒、茄子外面被烧焦的细皮轻轻一抹褪干净，撕碎拌盐食用，十分鲜美。

"魔芋豆腐"还学着餐馆里的技术，在烧广椒里拌上两只皮蛋，加上味精作料，更加鲜嫩美妙。她在锅中爆炒的整个青广椒也能拿准火候，嫩绿熟透，好吃味美，每次烧炒的青广椒都被吃得精光。"魔芋豆腐"还发明了火锅魔芋豆腐——在热气腾腾的铁锅里放进半碗猪肉菜油，再放进半锅魔芋豆腐和大蒜、花椒等作料，不掺水，锅铲不停搅拌，滚烫的油将直条状的魔芋豆腐煎干水分，金黄发亮，美味可口，是下酒的绝佳食品。

"魔芋豆腐"烧出的青广椒菜和火锅魔芋豆腐渐渐出名，乡亲们家中有红白喜事请她下厨，时间一长，居然练成了家乡一带的名厨。许多人见了"青广椒"就开玩笑："'青广椒'大哥好福气哟，白天黑夜都有上好的烧广椒和魔芋豆腐下酒，过的小康神仙日子哟！"

"那是那是……""青广椒"脸上便堆满了灿烂和自豪。

(原载《恩施日报》2006年11月26日)

洋芋的魅力

无论是在城市宾馆里的盛大宴席上，还是在乡村农家红白喜事的酒桌上，都会有这样一些奇怪的场面：宾客们喝得酩酊大醉，吃得满脸红光地走下餐桌时，那圆桌转盘上的鸡鸭鱼肉山珍海味，剩了很多，唯有那独具特色的炕洋芋、洋芋片、洋芋丝之类的农家菜肴被客人吃得精光。

我喜欢吃洋芋菜，它能当主食让人吃饱。洋芋在我童年生活中有着难以磨灭的记忆。记得在艰难困苦的日子里，每年春天的二三月青黄不接，父亲只好挖葛根充饥。有天下午，放学回家的我走到屋前的田里，看见一棵尺余深的洋芋苗，用手拔起来一个母子洋芋（就是遗留在地里的洋芋，等到第二年春天时就长出小苗）。我心中特别高兴，立马拿锄头竹篮返回田中挖了四五斤母子洋芋，回家洗净后不削皮就切成薄片，煮熟了盛在碗中当饭吃。虽然没有油，但味道特美，吃了两碗还想吃，但锅中已经没有了……

第二天放学回家，我又拿着小镐锄儿和竹篮到门口的小槽里捡母子洋芋（此地是邻村一生产队的——那时村称大队，小组称生产队），我费了一个多小时东寻西找，找遍了五块梯田，在长满小麦的垄间里捡到了两三斤大小不等的母子洋芋。正要走出田块回家，被读四年级的同班同学杨生宁跑来截住。杨生宁凶狠地说，是他们生产队的队长派他来护田的，说是我二生产队的人不应该跑到一生产队地里捡母子洋芋，违反了生产队的纪律，将我的小镐锄儿、竹篮及母子洋芋强行没收夺走。我弄不明白的是，当时年仅10岁的同班同学杨生宁，平时上课下课在一起十分开心，忽然间仅为一点儿母子洋芋就变了，特意从两公里外的家里跑过来夺走我的竹篮和母子洋芋。更难忘的是，第二天上课时，杨生宁向班主任告状："马老师，班长杨大忠爱小便宜爱占集体财产，昨天放学后在我们一生产队地里捡母子洋芋，被我给没收了，是队长让我干的。当班长就应该以身作则，请马老师撤销杨大忠的班长。"

马老师却严肃地说："捡几个母子洋芋是爱惜粮食，不让母子洋芋烂在地里可惜，值得你大惊小怪？即使队长让你干，看在同学分上，你也可以不干！还撤销班长？无聊！"一番话批评得杨生宁面红耳赤。虽然马伯初老师批评了杨生宁，但我从此再也没有捡过母子洋芋了。

那次捡母子洋芋的辛酸往事，我至今记忆犹新。吃母子洋芋的经历，使我对洋芋有着深厚感情。如今日子好了，洋芋也能吃出多种花样。

洋芋可谓土菜之王，能做出多种特色菜，其中最有味的当数炕洋芋、洋芋饭。

炕洋芋，做起来很简单。把削皮洗净后的洋芋下锅，放上一二两菜油，撒一把盐不断地煎炒，沸腾的油煎得洋芋表皮发黄，直至全身镀上一层油亮亮的金黄色锅巴即可食用。拿筷子一夹软绵绵的，牙齿轻轻一碰就冒出热气，露出雪白的洋芋粉来，吃到嘴里热热的香，融融的粉，那种滋味美得无话可说。

洋芋饭有两种做法。一种是普通的简单做法，在洋芋上盖着米饭，焖上十余分钟即可食用，边吃洋芋边吃米饭换换口味。另一种洋芋饭特别好吃，但比较复杂。先在火炉上放上蒸笼，在蒸笼底层气格上铺一层白布，然后将削皮后的洋芋放进去，再将一两碗苞谷粉或大米粉掺上适量的水，将半斤左右的肥猪肉切成筷子粗细、半寸长短的肉条，加上适量盐、味精等作料与面粉拌匀，覆盖在洋芋上，等炉火升温热气腾腾十五分钟后，再揭开盖子用筷子插进面团和洋芋里，疏松拌散，让面粉紧紧包裹住洋芋，让作料渗入洋芋中，再高温蒸二十分钟即可食用。

这种洋芋饭能充分将面粉、洋芋、油、味精等融为一体，吃在嘴里有一种五味调和的特别滋味，没有其他菜也能吃饱，上午吃这种洋芋饭到晚上也不觉得饿，是其他食品无可比拟的。如果城市饭店也烹制这种土菜精品洋芋饭，肯定吃客云集。

洋芋的吃法还有多种，比如用新鲜猪肉做的蒸洋芋，洋芋粉子与鸡蛋拌和制成的洋芋皮子，囫囵煮熟的剥皮洋芋下酒，等等，各具特色，堪称美味佳肴。

（原载《恩施日报》《恩施晚报》《帅巴人视窗》等报刊）

芋荷梗

芋头是一种生长在肥沃湿润土壤里的块茎植物，有肥田活水的东龙河两岸是它们生长的好地方。每年芋头都有七八百亩的种植规模，零零星星地散落在老村、二龙湾、农科、河水坪等十余个村的稻田之间，小的二三分地，大的一二亩田。地下的块茎圆圆的个儿名叫芋头，地上紫红色的枝叶高的达两米左右，矮的也在一米以上，簇拥一起形成一片紫绿的芋荷林，芋荷梗是一种颇受欢迎的特色食品。

深秋之际，人们把深过脚背的芋荷梗主茎割回，掐掉叶子后洗干净切成片状，放上少量食盐，然后放进坛子里密封腌制，一周时间便可食用。将红艳艳的芋荷梗盛在盘子里，犹如万绿丛中一点红，十分诱人，往往使客人还在距餐桌四五米远的地方就惊叫起来："哎哟，还有芋荷梗呀，味道美哟！"

用餐时拿筷子把红红的芋荷梗夹起来送进嘴中，细细咀嚼，酸酸甜甜的味道美极了。如果将鲜艳的芋荷梗与大米饭或者玉米饭拌和食用，更加妙不可言：米饭的香味，芋荷梗的新鲜味，发酵的酸味，再加上红色素散发的特殊气味，汇聚成了特色美味，百吃不厌。如果将鲜肉和芋荷梗爆炒或红烧，能将鲜肉的色泽和味道进一步提升。

人们特别喜爱芋荷梗，有

芋荷梗

人深有感触地说:"餐桌上没有芋荷梗,便吃不饱饭。"许多在外地打工的建始人,常让家里人捎带点芋荷梗。身怀六甲的妇女,更是对芋荷梗情有独钟,她们说妊娠期间,只有吃芋荷梗过瘾。

芋荷梗地下的块茎名叫母芋头,圆圆的个儿,重一公斤左右。母芋头并不好吃,好吃的是生长在其四周的五六七八个小芋头。把它们挖出来洗净削皮,放在锅中爆炒,放上糯米或大米搅拌,放进适量的水,然后用中火慢慢焖煮,等到水干不起锅巴时再翻腾烘熟。粉蒸芋头是以芋头作为原料的菜肴中,我最喜欢吃的。将芋头与切成片状的新鲜猪肉放在一起,加上生姜、辣椒、五香粉等作料,再放进适量的玉米粉或米面,搅拌均匀后用蒸笼蒸熟。兴许是鲜肉的油汁、作料的精髓和粉子的细腻浸透了芋头儿的心脏,变成了一种全新的混合物,让人吃一次终生难忘。前不久,有位中坦坪人来老村打短工收稻谷,午餐时一口气吃了一大碗粉蒸芋头,连声称赞:"好吃,好吃,太好吃了。"

2008年,远在萧山打工的孙家坝村青年刘显洲和妻子钟娜发现浙江很多餐馆喜欢用芋荷梗咸菜做火锅底料,联想到建始老家是芋荷梗种植大乡,家家户户都擅长腌制芋荷梗,心中一动,立马对杭州七十余家餐馆的芋荷梗用量做了市场调查,结果发现销售前景广阔。

第二年春天,刘显洲夫妇回到孙家坝老家,筹资建起芋荷梗加工厂,办起山里蔬菜制品专业合作社,建起了五百亩芋荷梗基地,与三百余村民签订芋荷梗购销合同。丈夫运筹公司发展,负责跑销路,妻子学习实践掌握了整套芋荷梗腌制技术——栽培、收割、洗梗、腌制等十余道工序,精益求精。生产的"施味"牌芋荷梗产品获得国家食品安全QS许可认证,八千坛芋荷梗咸菜,畅销杭州、萧山等十多个大中城市,促使酸酸甜甜的芋荷梗咸菜形成规模,香飘万里。

如今,美食咸菜芋荷梗乘着高速公路和宜万铁路飞出了田园农家,飞进入了城市餐馆的饭桌,成了人见人爱的特色菜。

(原载《恩施日报》2009年5月16日、《湖北日报》2012年12月12日)

椿　芽

随着大地回暖，山花烂漫，香椿树绽出红艳艳的嫩芽，炒椿芽便会出现在农家餐桌，馨香四溢，满屋飘荡。

东龙河畔的老村、小屯等村可谓是香椿芽的海洋。东龙河两岸的水渠边，长满了无数的香椿树，有的四五丈高，如红缨枪一般刺破蓝天；有的高约五尺，伸手可摘。

农妇们每天清早来到户外，选择肥田边生长的椿芽采摘一点，回家拿几只鸡蛋打破后拌匀，倒入锅里与切碎后的椿芽一起炒，一会儿便做成一道香喷喷的佳肴。

遗憾的是，许多椿芽高耸蓝天，人们无法采摘，只好眼睁睁地让它们由红嫩细芽长成老叶。也有人采摘椿芽上街卖，但都是小打小闹，大片大片的椿芽仍长在深闺，难以出阁。

弹指一挥间，七八年过去了，如今的香椿芽变成了绿色食品"黄金菜"。

每到春季，绽放的肥胖椿芽便在乡村集镇上喊价每公斤八十元，而且一分不少。大城市超市里更是卖到每公斤两百多元，是猪肉价格的十多倍。很多有心人不仅大力栽培椿芽，而且采用真空袋精制包装放入冰箱冷藏，或制成腌菜夏秋食用，使人们一年四季都能享受椿芽。

受到启发，我便在老家的红土壤里，让坎边一棵大香椿树任意疯长，将根系伸进田块中部百余平方米，长出五十余棵香椿树，并将它们分离移栽，长成了十分茂盛的香椿园。如今，一年有三四十天能吃上椿芽炒鸡蛋了。

（原载《恩施日报》2010 年 4 月 10 日，略有修改）

黄鳝火锅

河水坪大坝中的万亩稻田常年被充沛的东龙河水灌溉，给生长在稻田里的黄鳝提供了优越的生存环境。

黄鳝最大的半斤左右，一年中有八个多月藏在被水浸泡的泥土中，只有在春暖花开、农民培育秧苗的时候才开始活动。栽稻秧的四五月份，是黄鳝频繁活动的时期。农民给秧苗施肥拔草时，偶尔就能遇到黄鳝碰撞脚背，只要伸手一抓就能捉住那滑溜溜的黄鳝。盛夏时节，气温升高，黄鳝便于夜间活动，三五成群地在秧苗下游弋闲荡。人们拿着矿灯捕捉黄鳝，运气好的一个夜晚能捉住近二十条，少的也有三四条。

野生黄鳝自带一种奇特的美妙滋味。剖开黄鳝腹部除掉内脏，切头断尾，加配作料烹饪，加上紫苏调味，便成了黄鳝火锅，味道极其鲜美，营养非常丰富。

黄鳝还有一种吃法，是将杀好的黄鳝加点盐用芭蕉叶包裹，放进火灰中烧熟，"鸡肉面蛋，比不上火烧的黄鳝"，其鲜美可想而知。

河水坪大桥头的崔老板开了一家餐馆，经营黄鳝火锅。由于黄鳝蛋白质丰富，味道鲜美，生意特好，不仅附近百姓喜爱，声名远播，连恩施、建始的人也慕名前来食用，巴东野三关、恩施崔坝镇的客商也趋之若鹜，专程前往品尝。崔老板的店里经常宾客爆满，食客云集，每天吃掉黄鳝三百余条。

（原载《恩施日报》2010 年 6 月 26 日）

河水坪皮蛋

河水坪一马平川，水源丰富。清水走廊对岸的五十多位村民饲养鸭子两万余只，鸭蛋制成皮蛋，成为一道具有特殊风味的美食。

皮蛋的制作方法比较复杂。先将白石灰、食盐、面碱、黄丹粉、草木灰、黄土、稻壳、水等原料按比例拌匀制成料泥，再给新鲜鸭蛋逐个包上料泥，鸭蛋仿佛穿上了一件厚厚的棉衣，一层一层放进缸里码好，再用塑料薄膜封严缸口，在室温20℃左右的条件下，贮存三十至四十天即为成品。将腌好的皮蛋剥开，蛋液蛋心全被凝固，只见蛋皮一片雪白玲珑剔透，仿佛涂上了一层猪油白皙耀眼，里面的蛋心则变成金黄圆卵。闻一闻，一种特殊香味扑鼻而来；尝一尝，鲜滑爽口。河水坪人一般都采用这种方法加工皮蛋，他们加工的皮蛋十分畅销，很有名气。

如今市场上卖的黑色皮蛋，剥开蛋壳全是黝黑颜色，蛋心往往流出溏液，这是城市中用机器浸润制成的皮蛋。香气、味道基本一样，但色彩与河水坪皮蛋相比，逊色一筹。

将剥壳皮蛋放进盘中，拌上酱油、姜片、爆烧的青辣椒等，味道特别鲜美。

（原载《恩施日报》2010年7月31日）

板栗烧土鸡

白露过后，东龙河畔的特色干果板栗便可以开始采摘了，那红得发紫的果实从树枝上的栗包刺中露出，沉甸甸的，让人垂涎欲滴。它骄傲地向世人炫耀，一道道特色美食即将登场。

板栗有多种吃法。一是生吃，只要剥开一粗一细两层皮即可放入口中咀嚼，甜滋滋的，鲜美可口；二是熟吃，先用菜刀将板栗切开一条口子，放在锅中煮熟，然后沥干水分烘烤，烘烤的火力不能太大，太大了会将板栗烤焦，只能用中火慢慢烘烤，直到板栗皮肉自行分离，即可食用，吃起来满口香甜；除此之外，还有一道叫板栗烧土鸡的土菜特别好吃。

板栗烧土鸡的做法并不复杂。先是在热锅里放油，待油热时放进板栗肉，炸成金黄色备用。然后将宰杀的土鸡剔除粗骨，剁成长、宽各约三厘米的方块，放进油锅煸炒，直到水分炒干，再放进一汤匙白酒，若干姜片、盐、酱油、水等搅拌均匀，焖三至五分钟，再用小火煨至八成熟后，加入炸过的板栗肉，继续煨至软烂，再放入味精、葱段、胡椒粉，煮滚沸，淋入香油便可食用。

先夹板栗，再吃鸡块，最为原生态的板栗甜与没有喂过饲料的土鸡肉香轮流"把盏"，那味道无与伦比，再喝点美酒助兴，美妙至极。

（原载《恩施日报》2011 年 10 月 8 日）

蒸年肉

如今，生活越来越好，大年三十的团年饭更是丰富多彩：鸡鸭鱼肉满盘满桌，山珍海味应有尽有，青椒扁豆大蒜薹，银耳香菇烧豆腐……但是，我特别爱吃蒸年肉。蒸年肉是一道具有浓郁土家族风味的大肉菜，食后余香满口，令人回味无穷。

20世纪80年代，自实行联产承包责任制以后，贫穷的农村便开始过上温饱生活，农家饭桌上开始有了八盘九碟大鱼大肉。我清楚记得，1985年农历腊月三十，妻将一块猪坐墩肉烧好洗净，黄澄澄的，放在砧板上切成十二坨五寸长、两寸宽、两寸厚的长方体肉坨，再拌上玉米面和味精、酱油等作料，放进蒸笼里蒸熟。

这半肥半瘦的猪坐墩年肉，虽然一坨肉重达二百克左右，但由于火力猛烈，蒸得熟透，特别好吃。吃团圆饭时，我夹一坨年肉放进口中轻轻咀嚼，肥腻腻的油脂和精巴巴的瘦肉，被细细的玉米粉包裹，在口中欢腾搅拌，慢慢进入食道和胃中，有一种全然酥化的美妙。

"好吃！"我一边叫好，一边又夹起第二坨大个儿年肉送进口里，立时油脂融化，粉碎成粥，徐徐滑进胃里，妙不可言。说来奇怪，本想狼吞虎咽大吃一顿的我，两坨年肉下肚，喝上几口白酒，吃了三五块萝卜，顿觉肚子饱饱的，便搁碗退席。

自那时起，每逢过年，家家户户都蒸年肉，花样时有翻新，切上的肉坨，或一百五十克或二百克，最重的二百五十克。数量陆续增多，十二坨到六十坨不等，但必须是一年十二个月的倍数。十二坨年肉象征一年的十二个月，硕大的体积象征每个月财运亨通和庄稼丰收；为了象征有钱有粮，有吃有穿，所以必须用半肥半瘦的坐墩肉。去年团年，妻将一块六公斤重的坐墩切成六十坨年肉，拌上作料和两公斤半糯米蒸了一大盆。虽然味道绝美，但我和家人都只吃了一坨，便去吃萝卜扁豆了。望着一大盆香喷喷的糯米年肉，我不禁生出一丝担心：年肉蒸得太多，恐怕要吃到元宵节。

春节期间，亲戚朋友到我家做客，吃饭时对鲜美的鸡肉鱼肉不屑一顾，却要吃一坨年肉，说蒸过的年肉化入糯米中，特别有味，不腻人，男女老少都爱品尝。加上自家人隔三岔五想吃时就吃几坨，时间刚到正月初八，六十坨年肉就全被消灭了。

正月初一，远在中山古镇办工厂的儿子电话拜年时说："妈妈蒸了年肉没有？那可是湖北恩施的特色大菜啊！真想吃两坨！"

儿子的话激起了我的联想：是啊，年肉是恩施农村的特色大菜，许多饭店喜欢做粉蒸薄肉片，也十分好吃。如果尝试着做糯米坐墩蒸年肉，像恩施十大名吃之一张关合渣一样，做出品牌，做出规模，做出特色，兴许也会风行州城，风靡全国。

（原载《恩施日报》2008 年 2 月 13 日）

三里香米

三里乡是名副其实的"香米"之乡。河水坪至三里坝东龙河流域两岸,分布着老村、小屯、二龙湾、枫香树、河水坪、农科、村坊等十二个村落,连绵不绝的万亩稻田将这十二个村落连成一片。清澈的山泉在田间流淌,四季如春的气候、优质的富硒土壤,培育了享有盛名的"三里香米"。

2004年春天,该乡从四川引进了"国毫香5号"香稻品种,在枫香树村进行试种。也许是三里坝的气候、土质适合"国毫香5号"的生长,枫香树村的试种获得极大成功。看到商机的周边群众纷纷种植,很快,"三里香米"就成为享誉州内外的优质大米。聪明的三里人并没有满足,又注册了"三里香"商标,让"三里香米"走进了超市的柜台,被摆上了宾馆的饭桌。

"国毫香5号"优质香米,米粒饱满完整,米质晶莹透亮,自带一股醇香。用其煮粥,浆汁如乳;用其蒸饭,饭粒饱满净白,口感柔软、滑润。细细咀嚼,满口香甜,富有糯味,让人吃得身心舒畅。"三里香米"的最大特色是留香久远,比普通大米香得多。用电饭煲蒸饭,腾腾蒸气散发出来,那香味就立马飘散开来,诱惑得人们想立刻一饱口福。

"三里香米"产量约为每亩千斤,其精美特质令人吃一次就终生难忘。就在前不久,我一个朋友回家探亲,在饭馆里连吃了三碗香米饭,深有感触地说:"三里香米真好吃,没有菜光吃饭也能吃饱!"他还特地买了五袋香米,与家人共享。

(原载《恩施日报》2011年12月17日)

鸡蛋包子

金黄色半圆形的鸡蛋包子是流行于东龙河畔餐桌上的一道特色菜，平时很难见到，只有在乡村农家春节时期的餐桌上才能见到，有浓厚的地域色彩，特别能刺激食欲。

鸡蛋包子制作程序并不复杂，分两道工序完成。首先将五至十只鸡蛋打碎放进一个小盆里，拿筷子缓缓拌匀，使蛋黄和蛋清融为一体；接着给火炉上放只铁锅，将火炉中的火力控制在不高不低的适中温度，舀上一勺鸡蛋液放进铁锅，两手将铁锅慢慢摇动，使鸡蛋液在火力作用下，在锅底慢慢变成一块巴掌大小的圆形皮子——鸡蛋皮子。这是第一道工序。

接下来将预先剁碎的由瘦肉、葱花、大蒜、生姜、辣椒、花椒油和五香粉等混合拌匀的肉馅，舀上一勺放进锅中鸡蛋皮子的一小半部分位置，再用小锅铲将另半部分鸡蛋皮子铲起来，将肉馅覆盖粘紧——就成了鸡蛋包子。一会儿再用小铲将鸡蛋包子翻身烘煎，一两分钟后就变成黄澄澄鼓溜溜的鸡蛋包子了。这是第二道工序。

一个鸡蛋包子的制作过程需要两三分钟，但十只或者二十只鸡蛋包子就需要个把小时，非常耗时。所以，人们平时没有时间制作鸡蛋包子，只有在最为隆重的春节时期才精制鸡蛋包子。这就是平时很难吃到鸡蛋包子的真正原因。

蒸饭时将鸡蛋包子集中放进蒸笼里，用大火蒸半小时，肉馅就蒸熟了。将黄澄澄的鸡蛋包子盛在盘子里，端上餐桌，老远就能闻到诱人的香味。夹一个送入口中，细细咬嚼，美得醉人，新鲜瘦肉加上蛋清蛋黄后融合出的特殊滋味，简直妙不可言。吃两个不算少，吃五个不算多。有一位四川小伙来老村岳父家做客，就创下一口气吃完一盘十八个鸡蛋包子的纪录，还赞不绝口地说："鸡蛋包子真是美味佳肴，太好吃了！我在外面打工，在二十多个城市里吃过百十餐饭，还从来没有吃过这么美味的鸡蛋包子。谁要是在城里开一个鸡蛋包子餐馆，肯定天天食客爆满。"

　　随着劳动强度的逐渐减轻，人们休闲的时间越来越多，加工鸡蛋包子的机会也越来越多，吃鸡蛋包子的口福也会越来越多。鸡蛋包子这道特色美食登上城市餐桌的日子，相信会很快到来。

（原载《恩施日报》2012年2月15日）

年　景

　　过年是乡村人辞旧迎新的重大事件，家家户户都以最隆重的方式加以庆祝。最隆重的场面就是吃年饭，谁家的年饭丰盛，鞭炮响的时间长，就说明谁家的年过得红火富裕，过得热闹兴旺。其实，人们是借春节前后这段农活较为空闲的难得时光，将一年的酸甜苦辣、丰收喜悦盘点盘点、放松放松、休整休整，热闹庆贺旧年成绩，隆重迎接又一个春种秋收的挑战。因此，便约定俗成：万众一心辞旧岁，普天欢腾迎新春。

　　改革开放带来了富裕生活，乡村农家的生活水平发生了翻天覆地的变化，过年的方式也变得时尚新潮。几乎整个农历腊月，完全变成了乡村人忙年的黄金时光。特别是进入腊月中旬，人们开始上街赶集。农家夫妇成双成对地到乡场集镇上，购买年货。第一天买衣服鞋袜，第二天买棉被毛毯，第三天买时鲜水果，第四天买点心糖果，第五天买美酒饮料，第六天买肥鱼鸡鸭，第七天买特色商品，第八天买海味山珍，第九天买春联鞭炮，第十天买拜年礼品……年货尚未买齐，时间已步入腊月尾声……赶集的人极多，盛况空前，将宽敞的街道挤得水泄不通。腊月的乡村集镇，是一道热闹的繁荣风景，沸腾动人。

　　三十这天，全家人早早起床，男主人打扫卫生，清除房前屋后垃圾，扫荡室内蜘蛛网，悬挂春联灯笼，营造欢乐气氛。女主人简单吃点早饭，便开始忙碌团圆饭。卤猪头，拌凉菜，炒猪耳朵，炒猪舌头，红烧鱼，清炖鸡，嫩鸡腿，细鸡爪，鸡蛋包子，豆腐丸子，瘦肉蹄子，香肠辣子，萝卜坨坨，洋芋粉丝，薄薄藕片，新鲜青菜……美味佳肴将餐桌摆放得满满当当，将香气充盈得满屋弥漫。特别是那道具有象征意义的特色大菜——蒸年肉，如同一道美食山峰屹立在餐桌首席，让人垂涎欲滴。

年菜上齐，一般为下午三四点钟光景，全家人各司其职准备团年。男人们将铜锣大的鞭炮用长竿从二楼吊下来，点火燃放，和着噼啪啪的大花炮和轰隆隆的冲天炮，冲上高空，响彻云霄。

喜庆声中，老辈人指挥儿孙祭祖，在摆满酒菜的餐桌上放上十只碗，碗里盛一小坨米饭，碗上平放一双筷子，碗边放一个装着点酒的小酒杯，大声呼喊："各位祖先，请回家团年，多喝几杯酒，多吃几碗糯米饭，多吃几坨蒸年肉，多多保佑子孙后人们大发大富！"老辈人一边说着，一边拿起酒杯轻轻地将酒倾一滴给各位祖先，然后远离餐桌静候十分钟左右，再将碗上筷子拿下，转动饭碗，敬上新沏的茶。团年祭祖宣告结束。

接下来，全家人围桌满座，牛奶饮料随便喝，金杯美酒随便饮，年肉鲜菜随便吃，山珍海味随便品……丰盛大年饭，全家团圆乐融融。

吃完年饭，大人小孩到祖先墓地上坟，点蜡烛，烧高香，燃纸钱，放鞭炮，祝福祖先英灵幸福，请求祖先保佑子孙富贵安康。接下来，全家人围坐火炉看春节联欢晚会，一边看，一边拉家常，嗑瓜子，吃水果，煮醪糟，烧糍粑……不知不觉，时间在欢乐声中来到了凌晨时分，在新年钟声敲响的一刹那，人们来到院子放冲天炮，天空中烟花闪耀，夜幕里火树银花，五颜六色，万紫千红。爆竹声此起彼伏，人们欢声雷动，足足狂欢个把小时。

乡村过年完成了辞旧迎新的全部程序，接下来便是昂首阔步走进新一年，走亲访友亲情大交流，大吃大喝大欢乐，一直延续到元宵节。

（原载《帅巴人视窗》2010年1月18日）

独家观点篇

"黄四姐"门前那条河

心有委屈别在乎

身处基层的作者，写正面积极的文稿，有时也会受到一些责难。对此类非议责难，我一笑了之，并不在乎。

去年12月，我本着"发展经济，农民增收，典型植珍木"的思想，写了篇《一棵桂花树，卖了三千元》的稿子。没想到，稿件见报后的第二天上午，建始县三里乡大兴村的一林管员带着卖树人杀气腾腾地来到我的单位，用脚舞动皮鞋"轰隆、轰隆"地猛烈踢门。

我开门让座后，林管员咆哮吼叫道："你杨大忠写什么写？卖树人80多岁的母亲生病在床，卖棵桂花树要钱治病，碍你什么了？你写在报纸上让天下人知道！你知不知道，有关部门在追究责任，要收缴卖树钱还要罚款？杨大忠，我丑话说在前头，林业站扣了我的护林工资钱，我就拿着条子找你要钱，就抱你的电脑电视机！"

我回应说："电视可以抱走，千万别抱电脑。我还要用电脑写稿。"

林管员继续吼道："我章某人说话算数！如果真的没收了桂花树钱，让卖树人受了一分钱的损失，你必须百倍赔偿。卖树人的母亲正缺钱治病，干脆就送到你家里养着……"

等林管员放完了连珠排炮，我也明白了他兴师问罪的原因。我微笑着说："你别动肝火。我写的是一件好事，是想让村里人都多多栽植桂花树，卖给城里人增加收入。《森林法》有条款规定，卖棵桂花树应该说没有犯法。"

"哼——"林管员一声冷笑，"增加收入？屁话！你是通知林业部门来没收桂花树钱，还要罚款！走，到林业站去交代清楚！"

我只好同林管员一起到林业站"交代"前因后果。原因出在"古树"一词上,《森林法》规定,生长一百年的为古树,且挂有保护牌。我则理解为古人栽的为"古树",卖树人父亲(已去世)栽的桂花树,已有八十多年树龄。

我在询问笔录上签字画押后走了,林业站调查核实后事情也就过去了。奇怪的是,此后一段时间,"要将卖桂花树的母亲送到杨大忠家里养着"的话传遍了老家三村。妻子见着我就问:"你要养个老妈了?"我微笑着说:"嘴长在别人下巴上,随便说去。"

不过,一棵桂花树收入三千元的消息却是迅速地传遍了施州大地,农民朋友们掀起了培植桂花树、大栽银杏树的空前热潮,一定程度上带动了经济发展。所以说,心有委屈别在乎。

(原载《恩施晚报》2005 年 3 月 5 日)

"义勇" 报道铸楚魂

《湖北日报》6月7日头版头条《生命谱写的义勇之歌》，报道了罗田英雄王天喜、王盼在上海街头勇斗窃贼的"义勇"事迹，歌颂了见义勇为、无私无畏、不怕牺牲的荆楚精神，催人落泪，撼人心魄。

瞬间爆发的崇高永恒——"上海街头勇斗窃贼，儿子被刺倒在地；父亲冲上来抓贼，大腿被刺中四刀受伤倒地；儿子再度挺身死死抓住窃贼，窃贼气急败坏持刀捅向儿子胸口……殷红的鲜血，慢慢凝固成花儿状，惨烈而又刺眼……"这些沉重的文字，复述了王天喜父子在短短的两分钟内，瞬间爆发出"用生命谱写义勇之歌"的过程，铸就了正义较量邪恶的崇高永恒。

事情发展的必然"义勇"——"生死决断在一瞬间，但瞬间的决断绝非一时冲动。""父亲王天喜一次捐款五千元帮助村里修公路；一年前，王盼睡梦中听到'抓小偷'的声音，便抄起木棍紧追黑影，震慑黑影丢下腊肉逃走；自身贫困的王盼多次捐款帮助他人；王盼与'10·24'救人英雄方招是同学，方招英勇献身后，王盼在网上留言'你是我的骄傲'。"这些朴实的文字解读了王天喜父子勇斗邪恶并非心血来潮，而是助人为乐、见义勇为的必然。

榜样的力量无穷无尽。黄继光、董存瑞、邱少云和雷锋、王杰、焦裕禄等英雄激励、影响了一代又一代中国人。《湖北日报》高唱时代主旋律，以头版头条的显著位置，刊登《生命谱写的义勇之歌》等长篇通讯，详细报道了王天喜"义勇"父子、"10·24"英雄群体、武汉孙水林"信义兄弟"、蕲北老师汪金权等一系列"群星闪耀"的先进典型，铸就了光照日月的荆楚灵魂。凝聚人心，启示读者，净化心灵，十分可贵。

（原载《湖北日报》6月23日）

温泉报道醉读者

《湖北日报》11月19日"焦点"版，报道了一片美丽的新鲜风景——咸宁温泉带给百姓的美妙和谐生活，令读者陶醉，心驰神往，恨不得插上翅膀飞到咸宁，扑入池中享受一下"温泉水滑洗凝脂"的舒服快感。

七幅图片展示了特有福气的咸宁百姓爱泡温泉。每天泡温泉是妇女们生活的重要组成部分，女人们在假山环抱、热气腾腾的池里享受露天温泉，泡在温泉里满脸笑容快乐交流；男人们泡得酣畅淋漓心情舒畅，泡走了风湿病、关节炎，泡出了一身健康……天天泡在水里吸天然之气、饱山水奥妙。《老百姓的一眼泉》中的文字也十分美妙，"在咸宁，有眼流淌千年的温泉。男男女女千年来都在此泡温泉，形成了民间约定，女的12点前洗，男的12点后泡"。这种"独特的民间温泉文化，给当地群众带来了最质朴的快乐"，字里行间透露出咸宁是人间仙境，是人与自然和谐的福乡宝地。唯有宝地仙境散发的智慧灵气才能滋润出温泉文明。

难能可贵的是，咸宁市政府部门在开发温泉市场时，仍然让老百姓享受着温泉，世世代代乐泡温泉。这是深入学习实践科学发展观活动，让人民群众得实惠的生动写照。

党报摄影编辑独具慧眼，精心策划，细致采访，将镜头聚焦到普通百姓的日常美好生活，编辑出这组陶醉读者的深度报道，十分可贵。

（原载《湖北日报》11月26日）

"三峡精神"——民族之魂

　　中央电视台正在热播的电视剧《国家行动》，是一部反映共产党人执政为民、落实科学发展观的电视剧，犹如一曲高亢激越的英雄乐章，又像一部气势磅礴的英雄史诗，振奋人心，让人不禁为共产党人舍小家、保国家，全心全意为人民谋利益的"三峡精神"鼓掌喝彩。

　　三峡大坝造就了高峡出平湖的奇迹，三峡电站发出的电力能让大半个中国的五亿多人受益。但是，国家在完成这举世闻名的三峡工程的过程中，需要让祖祖辈辈生活在峡江地带的一百三十万人民迁移他乡居住，这是比登天还难的麻烦事。有一家外国媒体曾经断言："中国能修成三峡电站，但不能完成百万移民。"

　　千难万难，难不倒真正的共产党人。《国家行动》中的达镇镇长高大炮，在三峡百万移民大迁徙中，为了迁走水位线下的坟墓，在上级下达撤职处分的时候，仍然心甘情愿地给坟主当孝子抱灵牌。为了能与小溪村周旋躲藏的移民男人见面做思想工作，高大炮带领干部深夜冒雨堵住村民大门，然后是苦口婆心劝其搬迁。高大炮的诚心感动了五十四万达镇人，他们不仅积极迁走了自家祖坟，而且主动迁到外地居住。

　　县委书记向云秀为了老城移民能在新城分得一级门面，果断决定让档案局等十二个局的党员干部做出牺牲，让出自己花钱修建的二百六十一个一级门面分给老城移民。以档案局江局长为代表的大批干部思想不通，矛盾激化到剑拔弩张的无奈之时，采用干部公投的方式解决问题，四百八十七名党员干部在公投中居然有96%的人投了赞成票。当群众利益和党员干部利益发生冲突时，群众利益成为最高利益，党员干部最终选择了牺牲自己的利益。

看到向云秀、高大炮等一大群峡江共产党人为民谋利益的高贵品质和先锋精神，人们被深深地感动着。他们的事迹可歌可泣，可钦可佩。为了人民利益，他们鞠躬尽瘁，用民族智慧和辛劳汗水，筑起了三峡大坝的巍峨丰碑，值得全体党员干部学习。"三峡精神"是中华民族的灵魂，是中国共产党人最优秀品质的集中体现。

（原载《恩施日报》2009年4月2日）

"黄四姐"门前那条河

美文美图神农溪

《恩施日报》4月20日八版的《视角》刊载了《风生水起神农溪》，其精美大气的图片和文章，令人眼睛一亮，细细阅读，细细欣赏，美得心醉，让人难忘。

神农溪两岸彩旗飘扬，峡江儿女披上盛装，用绽放的青春笑脸迎八方宾客，"整装待发"势如长虹，全景式的壮丽画面展示三峡纤夫节的深厚文化底蕴。令人心潮波澜壮阔，赞峡江绝世无双。大照片绚丽多彩，隐隐约约透露出神韵溪魂。

"百舟竞技"让宽阔的江面上龙腾虎跃，"百舸争流"使碧绿的溪水浪花万丈。这磅礴的美何处能有？这雄壮的力哪里能见？今天火爆的神农溪旅游，将昔日的纤夫演变成了"桡夫子"的表演，吸引着成千上万世界各地游客也参加，这世界的神农溪怎么能不诱惑人要亲眼看一看？这神秘的仪式怎么能不吸引人去亲自访一访？美女游客聚精会神"读到精彩处"，是对美景神农溪的痴情喜欢；撑伞女郎全神贯注"看到入神处"，是对奇绝小三峡的痴迷陶醉……小图片张张经典，清清楚楚定格着节日的活泼与精彩。

"豌豆角"一字排开，枪响起万箭发射，五纤夫挥动船桨，观光客欢呼雀跃，湖面上浪花翻卷……迎风招展的彩旗，健壮豪放的纤夫，你追我赶的"豌豆角"木船，展现出一幅百舸争流、百舟竞技的精彩画卷……游客们心随船动，喝彩声、加油声、呼声如雷……粗犷有力的船工号子震撼了山崖，喊出了巴东纤夫高昂不屈的气势，喊出了神农溪古老秀美的神韵，喊出了土家人勇敢顽强的雄心，掀起了旅游开发的新高潮！

《风生水起神农溪》,一幅幅画卷展示了三峡纤夫节的无穷魅力,一段段文字解读了施州大地灿烂的旅游文化。美文美图,让人难忘。

(原载《恩施日报》2005年4月28日)

以"美"取胜的《穿越》

《恩施晚报》副总编辑谭笑的新闻作品选《穿越》,是一部优秀的文集。细细拜读,感觉到文章字字珠玑,句句精彩,段段光鲜,潜移默化间已将读者心灵滋润得快乐愉悦而受益匪浅。《穿越》能启迪人们用智慧的目光去观察世界,去思考热点,去面对现实,去创造生活。

《穿越》极美。封面封底是一片厚实肥沃的黑褐色泥土,一条宽敞亮堂的柏油路很是潇洒地穿过那茂密的大森林,清新优美、大气磅礴;封二等二十余幅照片展示了谭总编的芳容,和她从1986年到2004年间用沉稳脚步穿越时代变迁的坚实历程。美丽洒脱、笑容灿烂、朝气蓬勃是这些照片给人的感觉。

其实,更美的还是《穿越》的厚实文章。《穿越》的杂文、随评、文论选粹等精彩犀利;《穿越》的通讯文章更厚实大气,四十余篇通讯纪实文章篇篇都是精品,其中有十二篇获得了多种全国性大奖。《山旮旯里有这样一位母亲》同时获得省和国家级四项大奖,《农民专家邓祥光》获得三项大奖,《寻子——发生在两个民族家庭间的故事》被国内名刊《知音》转载……

《穿越》能吸引读者,是因为它具有打动读者的强烈震撼力,意境深刻隽永,人物鲜活传神,语言优美生动。比如《山旮旯里有这样一位母亲》中的主人公李淑珍,在失去丈夫、一年只有二百元收入的困境中,居然将四个孩子培养成一位博士后、两个本科大学生和一个中专生,"李淑珍的情怀像一片沃土,儿女们吸取她的养分长成了参天大树",诗一般的语言和意境美得让人们心灵颤动。比如《寻子——发生在两个民族家庭间的故事》,写的是"二十五年前,两个不同民族的家庭错领了刚刚出世的孩子,演绎出一段充满曲折巧合与温馨爱意的民族团结佳话"，这种极富悬念的文字描述了"杨光红岳父母嫁一个女儿得了四个亲家"的真情爱心故事，简直就是高尚品格和道德情操的绝唱。

像《巧遇潘星兰》《半条生命写春秋》《饱含深情写山魂》等，单看题目便有心被抓住的神往……在作者笔下，一个个鲜活的故事，一件件动人的事迹，一幕幕精巧的构思，一串串美妙的语句，令人百读有味，其乐无穷；一些平凡人物、事件，精彩的，令人欢欣鼓舞，沉重的，发人深思，折射出一个多姿多彩的鄂西"改革时空"。

《穿越》的厚实文章篇篇都充满了浓郁的人性美和人情美，思想性、可读性和知识性特别强，令各个层面的广大读者都十分喜爱。《穿越》用"美"取胜，值得作家们借鉴、深思。

（原载《恩施晚报》2005 年 1 月 23 日）

让孩子每天睡够八小时

《湖北日报》8日报道,湖北省教育厅采纳一家长"让孩子每天能睡够八小时"的建议,迅速制定了统一全省中小学作息时间的文件,规定每天小学生到校时间不得早于8时20分,中学生不得早于7时50分,还对中小学每天课外作业的总量进行限制,严禁学校随意延长教学时间和增加学生在校活动总量,违规者将追究责任。这项"以时间换健康"的政策受到家长和学生们的普遍欢迎。

一些学校为追求重点高中升学率,同年级教师之间为比学生成绩,实行超强度教学,许多学生早上6时起床,天黑回家,做功课到深夜,每天有15小时与课本、作业打交道,周六还要补课。沉重的学习负担导致学生体质下降。湖北省教育厅对症下药,从年、周、天来科学统一全省义务教育阶段学生作息时间,以刚性规定保证学生"健康第一",这是天大的好事。

好事要办好,好政策要执行好。诚请一些死死抱住"时间加汗水等于成绩"的学校和老师,不妨转为"向四十五分钟要质量",放弃"上头有政策,下头有对策"的做法,坚决执行"统一作息时间",让孩子们健康成长。

(原载《湖北日报》2006年4月20日)

值得收藏的日全食解读

7月23日,《湖北日报》一版《日月相追逐,美景动人间——罕见日全食如约临荆楚》和六、七版《美哉,天上人间》的通讯,以图文报道了长江流域三亿人民观看两千年来罕见的天象奇观的空前盛况,解读了"天狗吞日"的深奥道理,是一道普及天文知识的科学文化大餐,精彩纷呈,特别好看。

太阳由缺复圆的多幅图片令人震撼,《汉口江滩日全食瞬间即景》美丽灿烂,万众观日汇聚荆楚,飞机逐日更为壮观。二十四幅图片如同磁石,瞬间将读者的心紧紧揪住,让读者情不自禁为这天象奇观拍案惊叹,特别是弥补了那些因云雾遮掩而意犹未尽的人的观赏遗憾。

一版的《罕见日全食如约临荆楚》,生动讲述了日全食"初亏、食既、食甚、生光、复光"的发生过程,太阳与月亮,这对宇宙间的精灵,相约相伴从印度上空飘过西藏,进入长江流域;9时20分,它们闪烁出光芒夺目的钻石环、贝利珠、日冕……联袂上演令荆楚大地为之着迷的视觉盛宴。

六版的《美哉,天上人间》,写天文学家高布锡对日全食的精彩解读。"令牛顿头疼的月亮规律""日全食在长江流域两千多年罕见""日全食之美,超乎想象""贝利珠从哪里来",高布锡对一个个关于日全食问题的详细解读,令读者对月亮遮掩太阳的玄机有了深入了解。这是一篇非常难得的天文科普文章,值得收藏。

《湖北日报》在日全食发生的第二天,就编发出三版相关文章,充分展示出科学实践观在湖北省的灵活运用,也表现了党报编辑积极传播天文科学知识、与时俱进的工作激情。

(原载《湖北日报》2009年7月31日)

图美文美施州美

8月15日,《恩施日报》旅游周刊五版《"世界美女"看"世界美景"——向世界推介恩施》的图片文章,令人眼睛一亮,图片美、文字美——为她们提供巡游活动的恩施大地更美。

2009年国际旅游小姐冠军总决赛世界巡游恩施站活动,迎来了四十一位国际旅游小姐,金色或黑色的长发,巧克力色或白色的肌肤,灿烂或迷人的笑容,甜美或精致的脸蛋,五彩缤纷的服饰,晃荡在香车大街上的身影,被万众簇拥缓缓前行,令施州大道光华四射,清水走廊美丽绝伦——她们观恩施风情,向世界宣传恩施。八幅彩色图片将世界佳丽定格在共和国六十华诞之际的恩施大地,美艳动人。

《"世界美女"看"世界美景"——向世界推介恩施》还是一篇美文,不仅意境美,文字也很美。"恩施,来了一群世界级美女,她们都是各自国家和地区的选美冠军。""香车美女,数万人簇拥前行。""四十一位佳丽,四十一把雨伞,形成了一道独特的风景线。四十一把雨伞,不同的花色,不同的成色,成就香车美女的另类元素。美丽而不失健康,大方而不失性感,可爱而不失稳重,四十一位佳丽诠释着同一种魅力。"读着这些优美的文字,你会想象到现场的盛况,想象到她们拼搏奋斗的各种艰辛。

文章还告诉读者,此次活动旨在将佳丽的风采与世界级的恩施自然风光和民俗风情融合,并通过众佳丽与镜头向世界传播与推介恩施,让更多的人了解恩施,有助于提升恩施国际旅游品牌的知名度。

(原载《恩施日报》2009年8月20日)

俯瞰美景势磅礴

《湖北日报》7月27日一版和三、四、五、六版及陆续推出的《俯瞰鄂西生态文化旅游圈——云淡风轻天地阔，水秀山明画意浓》等大型系列图片报道，是旅游宣传的特大手笔，空中飞行俯瞰旅游线路，美景尽展，气势磅礴。

省政府计划投资1600亿元人民币，用五至十年时间，将襄樊、荆州、宜昌、恩施等八个市州（区），打造成山川秀美、生态优良的鄂西生态文化旅游区，使其成为集生态观光、民俗体验、康体娱乐于一体的综合性旅游圈、生态文明圈和科学发展圈。为搞好宣传报道，《湖北日报》租用直升机飞行三十余小时，在空中拍摄了数万幅影像图片。一版文字的精彩介绍和《俯瞰鄂西生态文化旅游圈飞行路线图》的清晰图画，令读者心情振奋，备受鼓舞，对未来的鄂西宏图心驰神往，充满信心。

三、四、五、六版的图片，简直令人拍案叫绝。举世瞩目的长江三峡大坝，历史文化灿烂夺目的荆州、襄樊古城，无与伦比的武当山道教圣地，随州编钟、炎帝故里、明朝显陵、襄樊古隆中的历史精华令人惊叹，恩施大峡谷的百里绝壁、傲啸独峰，风景如画的三峡人家，城在山中、林在城中、楼在林中的十堰车城，等等，这些在空中航拍的图片，其景物的完整、地域的奇特和景点的神奇瑰丽，被表现得精彩纷呈，令人怦然心动。

此后陆续刊出的襄樊、随州、宜昌、石首、荆州、荆门等景点图片，也是幅幅亮丽，让读者坐在家中就游览了千姿百态的景点，领略了鄂西生态旅游圈的磅礴气势。

（原载《湖北日报》2009年8月20日）

向"最孝警察"致敬

《家庭》杂志2010年5月下半月版刊登的《父母瘫痪12年，最孝警察艰难行孝感动中华》打动了千千万万读者心，是一篇难得的好文章。

俗话说"久病无孝子"，"最孝警察"王春来用一连串"艰难行孝"的持久行动粉碎了这种说法，催人泪下，让人好生感动。也许，王春来是在用这种加倍行孝报恩的方式来偿还母亲的怀胎恩情。百善孝为先，这是中华民族最为可贵的道德品质，让我们为王春来的孝心喝彩鼓掌。

王春来的事迹报道后，在读者中引起了强烈反响。有一位小学教师读了《家庭》后，又将王春来的故事讲给她家乡的乡亲们，令一对麻氏夫妇惭愧——半个月前，麻氏夫妇60多岁的独居母亲病死在床上，八天后才被发现——其母亲脸上的肉和眼珠已被老鼠啃光，儿子只好用白布将尸首裹紧草葬。

人的一生短暂而漫长，应该高高兴兴来到人间，科学发家勤劳致富，快快乐乐幸福生活，平平静静回归自然。《家庭》杂志正是以全力营造这种和谐幸福的家庭为宗旨，刊登出这篇好文章，用真善美的人间大善播种爱心，温暖人心，特别可贵。

(原载《家庭》2010年第16期)

美丽《清江》

《恩施日报》第四版的文学副刊《清江》专刊办得越来越好，刊载的散文、小说、诗歌，生动活泼，描写的都是清江河畔美好的社会、家庭生活，犹如一桌丰盛的美味佳肴，于醇香四溢中透露出浓浓的人性美和人情美，贴近时代，启迪人生，令人回味无穷。

比如 11 月 6 日第四版的《清江》，散文诗歌展示了一片弥足珍贵的人间真情：孱弱多病的母亲牵肠挂肚地关爱女儿，是母爱之美；无微不至忠诚陪伴丈夫夜读的妻，是恩爱之美；小水坑里倒映出空中风筝的天堂，是思念之美；桀骜不驯、万般柔情的广润河，是大自然之美；还有将儿女"种成大树、点亮蜡烛、育成鲜花"的父爱之美……

《清江》刊登笔者的小小说《还债》，还引发了一堂有趣的作文教学。建始三中的叶楚慧老师将《还债》在课堂上念给九十多名学生（两班集中上课）时，学生不仅聆听时鸦雀无声，听完还踊跃发言说："《还债》很美，有美好的乡土特色，有心灵高尚的村支书。""小偷赵南仁主动偿还偷窃的魔芋钱，是偿还一桩心债，是一种知错能改的思想美……"叶老师总结说："同学们说得对。小说《还债》，主人公赵清明不让妻子抓贼，却让儿媳将贼的女儿带去打工，亲手将贼的大猪救出粪池。这种容纳百川、包容五洲、海阔天空的宽广胸怀，美得隽永、美得醉人！同学们要学习这种美好品德！"

当叶老师将这些课堂活动细节告诉我时，我心潮荡漾，百感交集。睁大眼睛在《清江》的百花园里吮吸蜜汁，怎能不快乐无限？感谢《清江》编辑老师，编发了我的《仁智马老师》《父亲》《蛇乡趣闻》《红桥风波》《甜泪》等一大批散文、小说，连载了我的《魔土》《走出冬天》等一批中短篇小说。

"黄四姐"门前那条河

  优美隽永的《清江》副刊,展示了大千世界斑斓多姿的人性美和人情美。愿这种真善美文章,越来越多。

(原载《恩施日报》2010年8月9日)

爱心凝聚帅巴人

爱是人类最美好的行为。每一个少年儿童踏入学校的第一课，学的就是"爱祖国、爱人民、爱领袖、爱父母；和同学团结友爱，爱护公共财物，爱护花草树木"，等等，幼小的心灵被刻上"爱"的深深烙印，让爱的旋律陪伴一生。

爱是美的天使，爱走到哪儿，哪儿便让愚昧和丑恶远遁，让贫穷和野蛮消失，让痛苦和磨难减轻，让社会变得和谐，让人生变得幸福，让地狱变成仙境。

爱是智慧的结晶，爱是制胜的法宝。

帅巴人老总冯俐、向吉贤对爱的理解特别深沉，用爱筑起了思想的大厦，用爱谱写了事业的辉煌。他们建成的帅巴人酒店刚刚在施州崭露头角，便用爱的甘露办起了企业报纸《帅巴人视窗》，将爱的信息传遍四面八方。

董事长冯俐在每期报纸中缝释放出爱的信息，祝福亲爱的员工生日快乐，真诚关心员工的成长，鼓励员工刻苦自学，获取大专文凭，出资报销50%的学习费用；派出厨师小组纵横千余公里，学习考察大中城市的酒店动态，为员工充电。这些爱心凝聚的力量，铸就了帅巴人事业蒸蒸日上的成功和辉煌。

帅巴人不仅爱员工，而且爱社会。四川汶川发生了8级大地震，公司便在帅巴人酒店举行了支援灾区的捐款活动。冯俐带头将11000元投入捐款箱中，公司捐款17400元，员工捐款10700元。帅巴人还将2000多元的书包、文具等学习生活用品送到何功伟小学20名留守儿童手中；2005年10月，帅巴人与恩施高中签订协议，对叶香玲、罗平、李志勇三名贫困学生实施三年两万元的赞助，三人在今年高考中取得优异成绩，上了一类大学本科线。

李志勇在《永怀感恩之心》中写道："生命中注定会遇到奇迹，当老师告诉我帅巴人慷慨资助我时，我正在上英语课。这如阳光般温暖的消息，让我觉得那节课特别有劲，突然间拥有了无穷的力量，这种力量促使我从年级的等七十名前进到高考时的第十六名，很荣幸地当上了班长，高三时光荣加入了共产党。帅巴人的资助，将成为我前进的永远动力……"李志勇用最朴素实在的语言，诠释了人们对爱的永恒感恩。

爱心凝聚着帅巴人。翻开《帅巴人视窗》，爱的故事广泛流传；走进帅巴人酒店，爱的旋律四处昂扬。世界上流传得最多的是爱的故事，让我们奏响爱的旋律，人人都变成爱的天使，让人间变成爱的世界，变成爱的海洋。

（原载《帅巴人视窗》2008年11月8日4版。笔者受到《帅巴人视窗》副总编尹鸿远先生厚爱，共在《帅巴人视窗》刊出《美丽帅巴人》《阳刚正气帅巴人》等文章12篇，现收录其中2篇）

文明帅巴人

中华民族用智慧和勤劳，用不屈不挠，用可歌可泣，用侠肝义胆，用苦难辛酸，前赴后继，轰轰烈烈，撼天动地，创造了五千年东方文明，如巨人般屹立东方。

当代中国用"春天故事"，用改革开放，用经济建设，用科学神力，用民众威力，用港澳回归，用步入太空，用东部崛起，用西部开发，用"三个代表"，与时俱进，迈步小康，万马奔腾，创造了经济奇迹与当代文明，矗立于世界强国之林。

恩施土家苗汉人民，用政策福星，用自治建州，用二十年光阴，用奋发图强，用铁路动工，用高速公路，用百万打工，用调整结构，内外打拼，经济崛起，万象更新，发扬了鄂西文明。

帅巴人用美丽能干，用卓越管理，用特色经营，用隽永才情，用诚信真情，用智慧"武功"，用高尚品德，用勇于创新，用优质服务，用高瞻远瞩，用深谋远虑，用打造品牌，用《帅巴人视窗》，树企业文化旗帜，做美食文化先锋，推动了帅巴人企业发展，创造了帅巴人美食文明。

中华民族五千年悠久文明，改革开放三十年"春天"文明，恩施自治州崛起鄂西文明，帅巴人创造出美食文明；中国军团用气势磅礴，用神龙呼吸，用排山倒海，在雅典奥运会上拼夺金牌，创造体育大国的辉煌文明……其间的曲折历程和沧桑变化，值得人们思索回味。这个社会需要英明决策，需要高屋建瓴，需要扬长避短，需要万众一心。

坐落于航空路的"帅巴人"已在美食文化的春天里迈开脚步，在企业品牌的打造中显露身手，在特色经营里拓展出亮丽天空，在物质文明和精神文明的建设中造出辉煌，令世人欢欣鼓舞，令恩施人民为荣。

（原载《帅巴人视窗》2004年9月1日3版）

后记

微笑看世界

贾平凹先生有篇文章《笑口常开》，细细阅读，深得其妙，便模仿效法，果然其乐无穷。

初中毕业，不能被贫下中农推荐读高中，却被爱才校长"力挺"进入小学当民办教师，转正后被借调到区公所写新闻报道，到今日出版散文集《"黄四姐"门前那条河》……一路走来，我都用善意微笑面对世界，用真诚爱心书写文章，虽然未遇到达官贵人提拔重用，却遇到了超过百余位编辑贵人厚爱发稿。由此悟出一条真理：永远用微笑面对世界，便能换来无限快乐，收获美好幸福，圆满作家梦，此生不虚度。

20世纪70年代，我读完小学（大牌小学）又读初中（戴帽初中），因为学习成绩优秀一直任班长，被老师和同学们称为"老班长"。读初三时全班共二十一人，成绩好的学生有五人，但只有我和毛昌豪（毛比我幸运，高中毕业后进入新疆部队，又到西安读军校变成军官，转业后先后任恩施州政府副秘书长、州政府武汉办事处主任）成绩最好，各科第一由我二人轮流承包。班上每次办墙报专刊，我的文章都排在显要位置。然而，学习好并非好事。在那个非常年代，我因"社会关系"受到株连，被高中拒之门外。二十一人的初中班有十九人被推荐读高中，"老班长"却不能读高中，有一位贫下中农意味深长地说："这世界还真怪了，孩子不愿意读高中，我们当家长的也不想他们读高中，政府却偏偏硬要他们读高中！'老班长'一心一意想读高中，政府却不允许他读高中！"听到这些伤痛心肺的话，我强颜欢笑，暗下决心要努力抗争，改变命运。

　　身体瘦弱的我，被派去修红卫水库。半年之后，本有一次成为会计的机会，我却与之错失。半个月后，我走进大队加工厂跟着师傅学开柴油机，很快掌握了驾驶技术，且能将柴油机开膛破肚"做手术"，经常独自一人带着柴油机到生产队里加工小麦脱粒。不久，拥有锅铧加工厂（用锅炉倒锅、倒铧）、粮食加工厂（做面条、粉碎玉米面、加工大米）和缝纫铺的"五七"厂安排我任会计。小队会计没有干成，却干成了大队加工厂的会计。我心中喜悦，难道这就是塞翁失马，焉知非福？

　　白天到加工厂工作，晚上回到家里点着煤油灯写小说，写成了一篇六千字的小说《平凡的一夜》。写一个小青年在生产队里开柴油机，柴油机突然坏了。为了赶在下雨前将小麦脱粒，小青年连夜拆开柴油机，更换了活塞环，更换了油泵芯子……拂晓前修好了柴油机。我将《平凡的一夜》寄给《长江文艺》，很快收到了编辑回信："《平》很不错，写了青年人苦干一通宵修好柴油机完成小麦脱粒的故事，但他是自己大意造成了机器故障，思想起点很低，这就违背了'三突出'的原则，故退还给你……"这封编辑回信，让我心潮澎湃，从此迷上了文学写作。

　　第二年9月，大牌小学缺少民办教师，校长黄运柏找大队领导说："我提议让杨大忠任民办教师，是考虑到给学校选一些有能力的好老师，把大牌小学办好。你们不要担心杨大忠跳出大牌，他来到学校教书，仍然在你们的掌控之内，书教得好就让他继续教书，不听话随时可以让他回家种地。"三位大队领导仔细想想也是这个道理，便同意了黄校长的建议。在"五七"厂仅仅干了八个月的我，便十分幸运地走进学校当起了民办教师。我特别感谢黄校长，也很珍惜这个机会，将全部精力用在教学上，任小学四年级班主任，把这个班带到初中毕业（黄校长任数学老师），中考时成绩居全乡第一。暑期开教师大会，教育站发我一块（全区共两块，另一块奖给大牌中小学）玻璃镜框大奖状，让我成为三里区一鸣惊人的民办教师，还请我在三百多名教师大会上做典型发言。

　　1980年搞教师转正考试，我写的作文《教育的春天》得到阅卷老师吴乾的高度赞赏，吴乾当着所有的阅卷老师朗读《教育的春天》全文，博得了一阵阵热烈的掌声。因为我教书成绩和考试成绩第一，便成了第一批转为国家正式教师的民办教师。得到通知的那一刻，我激动得热泪盈眶，要老婆做一桌酒席，请大队领导喝酒，表示对他们的衷心感谢……

转正后的第二学期，我被调到乡重点小学——三里坝小学任教。我继续发扬智慧教学的作风，多次给全区的小学语文教师上作文公开课。

我先后有《改革作文教学的点滴体会》《教学中培养学生的创造力》等三篇教学论文获州、县奖励（州二等奖一篇、县三等奖两篇），这在三里坝小学是空前喜事。教育站的沈烈华、徐节甫两位教辅员陪同我到县里开会领奖，令许多兄弟乡镇羡慕不已。这本是工作取得成绩的喜事，可是我微微一笑，喜事未必真喜事。果然，眨眼间，喜事便成为嫉妒之源。

夜里不喜麻将纸牌，却爱舞文弄墨，我的短篇小说《四十八天短工》被1988年第9期的《长江文艺》发表。这可闯下大祸，急得领导紧急开会发出文件：不务正业，调回大牌教书！

开学家访，走了三家，我四肢沉沉肉跳心颤：铺子屋场兴娃娘疾病缠身，长年卧床不起，老子对其贫困束手无策一筹莫展，兴娃两兄弟无被盖便深入地窖睡稻草抵御严寒；小垭山顶漆槽里的何香妈妈跟人贩子远嫁内蒙古，香妹爸不准香妹上学要她煮饭养猪……我三番五次上门，只差下跪，终于将兴娃、何香妹和郑兰洋接进学堂。期末结账，学校用我工资抵押其三人学费76元。我坦然大笑，权当捐款"希望工程"，划算。

1993年春天，我打着铺盖卷儿走进教育站，黄站长（民办教师转正，比我大十多岁却滞后五年转正）直言不讳地说："调你到教育站工作，是区委领导的意思，主要是想你多写新闻报道，改变三里乡新闻宣传工作的落后状况。我考虑了一天时间，觉得你干脆借调到区公所干宣传工作更好，能及时熟悉区委中心工作。"

从此，我走进区公所干起新闻报道工作，发表了两千余件新闻作品，始终用微笑感恩的心态书写人间真善美，弘扬时代正气歌。

2010年春天，青海玉树发生地震。4月20日，央视播出"凝聚每份爱，点燃颗颗心"的募捐晚会。我热血沸腾地写了一篇《募捐晚会鼓舞人心》，表达建始人民为玉树人民祈福、为民族团结自豪、为国人精神喝彩、为节目精彩鼓掌的思想，居然被《人民日报》评论版刊登。我百感交集——一个长期生活在鄂西大山中的普通百姓，能在凝聚全国人民心声的报纸上发出声音，这是何等激动人心？

借调到三里区公所（现在称乡政府）的头几年，我住在靠小河边的一间简陋房子里，就在这里写出了大批的新闻通讯稿件，五百余字的稿件《区委书记田头传技》刊登在《恩施日报》头版头条，《书记勾手指》刊登在头版中心位置，在建始大地激起了巨大反响。建始县三里区的党委书记、副书记的典型事迹破天荒登上了党报头版，这在建始县十个区镇领导干部中是很少有的事。

渐渐地，我笔杆过硬的名声深入人心，人人乐意给我提供最好的新闻素材。乡农技站干部陈普亮利用周末时间，带我到槐坦村实地查看"打断沟水渠"，采访当事人赵文宣、易绍真等，使我写出了中篇小说《棉花坝"镇反"》；乡民政主任向成建多次邀请我采访退伍军人、福利院老人、困难群众，于是我写出了《爱心献给军烈属》《系着背着尽是爱》等新闻故事；根据红岩镇中学校长孙绍柏的介绍，我写出了《新加坡侨商资助176名穷孩上学堂》和《日机轰炸下的幸存孤女》等影响力大的文章；在巴东朋友的热心邀请下，我写出了《三峡女深圳再生，死亡约会变成爱的聚首》等文章；县公安局政委田崇祥、政治处主任易友书多次通知我采访案件，我写出了《花丛异味》等十余篇法制文章。

县委常委、宣传部部长费东海看了《天使与魔鬼同行》的文稿，了解到作者经济困难的实情，主动向县政府争取了2万元经费，资助我顺利出版了小说集《天使与魔鬼同行》。费部长帮了我如此天大的忙，我却没有给费部长敬一支烟，泡一杯茶，就得到费部长"多写好文章"的嘱咐，这令我刻骨铭心，终生难忘。还有原副县长吴绍溶、县人大常委会副主任向绪雄、办公室主任杨年敦、县文化局长林华翔、县广电局长李朝福、三里乡宣传委员何振丽、三里初中校长向绪遂、县直部门领导卢发金和胡毅、建始书法家黄宗政、侄儿冯中华和杨普等众多的领导与亲友，也都给了我鼓励和帮助，让我泪目！

正是因为这些丰富而美好的经历，促使我出版了散文集《"黄四姐"门前那条河》。这是一条饱含深情的河，欢笑的河水就是那悦耳动听的歌。

于是，我终于觉悟：永远用微笑面对世界，冰天雪地也是太阳天，处处都是温暖，时时都有灿烂。不信试试。

最后，需要特别说明的是，原《今古传奇》主编李传锋，《民族文学》主编叶梅，《长江文艺》主编刘益善、吴大洪，《民族文学》编辑胡天亮，《恩施日报》编辑谭笑，湖北民院教授王正贵，《海燕》编辑王桂芝，《短篇小说》编辑丁辰，《知音》编辑陈宁，《古今故事报》编辑南柯，《清江》编辑王月圣、田平、杨秀武、甘茂华，恩施作家邓德森，长阳作家温新阶，《湖北作家》编辑吴佳燕，《前卫》编辑潘小丽，《传奇故事》编辑赵小勇，《章回小说》编辑陈咏红，《人生》编辑曹怀新、郑明，《青少年与法》编辑王成志，《中国绿色时报》编辑张一诺，《传奇故事·探案经典》编辑杜彬，《蓝盾》编辑徐玫、滑卫红、娄向丽、乌兰，《湖北日报》编辑赵晓玲、陶忠辉、汪训前、段献民、杨发维、熊海泉，《农村新报》编辑方桐，《湖北信访》编辑徐福扬，《脱贫与致富》编辑赵和平，《湖北人口》编辑潘真，《恩施日报》编辑谢志超、赵北平、王清平、周忠、何冶、杨春苗、姚代凤、邹启昌，《帅巴人视窗》编辑尹鸿远，《党员生活》编辑李薇、陈兰苏、林晶晶，《恩施晚报》编辑周春燕、邓丽萍、岳琴、胡俊杰、彭绪艳，《中国人口报》编辑陈大鹏，县文联主席陈步松、汪启武，《女儿会》编辑吕金华，宣传部副部长胡永铸，《建始百年散文》编辑邹先红，《山茶花》编辑罗炳林，《金建始》编辑官平、杨昌祥、向阳、蔡红梅，《茨泉》编辑吴修祥、付小平、余明照、宋传轩、吕婷娴、朱玉凤等一百多位全国各地的编辑老师，用微笑真情编辑了我大批的小说、散文稿件，我向你们一并致敬，一并致以最衷心的感谢！

2020 年 6 月

附录

主要作品（按时间顺序）

短篇小说：《四十八天短工》载《清江》1987年1期、《长江文艺》1988年9期

短篇小说：《十大于五十》载《春潮》1987年6期

短篇小说：《黑旋风》载《情苑》1988年1期

短篇小说：《两千八百彩礼》载《小江南》1988年3期

短篇小说：《让铺》载《清江》1989年7期

短篇小说：《新娘》载《金建始》1989年5期

短篇小说：《卖烟》载《清江》1990年4期、《长江文艺》1991年7期

短篇小说：《甜泪》载《恩施日报》1990年6月18日

短篇小说：《红桥风波》载《恩施日报》1991年12月11日

短篇小说：《挡不住的阳光》载《山茶花》1992年3期

散　　文：《瞻仰毛主席纪念堂》载《鄂西报》1992年5月30日

短篇小说：《调动》载《湖北教育报》1992年9月20日

短篇小说：《魔土》载《民族文学》1992年12期，后被《恩施日报》连载

散　　文：《蛇乡趣闻》载《鄂西报》1993年7月7日

社会纪实：《稻谷里的秘密》载《恩施日报·周末》1994年1月28日

纪实散文：《欢笑的东龙河》载《情苑》1994年2期

社会纪实：《炮眼里的灾难》载《湖北信访》1994年9期

中篇小说：《石灰窑》载《清江》1995年3期

短篇小说：《组长》载《海燕》1995 年 6 期；载《短篇小说》1997 年 5 期

散　　文：《挎包银行主任》载《恩施日报》2005 年 6 月 25 日

社会纪实：《打工血泪》载《三峡晚报》1996 年 1 月 20 日

短篇小说：《上门女婿》载《情苑》1996 年 2 期

短篇小说：《五十四次客车》载《恩施晚报》1996 年 8 月 6 日

散　　文：《痴情只为稻花香》载首都期刊《中国农技推广》1996 年 6 期

短篇小说：《常青藤》于《海燕》1996 年 6 期

社会纪实：《震惊县委书记的奇书》载《湖北信访》1996 年 10 期

纪实散文：《立足岗位写风流》载《恩施日报》1997 年 1 月 5 日

散　　文：《刀刃上的好钢》载《恩施日报》1998 年 8 月 20 日

社会纪实：《第二次离婚》载《楚天都市报》1998 年 7 月 10 日

纪实散文：《小溪口移民》载《恩施日报》1999 年 1 月 30 日

散　　文：《杀猪三趣》载《恩施晚报》1999 年 4 月 16 日

法制新闻：《土地官司》载《湖北日报》1999 年 6 月 7 日

社会纪实：《香姑算命》载《湖北农民报》1999 年 10 月 13 日

短篇小说：《生死姐妹》载《茨泉》2000 年 3 期

中篇小说：《初夜》载《传奇故事》1999 年 4 期

短篇小说：《习惯》载《故事报》2005 年 11 月 8 日

纪实小说：《背不动的心债怎一个"恨"字了得》载《警笛》2000 年 11 期

社会纪实：《扫荡群霸保平安》载《恩施晚报》2002 年 1 月 5 日等 3 期连载

散　　文：《儿子教我学电脑》载《恩施日报》2002 年 6 月 24 日

小　　说：《马大炮照相》载《恩施晚报》2002 年 7 月 5 日

散　　文：《唢呐爷的顺口溜》载《湖北日报》2002 年 11 月 28 日

散　　文：《久唱不衰的经典民歌〈黄四姐〉》载《恩施日报》2003 年 6 月 3 日

散　　文：《大姐坐飞机》载《恩施日报》2003 年 1 月 2 日

中篇小说：《金子坝陷阱》载《传奇故事》2003 年 7 期

纪实小说：《幽灵迷雾连环案》载《蓝盾》2004 年 1 期

纪实小说：《七分钟窃案》载《蓝盾》2004 年 3 期

纪实小说：《疏忽门缝》载《茨泉》2005 年 1 期

纪实小说：《老妇刮起毒祸风暴》载《蓝盾》2005 年 3 期

社会纪实：《天使与魔鬼同行》载《警笛》2005 年 5 期

中篇小说：《走出冬天》载《恩施晚报》2005 年 6 月（分 28 期连载）

散　　文：《向筑路英雄致敬》于《湖北日报》2005 年 8 月 9 日

中篇小说：《遗传预言》载《传奇故事》2005 年 9 期

纪实小说：《花丛异味》载《蓝盾》2005 年 11 期

纪实小说：《11 年水底沉冤》载《警笛》2005 年 11 期

纪实小说：《微笑杀人》载《蓝盾》2006 年 3 期

散　　文：《高峡平湖扬国威》载《湖北日报》2006 年 6 月 8 日

社会纪实：《出轨噩梦》载《恩施晚报》2006 年 6 月 1 日

短篇小说：《局长下乡》载《恩施晚报》2006 年 8 月 18 日

纪实小说：《三袋白骨的背后悲剧》载《蓝盾》2006 年 9 期

散　　文：《经典民歌〈黄四姐〉》2007 年载《湖北文化》《民族大家庭》《恩施日报》《恩施日报》《建始百年散文》等 6 家报刊

纪实小说：《溺爱种下的罪恶》载《传奇故事·探案经典》2007 年 5 期

纪实小说：《女人斗狼》载《恩施晚报》2007 年 7 月 28 日

中篇小说：《治乱月亮镇》于《古今故事报》2007 年 11 月 19 日至 29 日连载

短篇小说：《小偷还债》2007 年 12 月 27 日被《恩施日报》《恩施晚报》《农村新报》《建始新闻周刊》等 4 家报刊发表或转载，后载《芳草》2010 年 9 期

散　　文：《父亲永远活着》载《恩施晚报》2007 年 12 月 12 日，被《湖北人口》2008 年 3 期的转载，后被收入《黑五类忆旧》第三辑，被 2017 年《清江》冬季号转载

散　　文：《乡村闹元宵》载《恩施晚报》2008 年 2 月 22 日

纪实小说：《问题来自盐罐》载《蓝盾》2008 年 4 期

中篇小说：《豺狼化身猎手》载《蓝盾》2008 年 8 期

中篇小说：《棉花坝"镇反"》载《清江》2008年秋季号
中篇小说：《梦碎两河镇》载小说集《魔土》2008年11月
散　　文：《微笑看世界》载《清江》2009年2期
散　　文：《焦点新闻扬美德》载《湖北日报》2009年3月22日
散　　文：《读者文章读者多》载《湖北日报》2009年4月12日
散　　文：《画面雄伟气象新》载《湖北日报》2009年7月16日
散　　文：《易满成故事感动人》载《湖北日报》2009年7月26日
散　　文：《白鹭乐园》载《中国绿色时报》2009年7月31日
散　　文：《值得收藏的"日全食"解读》载《湖北日报》2009年7月31日
散　　文：《致〈湖北作家〉》载《湖北作家》2009年秋季号
纪实文学：《苦难娃考进北大》载重庆市期刊《青少年与法》2009年9期
散　　文：《大沙河畔金弹树》载《中国绿色时报》2009年9月28日
散　　文：《宣传恩施好报道》载《湖北日报》2010年10月15日
散　　文：《征文凝聚党报情》载《恩施日报》2009年10月17日
纪实小说：《夫妻冤家》载《恩施晚报》2009年10月29日
散　　文：《天津笔会·珍贵的蓝盾情缘》载《蓝盾》2009年11期
散　　文：《抗战时期的红色"六高"》载《党员生活》2009年11期
情感散文：《族弟还债》载《湖北人口》2009年12期
纪实文学：《不该凋谢的"雪莲"》载《青少年与法》2010年1期
散　　文：《沪蓉报道展新篇》载《湖北日报》2010年1月7日
散　　文：《两会特刊精彩荟萃》载《湖北日报》2010年3月31日
散　　文：《募捐晚会鼓舞人心》载《人民日报》2010年4月27日
纪实文学：《一个刑警留下的遗书》载《蓝盾》2010年7期
散　　文：《"连环惨案"振聋发聩》载《家庭》2010年10期
纪实文学：《"吉利"团伙的覆灭》载《蓝盾》2010年11期
散　　文：《向"最孝警察"致敬》载《家庭》2010年16期
散　　文：《锅碗瓢盆奏乐章》载《恩施日报》2011年5月6日
散　　文：《感动人物感动人》载《湖北日报》2011年2月16日

散　　　文：《"偏方"引出的受孕故事》载《中国人口报》2011年8月16日

诗　　　歌：《贺〈人生〉创刊30周年》载《人生》2011年10期

散　　　文：《农民夫妻争电脑》载2011年10月25日《中国人口报》《湖北日报》《党员生活》《恩施日报》等6家报刊

散　　　文：《家和万事兴》载《恩施日报》2011年10月26日

纪实文学：《女歌手陷入婚姻圈套》载《前卫·大案》2011年11期

散　　　文：《遗精》载《中国人口报·大众性学版》2011年12月27日

社会纪实：《墓屋棚中写墓棚》载小说集《天使与魔鬼同行》2012年10月

社会纪实：《猎枪走火》载小说集《天使与魔鬼同行》2012年10月

社会纪实：《背后射出的子弹》载小说集《天使与魔鬼同行》2012年10月

散　　　文：《系着背着尽是爱》载《湖北日报·副刊》2012年5月11日

社会纪实：《热血男儿嫁给瘫痪姑娘》载《农村新报》2012年7月21日

散　　　文：《生活富裕好旅游》载《恩施日报》2012年7月23日

社会纪实：《新加坡侨商资助176名穷孩子上学堂》载《人生》2012年10期

散　　　文：《鹰嘴岩下三阴河》载《湖北日报·副刊》2012年12月7日

中篇小说：《死亡秘方》载《章回小说》2013年5期

纪实散文：《育英塑才古树包》2013年5月出版

纪实文学：《三只羊八条命》载《章回小说》2013年10期

散　　　文：《"黄四姐"门前那条河》载《茨泉》2014年2期

散　　　文：《身残志坚办猪场》载《党员生活》2014年2期

散　　　文：《雄奇的石门栈道》载《恩施日报》2014年8月14日《清江》2014年夏季号

纪实散文：《日机轰炸下的幸存孤女》载《茨泉》2015年8期

小 说 集：35万字小说集《魔土》由珠海出版社2008年11月出版

小 说 集：25万字小说集《天使与魔鬼同行》由长江文艺出版社2012年10月出版